大鱼

有爱的青春陪伴者

逾期

岁见 著

四川文艺出版社

图书在版编目（CIP）数据

逾期 / 岁见著 . -- 成都：四川文艺出版社，
2024.6
ISBN 978-7-5411-6866-6

Ⅰ . ①逾… Ⅱ . ①岁… Ⅲ . ①长篇小说 – 中国 – 当代
Ⅳ . ① I247.5

中国国家版本馆 CIP 数据核字 (2024) 第 076689 号

YUQI

逾期

岁见 著

出 品 人	冯　静
责任编辑	陈雪媛
特约编辑	欧雅婷
装帧设计	刘　艳　孙欣瑞
责任校对	段　敏

出版发行　四川文艺出版社（成都市锦江区三色路 238 号）
网　　址　www.scwys.com
电　　话　0731-89743446（发行部）　028-86361781 （编辑部）

排　　版　长沙大鱼文化传媒有限公司
印　　刷　天津睿和印艺科技有限公司
成品尺寸　145mm×210mm　　开　本　32 开
印　　张　9.5　　　　　　　　字　数　290 千字
版　　次　2024 年 6 月第一版　印　次　2024 年 6 月第一次印刷
书　　号　ISBN 978-7-5411-6866-6
定　　价　45.80 元

【旧梦 …】

上

卷

【南柯 ···Q】

下

卷

旧 梦

|第一章| ♥
谣言

温辞认识卫泯的那一年，是安城有史以来最冷的一个冬天。

那天早上她跟同学在校门口值勤，雾气蒙蒙的十二月，风不像风，跟刀片似的，刮得人脸生疼。

同行的几人都冻得直哆嗦，心思也不在值勤上，嘴里一直抱怨着学校不人性的规定。

温辞低着头，半张脸埋在衣领里，思维像被冻僵了，也没仔细听他们说话，肩膀冷不丁被人撞了一下。

"快看那谁！"楼下八班的姜璐压不住语气里的激动，"值勤那么多回，终于碰上一次了。"

温辞顺着姜璐示意的方向看过去。

男生单肩背了一个黑色书包，头发剃得极短，脸很瘦，轮廓很好看，只是神情有些冷，看着很"生人勿近"。

他走路比旁人快，没一会儿就看不见了。

"长得挺不错，就是不知道人怎么样。"姜璐笑着收回视线，"听说，每天排队偷看他的女生能从喷泉那儿排到校门口。"

"是吗？"温辞应和似的一笑。

男生是十八班的卫泯，八中的风云人物，平时只要是跟违反校纪沾边的事情必定会有他的身影。

温辞和他是截然相反的学生，也没想过要和他有什么交集，但在他们这个年纪，越是离经叛道的人，越是招人好奇。

更何况，他还有一张好皮囊，每天偷看他的女生只多不少，不过同校这么久，温辞只听说他逃课打架，很少有花边传闻。

"谁知道呢，都是听来的八卦。"姜璐猜想，"我觉得他以后会喜欢那种酷酷的女生，感觉和他的气质很搭。"

"要多酷？"

"那……起码也要是敢穿短裙、烫头发的那种酷。"姜璐叹了口气，"总归不是我们这样的。"

温辞试想了一下那幅画面，似乎有些惨不忍睹，摇摇头把脑袋里的胡思乱想甩了出去。

好不容易挨到值勤结束，姜璐拉着温辞跟他们一块儿去食堂吃早餐。

"不了，我早上在家里吃过了，你们去吧。"温辞吹了一早上的冷风，感觉浑身都没多少热气了，只想着赶快回教室喝点儿热水。

高一的重点班都在一层楼，一班教室在最西边，靠近楼梯口，温辞从教室后门走了进去。

早读还没结束，林皎趁着她喝水的工夫，凑了过来："你昨天看天气预报了没，今天好像要下雪。"

"难怪今天这么冷。"温辞拧上杯盖，看了眼窗外，天空灰蒙蒙的，"也不知道什么时候会下。"

"我希望立刻马上就给我下雪，哎，不想参加升旗仪式。"

今天是周一，升旗仪式是常规活动，老天也没能如林皎所愿，到了大课间还有点儿要放晴的迹象。

温辞作为班长，负责在队伍前头拿班牌。林皎在一旁陪她扛着班旗，冻得牙齿都跟着打战："我能不能跟教育局举报学校虐待我们啊！"

"我支持。"后面的男生喊道。

队伍里一阵乱笑，温辞也跟着笑了，长发被冷风吹得乱飞，她低头将它们别到耳后。

这时，耳边响起一阵嘈乱。

温辞抬起头，看见一个男生从面前跑道走过。

他步伐依旧很快，像凛冬里的风，呼啸而过。

"看来今天又有'额外活动'了。"不知道谁说了句，又惹得一阵乱笑，温辞没笑，只是盯着他离开的方向看了几秒。

之后果然不出所料。

升旗仪式结束后，男生站到了演讲台前，他个子比一旁的江主任高出一截儿，手将麦克风往上一拨。

——不像是来念检讨，反倒像是来做什么演讲。

"各位老师、同学：上午好！"

男生的声音出奇的清澈干净，不高不低几乎没有起伏，比起周围嘈杂的动静堪比天籁。

"我是高一（18）班的卫泯，对于上周发生的打架斗殴事件，我已经深刻认识到自己的错误，以后我会吸取教训，再接再厉。检讨人，高一（18）班，卫泯。"

这已经不是卫泯头一回在台上念这么"别出心裁"的检讨，但底下的同学还是很给面子地起哄鼓掌。

江主任说了几次安静，大家都没能安静下来，最后只能抓着话筒冲始作俑者大吼："卫泯！再加两千字检讨！解散！"

四周的哄笑声随着人潮的散开逐渐小去。

温辞拿着班牌走在林皎身后，路过演讲台时，她没忍住回头看了眼。

男生重新站回到了台前，背抵着身后的栏杆，长风吹过，他忽然扭头往台下看来。

只差一点儿。

后面同学不小心撞到温辞的肩膀，她一个趔趄，等再回头，男生已经收回了视线。

温辞没再多看，她只是好奇，他到底在想些什么。

"想什么呢？"林皎碰了下她的肩膀。

温辞回过神，仰头看了眼天空："在想今天到底会不会下雪。"

"看样子是不会啦。"林皎也仰头看着天，"感觉都要出太阳了。"

"也许……"话音未落，温辞忽然低头打了个喷嚏，吸了吸鼻子说，"还是别下雪了，真的好冷啊。"

"哈哈，别管下不下雪了，快回教室吧。"

到了中午，太阳果然出来了，但很快又变了天，北风呼呼刮着，天跟着暗了下来，是降雪的前兆。

"宝啊，下课帮我去老杨办公室拿一下试卷，我肚子疼要去蹲个坑。"第二节课尾，林皎捂着肚子趴在桌上，手心里攥着一团纸。

"好。"温辞看着她，"你要不要打个报告先去厕所？"

"不……了……"林皎说话都不敢用力，"'老妖婆'最爱念叨，我不想触她霉头……嘶……"

一下课，"老妖婆"前脚刚走，林皎后脚就跟着冲出了教室，温辞没耽搁，跟着走了出去。

老杨的办公室在三楼，拿完试卷上楼时，温辞在楼道里听见有人喊"下雪了"，她快步上到四楼，从走廊朝外看。

天空灰蒙蒙，像起了一层雾，但并没有落雪。

温辞没多停留，正要继续往上走，一转身看见从楼上下来的男生，脚步有几秒的停顿。

他没穿校服，套了件黑色外套，看见她好像也没有很意外，他们很陌生，不必打招呼，连眼神交流都潦草而仓促。

她往上，他往下。

从头至尾，谁也没说话。

又有人在喊"下雪了"。

他们都没有走出很远，停在台阶上，默契地回头。

天空依旧灰蒙蒙的。

但真的下雪了。

这场雪持续了很久，从隆冬至新年。

温辞再也没在校园里碰见过卫泯。

她也没想过会和他有什么交集，可就像那天的雪，后来发生的种种，都让她觉得好像一切冥冥之中早有注定。

元旦假期的最后一天，温父下午开车顺道路过八中，温辞随他一起提前到了学校。

她站在路边看着父亲的车子开远，然后背着书包朝马路对面的巷子里走去。

林皎家在这附近，从家里出来前，温辞和她约好了等会儿一起去学校附近的旧书吧。

起初，她并未注意到什么，直到听见什么东西碎掉的声响，紧跟着，又听见一句暴怒的骂声。

这一片不止八中一所学校，重高、大学、职高、中专，鱼龙混杂的，什么都有，平时挺热闹，也挺乱。

温辞不想多管闲事，埋头匆匆走过，却也没忍住朝一旁的小巷里看了眼。

就那么巧，就那么一眼，她看见抱着头蜷缩着身体躺在地上的男生，他眉头紧锁，鲜红的血在那张冷淡的脸上拉出一道长长的血线。

温辞看得心惊胆战。

这个点儿，巷子里没什么人。她不敢以卵击石，快步朝巷口跑去，喊了在附近值勤的交警……

"警察！都给我住手！"

"走，快走！"

"站住！别跑！"

"分开跑！"

……

巷子里狗吠猫叫，一阵嘈乱的动静后不知道从哪个角落里蹿出几只花色的流浪猫。

卫泯靠着墙坐在地上，黑色外套上全是带着泥水的脚印，模样看着很狼狈。

听见脚步声，他才抬起头，轮廓分明的脸变得模糊，唯有一双眼眸漆黑干净。温辞停了下来，对上他的视线，忽然有些紧张。

"不是走了吗？"他声音有些哑，气息也不是很稳。

"你不是看见我了吗？"温辞站在原地没动。

"嗯？"

"怕你回头报复我。"

"呵。"他轻笑了一声，跟着又咳嗽起来，浑身每一处都跟着疼，低着头的模样平白多了几分脆弱。

温辞不合时宜地想到《动物世界》里落败的雄狮，蜷缩在角落独自舔舐伤口，可怜又可敬。

卫泯倚着墙缓了几秒，手撑着墙从地上站起来，身形跟跟跄跄，看得温辞差点儿没忍住要伸手去扶。

"不走吗？"他忽然回头看了过来。

"什么？"离得近了，温辞才发现他是单眼皮。她也没好意思多看，慢吞吞挪开了视线。

"回学校吧。"卫泯轻咳着，"我等会儿要去做笔录，你别去了，这种见义勇为并不好。"

温辞没觉得自己这是在见义勇为，但也没多说什么，转身朝巷口走去。

擦肩而过的瞬间，天空忽又飘雪，簌簌落在两人的肩上，卫泯听着靠近的脚步声，低声道："谢谢。"

"不客气。"

温辞脚步未停，径直往前。

她以为这就是故事的结局。

直到天黑，卫泯才从派出所出来，负责案子的民警老陈跟在他后面："要送你回去吗？"

"不用，谢谢。"他紧了紧衣领，又是一声咳嗽。

夜风凛冽，有雪花飘落在脚边。

"你真不知道打你的人是谁？"老陈还在做最后的努力，"你要相信警察，你还小，不是所有事都要用拳头去解决。"

"叔，我真不知道，要知道我还能不跟您说吗？"卫泯无奈地笑，带动唇角的伤，眉头跟着一皱。

"那行吧，要是想起什么记得联系……联系我就成。"老陈拍拍他胳膊，"早点儿回去，别让你奶奶担心。"

"嗯，谢谢叔，医药费我回头送过来。"

"这点儿钱还跟我计较，回去吧。"老陈看着少年消失在黑夜里的背影，轻轻叹了口气。

卫泯走了一段路，听见身后的脚步声，停了下来。

几人从暗处小跑着靠近，为首的瞧见卫泯脑袋上的纱布，骂道："是不是杜一斌他们几个？"

卫泯"嗯"了声，倚着墙，风声在深夜的暗巷呼啸而过。

"别惹事。"他说。

杜康："那就这么认了？这不是你的风格。"

"是我们先招惹的，这次算是扯平了。"

"他们再这么搞下去迟早要进局子。"

杜一斌也是八中的学生，跟卫泯这一拨人不同，他这人有点儿拿不上台面，偷鸡摸狗的事儿平时没少干。

上周，卫泯无意撞见杜一斌领着人勒索恐吓小学生，因为对方是认识的小孩儿，他出面阻拦了。

知道杜一斌会忍不下这口气，卫泯故意落单了几天，本以为挨一顿打事情就过去了，只是他没想到……

唉！

卫泯："他们进不进局子我们管不着，只要不是因为我们进的就行。"

杜康："知道了，你现在回家？"

"这几天不回了，怕吓着老太太。"

卫泯是跟着奶奶长大的，平时也有兼职在外过夜的习惯，叫人回去通知了声，便在杜康家里凑合了一晚。

铺好床，杜康坐在床边："你说你都去派出所了，你挨打这事，杜一斌还敢往外传是他干的吗？"

卫泯脱掉外套："只要看到我落下风，事情是谁干的还重要吗？"

杜康往床上砸了一拳："他最好是一个字都别往外说。"

卫泯脱掉衣服，赤裸着上身靠在桌边，腹部一片瘀青，看着很吓人。他拿起桌上的药油，倒在手心里搓热了往瘀青上一揉。

刺鼻的药味在屋子里散开。

杜康走过去开了窗，冷风卷着雪花直往屋里窜，他又连忙关上，只留了道细缝："我去睡了，你弄完早点儿休息。"

"嗯。"

杜康走到门口，忽然想起什么："对了，是谁报的警啊？"

卫泯神色未变，抽了张纸擦掉手心里的药油，语气平静如常："没谁，不认识。"

"真的？"杜康嘀咕着往外走，"还想着感谢一下呢……"

卫泯扔掉纸巾，捞起T恤重新套了回去，呼呼的风声顺着细缝钻进屋里，他伸手关了窗户。

一室安静。

窗外，雪下了一夜。

第二日，安城的交通因为突如其来的大雪而瘫痪，温辞在路上堵了将近四十分钟。

校门口环卫大叔正拿着扫帚清扫门前雪，江主任指了指旁边的迟到队伍，温辞默不作声地站了过去。

考虑到天气的缘故，江主任最后也没多说什么。

温辞跟着大部队往教学楼走。进了楼里，不知道是不是她的错觉，周围的目光总若有若无地往她这边看来。

她状似无意低头快速扫视了一下自己的穿着，生怕是裤子穿反了，或是袜子穿到了外面。

可都没有。

上到六楼，有相熟的同学过来打招呼："哎，温辞，你跟理科班的——"

"温辞！"林皎从教室那头跑了过来，强行站在两人中间，拉着温辞就走，"快，有事找你。"

"怎、怎么了？"温辞不明所以，跟着她进了水房。

"你认识卫泯？"

温辞心里"咯噔"了一下："谁？"

"十八班的卫泯。"林皎怕温辞想不起来，"就是经常在升旗仪式后念检讨的那个，理科班的。"

"不，我不认识啊，怎么了？"温辞回想起昨天，心里莫名有些慌，他不会出什么事儿了吧？

"那他怎么到处跟人说，你……"林皎犹豫了下，一狠心道，"说你'暗恋'他。"

水房寂静了一瞬。

水滴声清晰。

"什么？"生平头一回，温辞有想爆粗口的冲动，"他、他……他怎么回事儿？"

"说是他们班一同学跟他打游戏听他提的，卫泯说你'暗恋'他……传得有鼻子有眼的。"林皎也有些着急，"你是不是什么时候惹到他了？"

"我没有。"温辞想起昨天，难道是怪她多管闲事儿，可她也救了他不是吗？

她一时想不出名堂，咬咬牙道："我去找他。"

"哎……你等等。"林皎拉住她，"你现在去找他，不是给人看热闹吗？先冷静冷静。"

"那大家是都知道我……'暗恋'他这事儿了吗？"温辞牙齿都快咬碎了。

"理科班知道的人比较多吧，我们都是今早到了学校才知道，反正传得还挺快的，你也知道，学校里就八卦传得最快。"林皎想起什么，"有件事，你听了说不定会解气点儿。"

"什么？"

"卫泯好像被人打了，还挺严重的，今早都没来学校，早读的时候还有警察去他们班找人问话。"

温辞心情有点儿复杂，说不上是解气还是更气了："那你知道他什么时候会来学校吗？"

林皎摇摇头："我也不是很清楚。他经常逃课，说不定这次就是觉得被打了丢人，故意不来学校的。"她想到什么，"他该不会是为了找回面子，所以才让人放出你'暗恋'他这样的假话吧？"

温辞快要怄死了，回到教室趴在桌上当鸵鸟，挡掉了许多的八卦和试探。

一上午卫泯都没来学校，温辞不方便去楼下，只能靠林皎的朋友杨峥传递消息。

中午吃过饭，杨峥忽然跑上楼，把她和林皎叫了出去："卫泯在食堂，你们要过去找他吗？"

温辞一刻也不能等了："现在就去。"

这个点儿，食堂已经没什么人了。

卫泯早上有些低烧，像是伤口感染，也没去诊所处理，杜康给他买了药他自己在家里吃了又睡了一觉才来的学校。

他没什么胃口，要不是杜康坚持，他准备去教室接着睡。

食堂很旧，窗户有些漏风，呼呼吹着，卫泯的脑袋也跟着嗡嗡的，恍惚中他感觉有人靠近。

"你好。"

他抬起头，眨了眨眼，才意识到不是错觉："有事儿？"

杜康生怕有人在这时候触卫泯霉头，端着两碗面飞奔过来，面汤晃出一些，洒在地上，溅在了温辞的鞋面上。他说："抱歉，抱歉。"

"没关系。"温辞没管这些，她看着卫泯，努力镇定下来，"你好，我有事儿问你。"

卫泯坐着，神色很憔悴："什么事儿？"

温辞没有跟卫泯拐弯抹角，开门见山道："你为什么跟别人说我'暗恋'你？"

"咳！"杜康一边擦嘴，一边拿手去捡桌上的面条，快速扫了温辞一眼，没敢说话。

温辞三言两语把今早的所闻转述了一遍："这中间……是不是有什么误会？"

卫泯仍旧看着她，没动作，连神情都没怎么变。

约莫十秒的光景，温辞看到他唇边勾出一抹淡淡的，写满了不怀好意，懒散又痞气的笑。

"没有，是我说的。"

听到这样的回答，温辞说不上是意外还是意料之中，沉默几秒，只问了句："为什么？"

"没有为什么，就是随口说的胡话。"卫泯伸手端过桌上的另一碗面，冬天温度低，看着已经没什么热气了。

他拿筷子搅了搅，抬头看着温辞，似是有些意外："你不会当真了吧？还是说……你真的'暗恋'我啊？"

温辞还没接茬儿，林皎倒是先气急了："你这个人怎么这样？"

"我什么样儿，你们不是挺清楚的吗？"卫泯放下筷子，脑袋和胃一块儿跟着疼，神情显得有些不耐，"以后少管闲事儿。"

林皎："你——"

"皎皎。"温辞拉住林皎，"算了。"

林皎："这怎么能算了，要是让老郑，还有你爸妈他们知道……"

"他们不会相信的。"温辞冷静下来，看起来比林皎更像旁观者，"我就当被狗咬了一口，走吧，回去了。"

"哎，你这人怎么……"

杜康想要反驳，被卫泯一个眼神又压了回去，他埋头吃了两口面，还是没忍住："这到底怎么回事儿？真是你让传的谣言？"

卫泯："鬼知道。"

卫泯下意识去摸口袋，杜康看出他的意图，吭哧吭哧地扒着面条，边吃边说："别找了，医生让你这两天忌口。"

卫泯眉头不经意皱了下，但也没说什么。

"不是，你都不知道谁传的，你干吗承认啊？"杜康清了清嗓子，"刚刚那谁，你不会不认识吧？"

卫泯看着他。

"楼上尖子班的重点苗子，江主任他们都拿宝贝一样看护着，你说你没事招惹她做什么，万一她告到江主任那里去，可比你平时那些小打小闹严重多了。"

卫泯莫名想笑："这么宝贝？"

"你以为呢。"杜康端起他的那份面，"还吃吗？不吃我吃了啊。"

他摇摇头，视线落到窗外。

灰蒙蒙的天，冷风肆虐，像是在酝酿一场更大的暴风雪。

温辞和林皎走到半路，眼见着又飘起雪来，两人加快了步速，顶着寒风跑进了楼里。

"现在怎么办？"林皎没碰见过这样的事，也没接触过卫泯这类型的人，总觉得难缠难办。

"不管了，就算我现在再怎么努力澄清，也总有人会不相信，不如不搭理，反正谣言就是谣言，总不会成为真的。"温辞贴着墙边上楼，碰见相熟的同学八卦，也只是淡淡一笑，"你觉得可能吗？"

林皎摆摆手，也跟着笑了："我就说呢，你怎么会喜欢那样的男生，那也太庸俗啦。"

谣言看似将要随着到来的风雪被掩埋，温辞也没再上心去争辩、去澄清，按部就班地上课，两耳不闻窗外事。

波澜不惊地过了几天，周一傍晚，安城气象台发布了暴雪预警，林皎从隔壁班听来八卦："要是真有暴雪，学校可能会停课一周。"

此消息一出，所有人都有些蠢蠢欲动，恨不能这场雪下得越大越好，晚自习总有人往窗外探头。

可惜事与愿违，直到放学，也只是风刮得更急了些。

温辞与林皎同行至校门口。

道路两侧的枯树在冬夜里晃动着，林皎兜起羽绒服的帽子："那我先走了啊，你路上注意安全。"

"好，明天见。"

温辞拢了拢衣领，朝着南边的公交站走去。沿路烤红薯飘香，她吸了吸鼻子，路过摊子犹豫几秒，最终还是选择路过。

八中为了错开学生搭车高峰期，从上学期开始实行阶梯式放学，高一提前二十分钟结束晚自习。

但温辞走到车站时，却碰见了不少高二的男生。

他们或站，或蹲在路牙边，高高瘦瘦，穿着单薄的校服外套，谈笑打闹，她小心避开，站到最角落的位置。

等车的间隙，温辞回忆着自习课上的一道数学题，没太在意身边人来人往，风起风停，鼻尖忽然闻到一点栀子花香。

她像是无意，又像是下意识的驱使，侧头朝两边看了看。

左边那群打闹的男生也不知是何时离开的，先前还显得有些拥挤的车站，这会儿只剩下寥寥几人。

而和她隔着一个垃圾桶的右边——

男生穿着黑色的长款羽绒服，手插着兜站在那儿，身形挺拔利落，分明不是夏季，可他身上却带着栀子花的香味。

淡淡的，在隆冬深夜悄然飘入她的呼吸间。

温辞平静地收回视线，没有多问他为什么出现在这里，等车来，她自顾自地上了车。

投币的那瞬间，她听见身后跟上来的脚步声，她眼皮跟着一跳。

车上大多都是沿路学校的学生，温辞往前走了几步，在靠近门边的单人空位坐下。

卫泯从她身侧走过，并未停留。

三站路，温辞有些心不在焉，几次想回头都忍住了，直到快下车时，才快速扭头看了眼。

男生坐在最后一排，仰头靠着椅背，看不清脸。

温辞手抓着椅背，没有多看，等到车门打开，快步走了下去，风雪很快模糊了她的身影。

公交车驶离站台。

黑色的身影一闪而过。

次日暴雪，班主任打电话通知停课，温辞没把昨晚的事儿放在心上，等再回到学校，却又听见新的谣言。

主角没变，主谓变了。

从她"暗恋"他，成了他在"追"她。

"他没有送我回家，他只是刚好跟我坐了同一班公交车。"

"我不知道他什么时候下的车。"

"我跟他真的不熟。"

……

一上午，温辞不知道为那晚短暂且意外的同行解释了多少遍。

可总有莫名的知情者、目击者，看到更多更暧昧的画面，尽管作为当事人的她都毫不知情。

好像在学生时代，这样的八卦最容易让人津津乐道。

沉默也不再是无声的反驳，而是默认。

温辞不懂，也不明白，他撒这样的谎，传出这样的谣言，对他来说到底有什么好处。

难道只是好玩吗？

温辞从来不后悔自己做过的任何一个决定，却在当下为那天一时的不忍和同情动了后悔的念头。

她也许就不该踏入那条巷子。

暴雪初停，八中取消了晚自习，傍晚除了住宿生，走读生全部堵在林荫道上拥挤着往校外走。

温辞不清楚那晚卫泯的出现到底是偶遇还是故意，但人多嘴杂，也怕再和卫泯牵扯出什么纠葛来，放学后在教室多坐了会儿，等到天快黑了才走。

天冷，校园空得也很快。

她从教学楼出来，路过篮球场，迎面过来三四个男生，不算是陌生面孔，都是经常念检讨的那些。

饶是温辞不想认识，听得多看得多了，也总会觉得眼熟，她没打算招惹，快步走着。

眼前的人像是故意，她往左他们也往左，她差点儿一头撞上其中一人，汗臭味近在咫尺。

温辞猛地往后一退。

"同学，你小心点儿啊，可别把我撞坏了。"穿蓝色外套的男生勾着唇坏笑，但看着并不友善，另外几人也跟着哄笑。

温辞不想多纠缠："抱歉。"

男生明显是故意找碴儿，伸手想来扯她，忽地从一旁飞过来一只打火机，正好砸在他的手腕上。

温辞和"蓝色外套男"同时顺着看过去。

来人跟没衣服似的，几次碰面都穿着那身黑色羽绒服，拉链没拉，里面像是只穿了件单薄的 T 恤。

他两手插着兜，冷冷地站在不远处。

"蓝色外套男"又骂了声，似乎想和卫泯动手，被同伴及时拉住了："斌哥，还在学校里，别跟他硬碰硬。"

几人骂骂咧咧走远。

温辞站在原地没动，之前坚定的后悔，在这一刻又有些动摇。她看着他走近，心情有点儿复杂："……谢谢。"

"不客气。"卫泯捡起地上的打火机，又揣回兜里，居高临下地看着她，"不走吗？"

似曾相识的对话。

温辞不知从何而来的勇气，半试探半撑地说："你不也没走？"

"我要是走了，你今天就走不了了。"

"这是在学校。"温辞提醒道。

他轻扬了下眉："要不要我把他们喊回来？"

温辞无言以对，自顾自地朝前走着，心里又乱又矛盾，似乎有很多话想说，却又不知道怎么开口。

夜色中，两道身影一前一后。

冬天到了，学校里喷泉没开，池水结着一层薄冰，温辞脚下没注意，踩到一截儿枯树枝。

"咔嚓！"

像冰面碎裂的声音。

她停下脚步。

卫泯不紧不慢地跟了上来。

"你故意的？"温辞看着他，更加笃定了，"那天晚上在公交站，今天新的谣言，都是你故意的。"

卫泯倒也坦诚："是。"

她还是那个问题："为什么？"

"还能为什么。"他低垂着眼，眼里有很淡的笑意，却语出惊人，"我喜欢你啊。"

这个人！

温辞意识到没办法和他沟通："你——"

"嗯。"他笑着点头，随性又坦然，"我怎么？"

天渐渐晚了，校园里空得很，冷风吹过，温辞慢慢地冷静下来："随便你。"

她扯了下书包的带子，擦着他的胳膊朝校门口走去，听见身后追上来的脚步声也没再搭理。

卫泯像是要坐实谣言，之后几天总是频繁出现在温辞上下学的路上，和她走同一段路，坐同一班公交车。

连林皎都以为他来真的。

"他之前搞那一出，不会就是为了引起你的注意吧？他从哪儿学来的损招啊。"

温辞无言以对，看着试卷上的数字，半天也没解出来，烦躁地甩开笔，在心里骂了句"神经病"。

林皎摸了摸她的后背："好了好了，不气，我们不搭理他，时间久了，他自然就晓得知难而退了，他那样的男生都是三分钟热度，长不了。"

没等卫泯的"三分钟热度"下去，一班的班主任不知道从哪儿听到消息，把温辞叫去了办公室。

郑益海："那个卫泯，你怎么回事？"

温辞心里慌了下，匆忙否认道："我跟他不熟。"

"那就是认识？"郑益海敲着桌面，"你现在是什么时候，卫泯他又是什么人，你跟他交朋友？"

"没有。"温辞被吼得有些恍惚，深吸了口气，"他……说'追'我，我没答应，是他在纠缠我。"

话刚出口，温辞就后悔了，想要再解释两句，但郑益海没给她这个机会："行了，你回去吧，这事儿我会解决。"

她想问怎么解决，可最终也没问出口。

走出办公室，温辞才察觉手心出了一层汗，她仔仔细细抹掉。

耳边鸟雀啁啾。

蓝天白云下，它们逍遥自在，不受拘束。

分明是同一片天空，她却身似牢笼。

温辞垂下眼帘，放任后悔的情绪在心中激荡。

她能做什么，她能做的太少了。

郑益海处理事情雷厉风行，也不留什么情面，温辞在林皎的转述中得知卫泯被他大骂了一顿，请了家长到学校来。要不是十八班的班主任护着，差点儿还要背上处分。

"原来卫泯是他奶奶带大的。"林皎听了许多八卦，"他妈妈在他小时候就去世了。"

温辞捏着笔，笔尖重重戳在试卷上，戳出一个小洞。

"……他爸爸呢？"

林皎突然放低了声音："我也是听人说的，不知道真假，他爸爸好像跟别的女人跑了。现在想想，他也挺可怜的。你刚才是没看见，老郑冲他发了好大的火，他奶奶看着身体也不大好，一直跟老郑道歉。不过他们班主任还挺好的，一直替他说好话。"

温辞盯着试卷上那个小洞没吭声，在某一瞬间，她的心里也好像被戳出一个小洞。

风呼呼吹着。

到处都是悔意。

谣言到此为止。

捉摸不透的少年像初春的潮，来得快退得快。

温辞身边少了许多八卦试探的目光，日子像回到起点，安城再次降雪那天，八中迎来期末考试。

两天半的时间匆匆而过。

"小年那天回学校拿成绩单和领试卷，大家都不要缺席。"郑益海手拿保温杯，不遇事的时候看着很和蔼，人就站在窗外也没进来，"别一放假就只顾着撒欢，下学期一过你们就文理分班了，虽然看着离高三还远，真到那时候你们只会喊着时间不够用。”

高三。

好高一座山。

但此时此刻，他们才刚刚启程，还有撒欢的余地。

温辞跟着热闹的人群往外走，林皎到处给同学塞写有家里电话号码的字条：“放假约我出来玩，就打这个电话！记得啊！”

“知道，知道。”

“别到时候打你电话不出来啊。”

一路上笑笑闹闹。

文艺委员搭上温辞的肩膀，语气亲近：“班长，你家电话多少？放假一块儿出来玩啊。”

温辞有些犹豫：“我……”

“她说了你也记不住啊。”林皎抢话道，“我知道，回头你们要是想约班长，我替你们叫。”

“那行，就这么说定了。”

“没问题。”林皎笑着冲温辞眨了眨眼睛。

温辞松了口气，又觉得心里像蒙着一层薄膜，时而也会喘不上来气。

她没再参与太多的话题，视线无意扫过人群，眸光忽然闪了闪。

“看什么呢？”林皎从话题中心退出，顺着她的视线看了看，凑近了问，“他后来没再缠着你了吧？”

温辞摇摇头，这些天她总是想起林皎说的那些话。

“皎皎。”

“嗯？”

“郑老师那天，真的骂得很凶吗？”

林皎看了她一眼：“也没有，就平常骂我们的那些话。你也知道的，老郑那人就是火炮一样，一点就着。你也别往心里去，怎么说也是他先缠着你的啊，你又没有撒谎。”

话是这么说，可温辞心里却没有好受多少。

她觉得自己很矛盾，一边想着要道歉，一边又觉得自己没做错，可一想到老人家因为她的一句话，在人前那样低声下气，她心里就跟被什么揪着一样难受。

她是不是做得太过分了？

不管怎么样，他也算帮过她。

要不就道个歉？

温辞想到这儿，再次抬头看向先前的地方，那里人来人往，已不见那道身影。

风雪弥漫，模糊了视线。

卫泯只是没撑伞走了一小段路，到地方已经落了满身的雪，他胡乱拍了两下。杜康在一旁跺着脚说："问过了，杜一斌跟人约了来上网，估计快过来了。"

卫泯"嗯"了声。

杜康又说："你之前不是说不招惹他了吗？怎么又主动……"

"有些事还没完。"卫泯往前走了几步，在墙根底下的垃圾堆里抽出一截断掉的板凳腿。

他放在手里比画了两下。

杜康看得眼皮直跳，提醒道："不是，你注意点儿。"

"我心里有数。"卫泯回过头，"你先回去。"

"可能吗？"杜康耳尖，缓慢靠近拐角处传来的人声，"现在是想走也来不及了。"

人声越来越近。

杜康直接冲出去，挡在来人跟前："嘿！狗贼！"

杜一斌吓了一跳，脚下一打滑直接摔倒在地，冲着杜康就吼道："你有病吧！"

与杜一斌同行的两人顾不上去扶人，径直冲了上来。卫泯往前走了一步，眼神冷漠地看着两人。

那两个男生你看我我看你，谁也没敢动。

"别多管闲事儿。"卫泯撂下一句话。

卫泯转身走向刚从地上爬起来的杜一斌，一把攥起他的衣领恶狠狠道："我警告过你的，冤有头债有主，有什么事冲我来，你拿我的话当耳旁风是吗？"

杜一斌挣扎了两下没挣开，喘着粗气吼："滚蛋！老子干什么了？"

卫泯居高临下地看着他："看来你是没被打火机砸够是吗？"

"……放开！"

卫泯不仅没松开，反而加重了手上的力道，手指骨节顶在杜一斌的颈间："我爸是什么样的人，你比他们都清楚。"

杜一斌有些呼吸困难，脸跟着涨红了。

"你以前是怎么骂我的，你都忘了吗？"卫泯慢慢松开几分，"把我惹急了，你我都没好处。"

话落，不知是有意还是无意，他手又跟着一紧。

"我错了！我错了还不行吗！"杜一斌说到底只是喜欢偷鸡摸狗，真论起来，胆子还没卫泯大。

他喘着粗气，感觉颈间的力道松了下去，才发觉自己整个人都在发抖："……以后，桥归桥，路归路。"

"希望你说到做到。"卫泯松开手，拍着袖口蹭到的污渍。

杜康见状走了过来："这就结束了？"

"不然呢，留下来请他们吃饭？"他回头看了眼靠在墙根处的杜一斌，只觉得没劲儿透了。

走出巷子，杜康眉头皱着："之前报警的人是温辞？"

卫泯看着他一笑："不笨啊。"

"滚。"杜康推了他一把，"所以，那些她暗恋你的八卦都是杜一斌叫人传的？"

"嗯。"

"那后来你缠着温辞，不是，就你做的那些事，都是为了保护她？"杜康总算想通了，"不是你干的事，你干吗认？早把杜一斌供出来，你也不用挨郑魔头一顿骂了。"

"我不想牵连无辜，她救了我，算我欠她的，更何况……"卫泯脸上没什么表情，"在他们看来，我和杜一斌也没什么区别。"

"谁说没区别了。"杜康嘀咕了句。

卫泯没怎么在意地笑了下。

杜康跟着往外走："现在去哪儿？"

"你先回去吧，我等会儿有个寒假工面试，现在要过去了。"卫泯径直朝前走去。

"难得的寒假，你就不能轻松点儿吗？"杜康冲那道背影喊了声。

少年摆摆手，走进风雪里。

/ 第二章 / ♥
重新认识

难得的寒假，温辞也没有轻松很多。

温父执教的缘故，她从一出生就被规划好了人生的路径，小到吃饭睡觉，大到读书交友，都有父母的影响和干涉。

他们并未规定她一定要多优秀，但一定要按照他们的意愿活着，像温室里的花朵，什么时候晒太阳都没有自由。

长到这么大，温辞交到的朋友寥寥无几，除了在学校，几乎没有什么娱乐时间。

她不敢轻易给出家里的电话，因为每接一个电话，都要过一遍父母的盘问，时间长了，她宁愿没有朋友。

书里说，不管做什么，首先要当个正直的人，其次要当个快乐的人。

温辞没有自由，也不快乐，她只能选择做一个正直的人。

可最近，她觉得自己也没有那么正直。

她总是想起那道身影，想起不曾看见，却幻想过无数次的那个因她而有的场景。

温辞轻轻叹了口气，却忘记这是在出发去吃年夜饭的路上，温母和她只有半臂距离。

温母："怎么了？"意料之中的关心。

温辞敛了下眸："没事，就是觉得太堵了，有点儿闷。"

她果真当不了一个正直的人。

温母看了眼窗外："这天冷，等过了这段路你再开窗透透气。"

驾驶位的温父安抚道："快了，也没多远了。"

温辞"嗯"了声，没再多说。

温家人多，年夜饭通常都不在家里办，去年在"海粤"，今年在市中心的隆兴酒楼。

温辞随父母进到包厢时，大伯和姑姑两家人都已经到了，她被父母推出去叫人："大伯、婶婶、姑姑、姑父新年好。"

"哎。"

平常几家人也常见面，近况不用多问，拉着说了几句话就放他们小辈去一边儿玩。

姑姑家是妹妹，大伯家是哥哥，平时免不了被拉出来做对比，但三个人关系依旧很好，一同坐在窗前喝茶闲聊。

"姐，八中怎么样啊？"褚让马上就要参加中考，过去一直拿温辞当目标，之前听说她去了八中，也说要跟着去。

温辞说："挺好的，打遍天下无敌手。"

温礼喷出一口茶水："也不知道谦虚。"

这是温辞少有的轻松时刻，开了玩笑："在我们那儿，低调好难的。"

褚让咯咯笑不停，温礼拿两个妹妹没办法，端着茶杯不吭声了，放任她们聊起学校的八卦。

"姐，你们班有没有帅哥啊？"褚让是个深度颜控。

"有几个吧。"学霸不全是书呆子，也有长得好看的，可温辞不知为何，突然不合时宜地想起另外一张脸。

冷淡的，像刀锋一样。

褚让："有没有照片？"

"我从哪儿给你找照片。"温辞被她晃着胳膊，无奈地笑，"下回吧，你去我们学校找我，我带你看。"

隔了一会儿，大伯跟包厢迎宾说起菜，站在角落的服务员走了出去，很快前菜先送了进来。

一盘接着一盘，端菜的服务员每个都不一样。

最后是一道凉拌菜，温辞没看出是什么，倒是一眼瞧见了端菜的服务员，目光顿住了。

男生穿着酒楼统一的红黑色制服，身形利落分明，头发留得比之前长了些，像是没注意到温辞的视线，躬身道了句："祝各位用餐愉快。"

褚让没等人走远就扯着温辞的胳膊激动地号："姐，你看到没，帅哥啊。"

温辞含糊应了声，盯着他离开的背影，心情更加复杂。

年夜饭吃了很久。

卫泯的班要上到晚上九点，但八点之后就没那么忙了，他跟领班打了声招呼，去了趟洗手间。

出来后，他顺手推开走廊的后门，后门外是一条巷子，酒楼不允许员工在店内抽烟，老员工都喜欢来这儿。

"楼上不忙了啊？"后厨的老大叔跟卫泯搭话。

"这会儿不忙。"卫泯摸出烟盒抖了一根烟，给大叔递过去点着了，火光在雪夜里跳动，烟雾缓慢氤氲开。

大叔叼着烟："你是寒假工吧？"

卫泯"嗯"了声。

酒楼不招未成年，也就逢年过节的时候从外面要点儿短期工应急，工资开得够高，来的人也不少。

大叔："挺不错的，现在哪有小孩儿吃这苦。"

卫泯笑了笑，没多说。

很远的地方传来一阵阵烟花声，这一年城市禁燃令还没有颁布，朵朵烟花在夜空中绽开。

"真漂亮啊。"大叔拿下烟，看向远方，"到新年了哦。"

卫泯也抬头看过去。

这儿地势低，视野有限，能看到的并不多，可他们仍然在尽力仰头往更远处看。

烟花易冷，稍纵即逝。

包厢里，服务员进来上热的茶盏和餐后甜点，温辞看着进来的人，没看见先前那张脸。

她移开目光，看向窗外。

褚让吃着甜点，见怪不怪道："今年怎么这么早就放烟花了啊，往年不是都要等到零点吗？"

温辞也没怎么在意，摇摇头说："不知道。"

回家的路上车子依旧堵成长河，温辞倚着车门昏昏欲睡，听父母聊着安城的交通。

话题不知怎的，忽然转到了她身上。

"小辞，你吃饭前跟褚让在聊什么呢？"温母柳蕙常年不食生冷，年过四十，嗓音依旧干净低冷。

温辞后背倏地一僵，嗓子忽地有些发干："没聊什么。"

"是吗？"柳蕙信也不信，"褚让还小，性子又不定，你不要跟着她瞎闹。你现在的首要任务就是学习，我们对你的成绩没有太高的要求，但你起码要听话，不该做的事情不要做，将来考到你爸爸的学校，我们也就放心了。"

车厢里闷得让人发慌。

温辞抿了下唇，勉强挤出笑意："知道了。"

新年一过，寒假好像拧上加速键，哗哗过得飞快。

安城入冬早，整个冬天漫长而寒冷，到了三月才有回暖的迹象，校园里重新响起叮里当啷的车铃声。

温辞骑着车，沿着长街，穿过商铺小贩，烤红薯的香气散去，枯树逢春，空气里都是嫩芽抽枝的气息。

当初的纷扰八卦淡去，故事里的人消失在她的世界里。

可也不是完全碰不到。

这学期两个班的体育课排在同一节，篮球场上，他总是赢得最多喝彩的那个，身边也总有很多人。

她和他，隔了一整个银河那么远。

那句道歉，说与不说都不重要了。

　

一晃，入夏了。

下午的体育课失去了最后的优势，集合后的八百米热身更是长得像是没有尽头。

队伍失去秩序，有快有慢的，也有偷懒从操场穿过的。

温辞夹在中间，有些喘不上来气，慢慢落到最后。

"你没事儿吧？脸色怎么这么差？"林皎放慢了速度，"真不行就别跑了，反正老师也不管。"

温辞没说话，只是从跑换成了走。

林皎跟着走在一旁："你还好吗？"

"没事。"温辞大口呼吸着，手脚都有些发软。

终点近在眼前，她抹着额角的湿汗，胸闷心慌，眼前一阵阵发昏，夏日灿烂的烈阳如火焰般灼人。

男生踩着那一地的人影迎面而来，神色淡淡的，对视避不可避。

温辞察觉到他的视线有几秒的停顿，只是心越来越慌，头也越来越晕，还没来得及细想，整个人眼前一黑，直接倒了下去。

耳边传来很多人的惊呼声，她在恍惚中，似乎看见一双洁白的球鞋在眼前一晃而过。

她脑袋嗡嗡直响，耳朵里很多杂音，心悸感一阵接着一阵。

失去意识前最后几秒，温辞感觉自己像在半空中，耳边传来疾疾的风声。

而风里，有熟悉的花香。

很淡。

淡到醒来之后，以为那只是场梦。

"……温辞？"林皎凑近了，整张脸都在她眼前，"你可算醒了，吓死人了。"

温辞张口想说话，一开始竟然没发出声音，林皎忙说："你等等，我去给你倒杯水。"

"不……"用。她看着林皎消失的背影，闭上了嘴。

校医室远离教学区，很安静，温辞撑着胳膊坐起来，床尾正对着窗外，不知名的鸟儿停在枝头。

"水来了。"林皎走进来，把纸杯递了过去。

"谢谢。"

温辞喝了几口，再抬头，窗外的几只鸟已经飞走了。她的手摩挲着杯壁："我睡了多久？"

"也就一个多小时吧。"林皎在床边坐下，"我们都被你吓死了，你有低血糖怎么不请假啊，吓得老于差点儿要准备写辞职信了。"

温辞笑了："对不起啊，我没想到我会低血糖。"

柳蕙是医生，在家有一套营养食谱，温辞从小吃到大，身体素质一直都挺好的。

"没事没事，我不是怪你。"林皎看着她，"那什么，有个事儿我觉得要跟你说一下。"

温辞眼皮跟着跳了下："什么？"

"就是……卫泯，是他送你来的校医室。"林皎挠了挠脑袋，"当时太突然了，我们都没反应过来，他抱着你跑了好远，我们才回过神。"

温辞"嗯"一声，想起那双白球鞋，眸光闪了闪。

"其实，我感觉他人好像也没那么坏？"林皎的语气还有几分迟疑。

温辞垂下眼帘："是没那么坏。"

或许，压根儿就不坏。

她有点儿纠结地抬起头："我是不是应该找他说声谢谢？"

林皎也被问蒙了下，按道理说是该要道谢的，可之前发生的事又让她有些犹豫。

林皎认真想了会儿："一码归一码，他怎么着也算帮了你，还是去说声谢谢比较好。"

温辞莫名松了口气："行。"

要找卫泯道谢不是难事儿，关键是在哪儿找他，在学校他行踪不定，出了学校更是难找。

但有前车之鉴，温辞也不敢在学校跟他有什么接触。

一直拖到第二天傍晚，林皎托杨峥打听到卫泯家的住址，一放学就拉着温辞走："等会儿你就在附近等他，他学校不来，家总要回的吧。"

温辞小跑着跟上："下周我请你跟杨峥吃饭。"

"这都是小事儿，倒是你，晚点儿回家没事儿吧？"

"没事儿，我爸出差了，我妈今晚加班，到时问起来，我就说我去书店了。"温辞早就想好了措辞。

"那行。"

卫泯家在离学校两条街外的安江巷，林皎陪着温辞从日暮等到天黑，人没等到，反倒快被蚊子抬走了。

"啪！"

林皎拍死一只，挠着胳膊说："他还真不回家啊。"

温辞看到她胳膊上的肿包，在上边掐了一个"十"字："算了，我们回去吧，今天估计等不到了。"

"不再等等了？"

温辞摇摇头："他要是会回来，也该到家了。"

回到家里，温辞把那张写有卫泯家地址的字条摊在桌上：

安江巷 208 号。

她盯着看了会儿，收起字条，拿了张试卷摊在桌上。

一夜过去。

第二天柳蕙出门后，温辞从房间出来，在阳台看着柳蕙走出楼道，一直到看不见才收回视线。

她回屋拿上书包，跟着出了门。

昨天来过一趟的地方，温辞显得很熟门熟路，但进了巷子没一会儿，她就没了方向。

每条小巷，每家门前，每一处都好像一模一样，但走进去再绕出来，永远是新的门牌号。

温辞停在十字口，头一回对自己的智商产生怀疑："……"

白天的巷子要比傍晚冷清许多，她一边踢着石头，一边走进新的一条巷子，耳边隐约传来一阵急促的脚步声。

先是忽远忽近，紧跟着越来越近。

一道身影从巷口拐了进来。

"卫……"温辞还没说完，他忽然拽住她胳膊，带着她在巷子里奔跑，耳边一阵风声。

他显然比她更熟悉这里。

几次东拐西绕，温辞已经听不见身后跟着的脚步声，手腕被扯得生疼，她也没敢出声。

两人躲进墙角的暗处，狭窄的空间里，两道呼吸纠缠在一起。

温辞动也不敢动，昏暗视线里，她看见男生滚动的喉结，锋利的角上有一颗小痣。

她像看到什么不该看的，猛地挪开视线，发尾扫过他的脖颈。

卫泯冷不丁向后仰了下脑袋，松开攥着她胳膊的手，侧身向外看了眼，不动声色地拉开距离。

他倚着墙，垂眸看她："你怎么在这儿？"

"我……"温辞揪着书包的带子，声音因为先前的奔跑显得有些干涩，她忍着不适，对上他的视线，"谢谢你之前送我去校医室。"

他"嗯"了声，看着她没了下文。

温辞有些说不上来的不自在，慢吞吞地挪开视线，盯着一旁的墙壁。几秒后，她忽地瞪大了双眼。

一只蜘蛛正沿着墙快速爬行。

几乎在她张嘴发出尖叫的同时，卫泯抬手捂住了她的嘴。

他低头看她："别叫。"

是很近的距离。

近到温辞好似完全被他的气息包围。

卫泯慢慢松开手："抱歉。"

"……没事。"她低头大口喘息着。

阳光照进巷子，地上两道影子交织在一起。

温辞没敢再靠着墙，和卫泯沉默地站着，阳光寂静，汽笛声忽远忽近，不知道站了多久，她忍不住轻咳了声。

卫泯盯着巷外的视线落了过来："不舒服？"

"没有。"温辞小心地动了动，鞋底碾过地面发出细微的声响，"能出去了吗？"

"等下，我先过去看看。"

卫泯走到之前拐进来的十字路口，他个子高，步伐很快，黑色的长衫随着风一鼓一鼓的。

温辞始终站在原地没动，直至看见他回头招手才快步走出去。她走到路口，额头汗津津的，还有些心有余悸："能走了？"

"嗯。"

"那我先走了。"温辞说，"还是很谢谢你送我去校医室。"

"没什么。要送你出去吗？"

温辞环顾四周，像是之前走过的地方，随即拒绝了他的好意，自顾自地循着记忆往前走。

没走出几米，她停住脚步，认命般回过头。

卫泯还站在原地，看着她纠结的模样，忽地一笑。

他骨相好，眉眼又立体，笑与不笑，差别很大，不笑时满脸写着生人勿近，一笑起来，像多了几分少年气，看着也没那么冷漠了。

温辞见过他好几次，这样的笑还是头一回在他的脸上看见，只是她没想太多，只觉得有些丢人。

"……能跟我说一下怎么出去吗？"

她本来就不熟悉巷子里的路，之前被他拉着七拐八绕，对出去的路也就是看着眼熟罢了。

"走吧，我送你出去。"他总算没笑了，"跟在后边。"

"哦。"

大中午，巷子里几乎无人走动，懒猫缩在墙根底下晒太阳，温辞隔着几步远跟在卫泯身后。

错开的距离，让两人没什么交谈的机会，也免去了不少尴尬。

越往外走，人声越鼎沸，路过一间院子，蹲在门口的男孩儿突然一把冲过来抱住了卫泯："卫泯哥哥！"

"哎！"卫泯按住他的脑袋，"小屁孩儿，蹭我一衣服的油。"

"嘿嘿！"男孩儿咬了口鸡腿，"你怎么才回来，常奶奶说你去买酱油啦，等你半天了。"

"啧。"卫泯忽然回头看了温辞一眼。

她还没品出那是什么意思，只听院里有人声靠近："你个死小子，让你买个酱油，你又跑哪里鬼混去了！"

老太太拿着锅铲从里面冲了出来，嘴上不饶人，看着却很慈眉善目："叫你买的酱油呢！"

"还没来得及去买。"卫泯长腿一跨，躲到温辞身后，"这是我同学，她迷路了，我送她出去。"

他说完偏头靠近她耳侧，快速说了句："帮个忙。"

她磕磕巴巴道："是、是的奶奶，我走错路了，刚好碰到卫泯，就拜托、拜托他送我出去。"

不等奶奶常云英说话，卫泯又拉住温辞的胳膊，边走边说："你不是着急回家嘛，走了走了。"

温辞忙道："奶奶再见。"

等走到老太太看不见的地方了，卫泯才松了口气，跟着松开了拉着的她的胳膊："谢谢啊。"

"没事儿。"温辞看着他的样子，没忍住笑了。

"笑什么？"卫泯轻扬了下眉。

"没想到你也有怕的人。"温辞胆子稍微放开了些，"你怎么买个酱油还能碰上仇家？"

"我欠揍呗。"

"……"就知道他没什么好话。

卫泯被她敢怒不敢言的样子逗笑了："没撒过谎吧？"

"是人都会撒谎。"

"好学生也会撒谎吗？"

"好学生也是人。"这一次，温辞和他并肩走着，电线交错着悬在头顶，"刚刚那是你的奶奶？"

"嗯。"

她想到老人家低声下气的样子，还是觉得挺过意不去的："之前你挨骂的事儿，对不起啊。"

"什么？"卫泯很快反应过来，不着调地说，"哦，没事儿，本来就是我在'追'你，你也没说错。"

温辞搞不懂他在想什么："其实，你也不是真的喜欢我吧？"

"要是我说是呢？"他脸上没什么很明显的情绪变动，只一双漆黑眼眸直勾勾看着她，叫人分不出真假。

温辞不敢看他的眼睛，但又不得不说些什么，只能尽量让自己显得条理清晰："你是因为我看见你被人打，觉得丢了面子才这么说的对吗？"

不等卫泯回答，她又接着道："不管是不是，在我看来，我当时只是做了我认为该做的事情，我救了你我良心过得去，但你这样倒打一耙，那就是你有错在先。后来我怕牵连自己，在郑老师面前说错话，连累你奶奶跟着受累，是我不对，我跟你道歉。除此之外，你也算帮了我两次，要不——"

温辞看着卫泯，欲言又止。

他脸上依旧没什么表情，主动接了荏儿："怎么？"

"你也给我道个歉吧，我们就算扯平了。"她认真道。

卫泯盯着温辞看了几秒，看得温辞有些莫名，以为他要拒绝的时候，他开口说："行，对不起啊，温同学。"

"没关系。"温辞一本正经，"那就重新认识一下。你好，我叫温辞。"

卫泯看着她递到眼前的手，有些想笑，但最后还是忍住了："你好，我叫卫泯。"

两只手交握，柔软碰着温热。

在这个终将到来的夏天，他们短暂地交换过体温，也正式地认识了彼此。

跟卫泯的和解，温辞没告诉任何人，偶尔在学校碰见他，也只是从眼神交流变成点头之交。

更近一步，没有机会，也不可能。

那时候高一还没分科，重点班都在顶楼，除了每周一节体育课，温辞几乎很难在学校看见卫泯。

到了六月，安城气温回升，体育老师老于干脆让他们在教室自习，点头之交能维持下来已是不易。

温辞以为他们的关系最多也就到这里了，直到那年夏天的八校联考，命运的浪潮再一次朝他们袭来。

八校联考，是八中和附近七所高中每年的惯例，所有学生全部打乱随机分配考场。考试不仅事关学校荣誉，八中更是以这次考试的成绩作为高二分科后的分班标准。

考试当天，柳蕙原本打算开车送她去考场，结果直接在餐桌上被叫回了医院。

"三阳路那边发生了车祸，你吃完自己骑车过去，别坐公交车了，估计会堵车，妈妈先去医院了啊！"

温辞刚张嘴，家里的门已经关上了。

她怕赶不及，匆匆解决完剩下的早餐，拿上书包出了门。

骑车路过三阳路，那里果然堵得水泄不通，空气里夹杂着浓郁的汽油味和血腥味。

那天天很热，现场哀号一片，热气蒸腾着，叫人不得安宁。

温辞屏息着快速往前骑了一段路，一恍神，车胎不知扎到什么，只听一阵漏气的声。

歪歪扭扭地往前骑了几米，车胎彻底瘪了下来。

温辞："……"

旁边都是奔跑疾走的消防和医护人员，行人被交警驱赶着退出警戒线外，无人关注这一角落。

最近的修车铺在八中校门口那条街，但温辞被分在三中，和八中不在一个方向。

她正着急，身旁"呲"的一声，停下一辆黑色自行车。

男生黑色书包背在肩上，单脚点着地，捏着刹车的手背有道若隐若现的青筋，那会儿阳光正刺眼。

他像停在光里。

他问："怎么了？"

"车胎漏气了，不知道是不是扎上什么了。"温辞鼻尖冒着汗，手上蹭得都是灰。

"我看看。"卫泯停好车，走到她车前捏了捏前胎，"你在哪个考场？"

"三中。"温辞看着他的动作，"能修好吗？"

"不能。"他拍拍手，"先找个地方停着，等考完再去修，我也在三中考试，顺路带你过去。"

他拿起车篮里的锁，将车锁在一旁小店门口的停车区："走吧。"

温辞有些犹豫："你真在三中考试？要不你还是给我看下你的准考证吧。"

"我有必要骗你吗？准考证在我朋友那里。"卫泯脚点地撑着车，打趣道，"怕我为了你故意这么说啊，你不是说我不是真的喜欢你吗？怎么，开始相信我是真的喜欢你了？"

"……"

温辞："出发。"

他一笑，阳光都晃眼。

温辞走到车后坐好，考试不用穿校服，男生一件黑色T恤，脊背拉出一道流畅的线条。

风中留有一缕淡淡的皂角香。

她手抓着车座底，风吹来，他鼓起的T恤轻轻蹭过她的脸颊。

少年的气息，鲜活而生动。

卫泯没直接将温辞带到三中门口，在离考场还有两百多米的街口，他捏着刹车停在了路边。

温辞跟着从后座蹦了下来。

他两只脚都踩在地上，手松开车把，人懒洋洋地坐在车上："前面路口右转就到了。"

温辞之前来过三中，扭头看了眼就说："知道。"

他故意逗她："去吧，我在这里等你。"

"等我做什么？"

"万一你要是迷路了，原路返回我还能帮帮你。"

温辞想到他也算又帮了自己一次，忍住了反驳的话头："你还是早点儿过来，小心等会儿迟到进不去。"

"咒我呢？"

"我是提醒你。"她挠了下额头，"你中午有没有时间，我请你吃饭，谢谢你今天带我来考场。"

"不用了，我回家吃。"卫泯拨弄了下车铃，"还不走？小心被别人看见，我又要挨郑魔头的骂了。"

温辞噎住，连再见都没说，一直走到拐角处才回过头看了眼。

男生依旧坐在车上，阳光明晃晃落下来，他忽地冲她挑眉轻笑，又痞又坏。

她形容不出那瞬间的感受，只觉得那天的太阳过分晒人，脸颊都跟着发烫。

当天考完试，温辞有意提前交了卷，在校门口站了好一会儿，却一直都没看见卫泯的身影。

有相识的同学凑上来对答案，她没再分心，一路走一路说，有人欢喜有人忧。

温辞同他们在公交站分开，搭车到了三阳路附近，回到早上停车的地方，一旁小店的老板正躺在摇椅上看电视。

她刚把车推出来，忽然发现车胎已经被修补好，前后胎都打满了气，连之前有些不怎么响的铃铛都被修好了。

温辞扶着车，在暮色里站着没动，直到一旁有人来停车，她才回过神，推着车走到路旁。

回家的路上，温辞等了三个红灯，在第四个红灯口，她垂着眸思考了会儿，拧着车把拐了一个弯，往八中的方向骑了过去。

傍晚的安江巷充斥着浓烈的烟火气，家家户户敞着门，摇着蒲扇的老人扎堆坐在一起。

盘旋交错的电线下，小孩儿你追我赶奔跑在巷子里。

骑着车的中年父母，穿西装打领带拎着手提包的上班族，穿校服背书包的少年。

人来人往，是流动的岁月。

温辞把车停在巷口，循着记忆里的路线在巷子里摸索，一时没注意，一个小孩儿撞了上来。

"哎呀。"他一屁股摔倒在地。

温辞刚要去扶他，他却看着她说："姐姐，你是又迷路了吗？"

温辞的手停在半空中，她盯着小孩儿的脸看了会儿，脑海里忽然闪过一幅画面。

——他拿着小鸡腿冲出来。

"啊，是你。"温辞把人从地上拉起来，帮着拍了拍裤子上的灰，"有没有摔到哪儿？"

"没有，姐姐你是又迷路了吗？"男孩儿拉着她的手，"我认识路，我带你出去。"

"不是。"温辞感觉自己路痴的形象已经深入人心，一时有些欲哭无泪，拉着他站在一旁说道，"我是来找你卫泯哥哥的，他在家吗？"

"卫泯哥哥考试去啦，晚上还要去打工，很晚才会回来。"

"打工？"温辞想到寒假在酒楼那一面，后来她又随父母去过几次，但都没再碰见他。

她蹲下来，和小孩儿平视着："那你知道他在哪儿打工吗？"

"游乐园！"男孩儿说，"他之前还带我去玩过，不要钱的呢，有好多好玩的好吃的！"

温辞一时有些恍惚，过了几秒才说："姐姐知道了。谢谢你啊，你叫什么，姐姐请你吃糖。"

"我叫蒋小伟，大小的小，伟大的伟。"蒋小伟眨着眼睛，"可妈妈说，不让我随便吃人家给的糖。"

"你不是要送我出去吗？就当是姐姐感谢你的。"温辞摸着他的脑袋，"你能带我出去吗？"

"当然！"

巷口离得并不远，温辞在一旁的小店给蒋小伟买了一打水果味的棒棒糖，看着他进了巷子才离开。

白天的车祸上了晚间新闻，医院忙得不可开交，柳蕙一夜都没回来，第二天温辞又是骑车去的考场。

一路上风平浪静。

只是她总是有意无意去关注身边骑车的身影，但卫泯就好像是昙花一现，直到联考结束温辞都没再碰见过他。

联考紧邻着周末，八中体恤学生，考试期间没有晚自习，考完试也是直接放了周假。

柳蕙在医院连轴转了三天，周末两天都在家，温辞想出门，无奈没有理由，在家写完了提前发下来的英语暑假作业。

联考的阅卷速度很快，周一到校时，温辞就已经听说了八所学校的排名，八中与六中并列第四。

比上不足比下有余，不好也不坏。

温辞考试时已经尽力，倒也没觉得什么，但与之不同的是，整个高一年级的气氛却都有些压抑。

早读二十多个班主任、科任主任、教导主任全都被叫去开会，郑益海开完会回来把温辞叫到了办公室。

他直接问了句："你考试的时候是不是提前交卷了？"

八校联考是各学校老师交叉监考，八中有一部分老师分到了三中，温辞第一反应就是当时考完物理出来时被在隔壁班监考的周老师看见了。

她没否认。

"你这次物理是全科里考得最差的一门，比你平时的成绩起码要少十分！"郑益海说，"我知道你已经决定选文科了，但现在不是还没分吗？你要是不赶那十几分钟，你是不是还有机会再检查一遍试卷？"

温辞不是教科书式的学霸，她偏科严重，除了勉强能看的生物，物理跟化学在重点班里都差得一塌糊涂。

也因为这个原因，在关于她未来发展的定位时，柳蕙才没有跟温远之争过要她去学医。

不要提前交卷这个事儿，郑益海在班里说过很多次，江主任也在考前广播中反复强调了很多遍。

挨骂已经是轻的。

从郑益海办公室出来没多久，温辞听见江主任在广播里念各班级在联考时提前交卷的学生。

约莫是郑益海提前打过招呼，抑或是周老师只跟郑益海提过，她没听到自己的名字。

"以上二十六名提前交卷的同学请在今天中午下课后交三千字检讨到我

办公室。接下来是此次联考缺考的同学，请听到名字的同学立即到我办公室来。"

温辞没上心听，拐了个弯进了厕所，出来时耳边有个一闪而过的尾音，她愣了下。

听错了？

她随便洗了一下手，跑回教室拉住林皎："刚刚江主任说缺考的人里是不是有卫泯？"

"是啊。怎么了，这很正常，他不缺考才奇怪呢。"

林皎没太在意，温辞心里却像坠着一块石头："你知道卫泯这次分在哪个考场吗？"

"六中吧，我听杨峥提过，跟他在一个考场。"

石头落地，重重砸在温辞心上。

"怎么了？"林皎看温辞神色不对，放低了声音，"难道他缺考跟你有关啊？"

温辞没瞒着林皎，几句话说完，她有些懊恼地说："我当时要是再多问几句就好了。"

林皎也没想到卫泯能做到这个份儿上。沉默了几秒，她老神在在道："他不会……真喜欢你吧？"

温辞蒙了。

喜欢她，她有什么可喜欢的。

"不会。"

"也说不准啊。"林皎看着她，"那你现在打算怎么办？你们这一来一往的，剪不断理还乱。"

"不知道。"温辞也乱了，她欠他的越来越多了，还都还不清。

下了课，林皎找到杨峥打探消息，这才知道卫泯今早压根儿就没来学校："他请了病假，真是稀奇，这话他们班主任也敢信。"

温辞想到那天阳光下男生懒散肆意的笑容，怎么都跟生病搭不上关系，但生病总该要在家了？

这么一想，她干脆趁着午休的时间没吃饭就跑去了安江巷。

一回生二回熟，温辞早就摸清了路，想着探望病人总不能空着手，在巷口的水果摊前停了下来。

老板娘杜婶问："姑娘买点儿什么？"

温辞看了看："我拿个果篮。"

"买果篮走亲戚啊？"杜婶伸手将架子上的果篮拿了下来，"你是要包装好的，还是自己挑着我重新给你包一个？"

"包装好的就行。"温辞拿出钱包正要掏钱，旁边走进来一人，穿着八中的校服。

他朝老板娘叫了声"妈"，又回头看了眼温辞，眼神有些古怪。

温辞也觉得他眼熟，但实在想不起在哪儿见过。两人你看我我看你，都没说话。

她付了钱，拎着果篮朝巷子里走。

男生忽然追了上来："你找谁？"

温辞没说话。

杜康缓和似的笑了笑："抱歉，我是担心你没来过找不到地方，这里面小道很多。"

他说抱歉的样子，忽然开启了温辞的记忆，去年冬天她去食堂找卫泯对峙，他当时也在。

"我找卫泯。"温辞说，"听说他生病请假了，我来看看他。"

杜康目光一变，很惊讶道："你来看他？你不记恨他就不错了，还来看他，骗谁呢。"

温辞抿了抿唇："之前的事儿，我已经找他说清楚了，在我这里，已经算过去了。"

杜康嘟囔了声："你是过去了，他可无辜死了，白白挨了一顿骂。"

无辜？

温辞反驳道："可八卦不是他先传的吗？"

"那八卦根本就不是他传的！"

她一时僵住了："……什么意思？"

杜康是铁了心要替卫泯"洗白"："他当时为了帮一小孩儿解围得罪了杜一斌，你看到他被打的那次，是他故意被杜一斌打的，但是你报警了，这事儿就不一样了，他不想把事闹大也是为了保护你，才没跟警察说出真相。后来估计是杜一斌他们看到你了，他不敢惹卫泯，就跟人胡说八道恶心你。卫泯担心他得寸进尺，才会跟着你一块儿回家，但杜一斌那个狗东西，他非但不知道收敛，还越传越过分，之后的事情，你也都知道了。"

这事儿被捅到了郑益海那里。

他挨骂受罚，被叫家长，却始终没对她恶语相向，还一次又一地帮她。

温辞从来都以为自己做了该做的事情，却没想到会牵扯出这么多事儿，心口一时像压满了石头，有些喘不上来气。

她看着满脸愤慨的杜康，攥紧了手中的果篮："我……"

事情早已翻篇，道歉的话说千遍万遍也无用。

"算了算了，你们的事你们自己解决。"杜康表情缓和了许多，"走吧，我带你过去。"

温辞本想说不用，但一想到多个人在场，也许会没有那么尴尬，便道："谢谢。"

卫泯昨天兼职受了凉，早上高烧不退，被常云英喂了两粒退烧药，一直睡到中午才起。

温辞跟着杜康进院子时，卫泯刚洗漱完，白毛巾搭在肩上，脸颊泛着红，人看起来很没精神。

"哥。"杜康喊了他一声。

他人停在廊檐下，苍白又虚弱："嗯？"

"有人找你。"杜康努努嘴，卫泯顺着看过去，眼睛亮了一瞬。

一阵穿堂风吹来，卫泯低头咳嗽着，走下廊檐："你怎么过来了？"

"听说你生病了，过来看看你。"温辞把手上的果篮递过去，"随便买了点儿东西，你不要嫌弃。"

卫泯低头看了眼。

果篮不轻，她拎了一路，手心被勒得通红。

"破费了。"卫泯伸手接过。

三个人呈三角形站在院子里，卫泯等着温辞的下文，但温辞不知道怎么开口，杜康纯粹是凑热闹，眼珠子骨碌碌转个不停。

太阳很晒人，卫泯看了杜康一眼，杜康心领神会："你们聊，我去看看奶奶做什么好吃的，奶奶！"

院子角落传来一声："哎！小康来了啊。"

卫泯把果篮放到桌上："喝茶吗？"

"不用了，我不渴。"温辞跟着他走了两步，站在阴凉处，没那么热了，人也一点点儿静了下来，"我都知道了。"

"什么？"

"之前学校传八卦的事，还有你缺考的事，都知道了。"温辞和他对视着，可能是生病，他的眼睛呈现一种水汪汪的脆弱感。

他轻飘飘地"啊"了声："所以？"

"对不起啊。"她低着头，态度诚恳又坚定，"我会跟江主任说清楚你缺考的原因。"

"不怕被江主任误会了？"

"一码归一码，更何况之前都是我误会你了。"温辞似乎觉得有些难以启齿，抿了下唇，"还让你跟我道歉，对不起。"

"跟你没关系。"卫泯咳了两声，又继续说，"你说得没错，你只是做了当时该做的事情，要是没有你，我也许不会伤得这么轻，之后的事情，算起来也是我连累你才对。"

温辞看着他，忽然想起林皎说的那句"他不会真的喜欢你吧"，一时间想说的该说的都不知道要怎么开口。

她不擅长与人打交道，更没有自信觉得他会真的喜欢自己。

可有人会平白对一个人好吗？

闷热的盛夏，温辞不自觉紧张起来："你……"

"吃饭了！"杜康突然喊了一声。

温辞差点儿咬到舌尖，松开紧攥的手，手心里一片湿漉。

杜康端着菜从厨房跑出来，常云英跟在他后边，叫唤道："慢点儿慢点儿，小心撒了。"

她走近了才看见温辞："这是？"

"同学！"杜康把菜放到桌上，"我们学校的学霸，人家可聪明了，成绩比我和卫泯加起来还好。"

"你还好意思说。"常云英拍了杜康一巴掌，笑眯眯地看着温辞，"还没吃饭吧，坐下一起吃，都是家常菜，不要嫌弃。"

"我……"温辞下意识想拒绝。她没有在别人家吃饭的习惯，就连林皎，每回也都是和她在外面见面。

话还没说出口，卫泯忽然伸手拉住了她，哑声说："凑合吃，谢谢你来看我。"

他生着病，手心滚烫，触感格外清晰。

温辞不动声色地抽回手，接过常云英递来的碗筷："谢谢奶奶。"

"不要客气，就当在自己家里一样。"常云英又拿了双干净的筷子，替她夹了许多菜。

"够了够了，谢谢奶奶。"温辞有些受宠若惊，差点儿手忙脚乱打翻碗。

卫泯坐在对面毫无顾忌地笑。

她脸一热，许是氛围使然，在桌底踢了他一脚，他面上不动声色，另一只脚也往旁边一踢。

杜康嘴里含着饭菜，含糊道："哥，你踢我做什么？"

卫泯看着温辞："不是我。"

她大窘，埋头扒着饭，装作什么都不知道。

这会儿正是饭点，家家户户都飘着香，都是温辞平时吃不到的味道，柳蕙做饭讲究健康养生，用料极少，只能沾个"不难吃"的名头。

她不知不觉吃了很多，是最后一个放下筷子的。常云英在一旁关心道："吃饱没？锅里还有锅巴，要不要尝点儿？"

"我吃饱了，谢谢奶奶。"温辞要帮忙收拾碗筷，被老太太拦了下来，她和卫泯坐在桌旁。

他敲着桌沿，手指修长，但有很多红痕，都才结痂。

温辞想到蒋小伟说他在游乐园做兼职，她无意识地抿了下唇角，挪开了视线："我去跟奶奶说一声，先回学校了。"

"等会儿，让杜康带你出去。"卫泯一直头疼得厉害，先前都在强撑，这会儿估计站起来就要倒，"我就不送你了。"

"我认识路了。"

"哦，认识了上回还给小孩儿买糖？"卫泯看着她笑。

"……"

温辞已经懒得解释，看到杜康回来，起身去跟常云英打了声招呼，又回到院子里跟卫泯说："你好好休息。"

"嗯。"卫泯目送他们出了院子。

老太太拿着抹布来擦桌子："这小姑娘，我上回看着就有些眼熟，这趟来我总算想起来了，她不就是之前送我去医院那姑娘，柳主任的女儿？"

他像是猜到常云英要说这事，也没意外："我知道。"

"你知道啊？"

卫泯垂眸看着放在角落的果篮，红的绿的黄的，像是在黑白的世界里塞满了颜色。

"嗯，知道。"

从始至终，他都知道。

温辞一回到学校就去找了江主任替卫泯澄清缺考的原因。江主任年过半百，发际线都快没了，平时也不苟言笑，见到学生不管好坏，犯错了照骂不误，听了她的话也没一竿子打死说不同意。

"这事儿我知道了，关于怎么处罚我会跟他们班主任沟通。"江主任话又一转，"倒是你，少跟他来往，上学期的事儿还没吃够教训吗？"

温辞之前不了解内情，现在什么都知道了，忽然很想替卫泯辩解什么，可说多错多，最后也只能自己默默咽回去："我知道了，谢谢江主任。"

因为一直记挂着江主任对卫泯的处罚，温辞第二天中午又去了趟安江巷。

昨天回学校的路上，她从杜康口中得知，卫泯在学校行踪不定，但每天中午都会回家一趟，一是为了吃饭，二是看着老太太吃药。

常云英是心脏的老毛病，吃药只能缓解，卫泯这些年来到处打工兼职都是为了给她攒手术费。

老太太知道买药费钱，又心疼孙子这么辛苦，经常偷偷把一粒药掰成两次吃，有时还装糊涂忘了吃。

要不是那一次她在医院门口突然犯了病，卫泯根本不知道她有好几次都没去拿药。

为这事儿，卫泯差点儿退学，好说歹说老太太才安安稳稳吃药治病，没再说活够了不连累他的话。

温辞在巷子口就碰见了卫泯，他也刚从学校出来，少见地穿了校服，黑发黑眸，一副好皮囊，依旧很耀眼。

"找我？"他领口的扣子没全扣上，脖颈修长，锁骨的线条漂亮又流畅。

温辞昨天让杜康给卫泯带了话，把自己的说辞跟他通了气，但也怕他不按常理出牌，平白惹一身麻烦。她说："今天江主任找你，你没说错什么吧？"

"没有，都按照你教的说了。"卫泯揶揄她，"这么不放心我啊？"

温辞一听就知道他没什么好话，故意没接茬儿："那江主任给你的处罚是什么？还要请家长吗？"

"不用了，三千字检讨。"

江主任对于这次缺考学生的惩罚力度不轻，除了必要的检讨，还要他们请家长，据说还要加罚扫一周的男厕所。

和其他人比起来，卫泯的处罚明显轻了不少，大约是江主任把她的话听了进去。

温辞松了口气："那就好。"

"不过——"他忽然一个大喘气。

她一口气噎在心口，眼眸跟着瞪大了："什么？"

女生皮肤白，五官里眼睛最漂亮，水汪汪的，清澈透亮。

卫泯和她对视三秒，先挪开了视线："江主任让我作为代表在下周一的升旗仪式后当众念检讨。"

温辞有一瞬间都不知道江主任把她的话听进去到底网开了一面，还是把网收得更紧了。

"要把三千字全部念完吗？"

"怎么可能。"卫泯失笑，"我又不是上去演讲，三千字是交给江主任的，到时候在上边随便念念就行了。"

温辞想到他之前念过的那些检讨："那你还是别随便了，你以前的那些检讨，江主任到现在没把你开除，真的已经很好了，你这次能认真点儿吗？"

"不知道。"他说，"我又没写过检讨。"

温辞："……"

一旁的杜康幽幽来了一句："他以前那些都是我给他写的。"

温辞："……"

卫泯好像特别喜欢看她吃瘪的样子，脸上有很明显的笑意，懒洋洋地说："要不你帮我写？"

"不。"温辞下意识拒绝。

他眉毛轻轻挑起："我可是因为你才缺考的。"

坚定的拒绝一秒松动，她挠了下耳朵："好吧，那你什么时候要？"

"周五。"

温辞莫名其妙背上一份三千字检讨，还不敢当着人面写，每天只能偷偷摸摸抓耳挠腮地写上一点。

她作文水平不差，但没有写检讨的经验，怕太过又怕不够诚恳，东拼西凑勉强写到了三千字。

拿给卫泯的时候还是一个中午，天已经彻底入夏，温度越来越高。

温辞一路走过来，后背出了一层薄薄的汗："我怕江主任认出字迹，写得有些潦草，不知道你能不能看得清楚。"

卫泯看都没看，直接点头："能。"

她眼神怀疑："你都没打开……"

他翻开手上的信纸。

女生的字很大气，有些地方连笔多，看着确实潦草，但并不妨碍辨认，卫泯念道："尊敬的老师、同学，大家好，我是高一（18）班的卫泯……"

"停停停。"温辞写出来是一回事，这么当面听着却又是另外一回事儿，"你能认识就行了，不用念给我听。"

"哦。"卫泯将检讨书叠好拿在手上，"不着急，反正周一都是要听的。"

"雪糕吃不吃？"他指了指一旁的冰柜。

"不了，我还有试卷没写完，先回去了。"温辞摸了摸鼻子，"祝你周一'演讲'顺利。"

卫泯的表情一时难以形容。

温辞总算在口舌之争上扳回一城，笑着冲他挥挥手："走了。"

她笑的样子很明媚，不似平时那样疏远冷淡，他看着，心跳在盛夏的躁动中越来越快。

"人都走没影了。"杜康刺溜刺溜吃着雪糕，伸出一只"魔爪"，"让我来看看学霸的文采。"

卫泯忽地一抬手，避开了他的动作："离我远点儿。"

"呸！你这叫忘恩负义！过河拆桥！"

"不错啊，还会用成语了。"卫泯拍拍他肩膀，"放心，下回检讨还找你写。"

"滚！"

卫泯笑着，慢悠悠离开了。

周一的升旗仪式如期而至。

乌泱泱的人群嘈杂躁动，江主任喊了几次话都没能完全安静下来，黏腻的风也显得有些扰人了。

　　进行到仪式的最后一项时，高一那边提前得到风声，动静明显比高二高三要热闹许多。

　　林皎用手遮住头顶的太阳，侧头跟温辞说："等会儿估计又有热闹要看了。"

　　温辞被晒得有些睁不开眼，含糊"嗯"了一声。

　　卫泯是在江主任说完后才走到话筒前的。

　　他的头发比去年冬天要长出许多，似乎修剪过，看着很有少年气，没什么风格的蓝白校服套在他身上也不显得刻板。

　　台下逐渐变得热闹起来。

　　他置若罔闻，自顾自地从口袋里掏出检讨书，扶着麦的时候温辞看到他往台下看了一眼。

　　她心跳莫名一颤，还未回过神，耳边已经传来少年有些散漫的声音。

　　"尊敬的老师、同学，大家好，我是高一（18）班的卫泯，今天我怀着愧疚以及懊恼的心情站在这里，是想为我在联考中缺考的行为道歉，并做一次深刻的检讨……"

　　台下的议论声停了一瞬。

　　少年的声音还在继续："学校一再三令五申不允许缺考以及提前交卷，但我却没有把这些要求放在心里，这是不应该的，也是对学校领导和老师的不尊重。事后，我冷静思考了很久，我这次犯的错误不仅给学校造成了极坏的影响，也破坏了学校的规章制度，更耽误了我的学习……"

　　……

　　"快快快，你快掐我一下，我不是在做梦吧。"林皎扛着旗杆，拉起温辞的手在自己脸上拍了一下，"不是梦……"

　　不止林皎，在场的许多人都惊住了。这还是头一回听卫泯念这么正经的检讨，连站在一旁的江主任都瞪大了双眼。

　　他都已经做好要冲上来夺麦的准备了，这怎么突然转性了？

　　卫泯没全按照检讨书上的内容念，前后各摘了一两段，统共才说了四五分钟就收尾了。

"检讨人，卫泯，谢谢大家。"

"……"

"……"

林皎咂舌："他还真当来演讲了啊。"

温辞低着头笑，直到听见耳边的掌声才抬起头朝台上看过去，男生还站在话筒前，似乎也没想到会收到这样的反馈。

检讨书合上又打开，看着像有些蒙。

温辞跟着众人一起鼓掌，在混乱中，卫泯朝台下看了眼，对上她带着笑意的视线。

他忽然晃了晃手中的检讨书，像是在暗示什么，笑得嚣张又自信。

七月毒辣的日头晒得人脸红心热，温辞倏地挪开了视线。

检讨的事告了一段落，温辞和卫泯各自回到了自己的生活轨道上，她也没再去过安江巷。

七月高温预警，高考的那两天过去之后，八中的高一高二也赶在最高温度到来之前放了暑假。

整个七月都在新闻宣告的高温中度过，八月下了几场雨，气温也没降下去多少。

温辞同父亲温远之的放假时间同步，暑假几乎没怎么出过门，去哪儿也都是温父开车接送。

渐渐地，她在家里连房间都不怎么出了。

周末姑姑一家来做客，温辞被柳蕙叫出来，她挨着褚让坐在一旁，听柳蕙问道："小让前段时间跟同学去青城玩得怎么样啊？"

"挺好的，就是我们都是小孩儿，没敢跑太远。"褚让碰了下温辞的胳膊，"姐，等寒假大哥回来，我们一块儿去草原玩怎么样？"

温辞还没应，柳蕙先说道："你姐不爱出去玩，就喜欢窝在房间看些闲书，平时我跟你舅舅在家，也不怎么跟我们聊天。"

姑姑道："小姑娘大了嘛，你看我们家褚让，天天烦死人了。"

温辞听着两位长辈闲聊，轻轻叹了口气。一旁的褚让不乐意地驳了一句："我怎么烦人啦！"

"大人说话，小孩儿别插嘴。"姑姑笑着念了句。

"不是舅妈先问我的嘛。"褚让索性拉着温辞站了起来，"姐，我们走，去你房间聊，不烦她们大人了。"

姑姑往她屁股上拍了一巴掌："你这孩子。"

温辞的房间靠南，阳光晒得地板都发烫，褚让干脆躺在床上："姐，你想不想出去玩？"

她跟着躺在一旁，闭着眼说："不想。"

有些事，不去想，就不会有妄念。

"骗人。"褚让翻了个身，往她的腰上戳了一下，"我下午跟同学约好了去游乐园，你跟我一起去呗？"

温辞不怕痒，动也没动，从喉咙里溢出一声笑："干吗？又找我替你打掩护啊。"

"你去不去？"褚让试图说服她，"听说那儿的水族馆还有美人鱼表演。"

"你不是去游乐园吗，怎么又成水族馆了？"

"游乐园里也有水族馆啊。"褚让晃着她的胳膊，"我都跟人约好了，你不跟我去，我妈肯定不让我出门。"

"我跟你去，我妈也不一定让我出门啊。"

温辞的语气很平静，可不知为何，褚让却听出几分清醒的失望，但她到底年纪尚小，不懂其中缘由，只是不停地撒娇："姐，好姐姐，求你了，你都在家闷了一个多月了，再不出去都要发霉了。"

到底是架不住这么软磨硬泡，温辞勉强松口："那你自己去说，姑姑跟你舅妈都同意了，我就陪你出去。"

"成！"褚让乐颠颠跑出去。

客厅和卧室离得不远，温辞只听见她跟姑姑撒同一套娇，柳蕙说了一句"天气怪热的"。

温辞重新闭上眼，没再刻意去听，昏昏欲睡之际听见开门声，褚让径直跑了进来。

她像一阵风，一阵自由的风，将温辞彻底包围。

"搞定了，吃完饭我们就出发！"

温辞有些意外："我妈也同意了？"

"当然啦。"褚让没说是怎么说服柳蕙的，心思全都放在了下午的出游，吃过饭便要拉着温辞出门。

姑姑交代了几句。

温辞看向柳蕙，她的表情和平时无异，眉目平静，看不出什么情绪："早点儿回来。"

温辞下意识地攥紧手，心口的枷锁似乎也变得更紧了，垂眸"嗯"了一声。

褚让一路情绪高涨，在车上注意到温辞的异样，很是好奇："姐，出来玩还不高兴吗？"

"当然高兴啊。"她看向车外，树影一闪而过，嘴里喃喃道，"只是高兴也是有代价的。"

褚让没听清："什么？"

"没什么。"她轻描淡写地说。

游乐园建在城西，前年跟隔壁水上乐园合并之后，成了安城当地最大的游乐场所。

褚让跟同学会合之后，简直像撒欢的鸟儿，温辞拉都拉不住，跟着她爬上爬下。

不知不觉间，堵在心口的那股郁气伴随着过山车涌上高空带来的失重感逐渐散去。

她脸上的笑意多了，笑声更明显了。

"姐！"

温辞一回头，褚让捧着同学的相机站在不远处，"咔嚓"一声，将她的笑容定格在这一瞬间。

"好看啊！你要多笑笑。"褚让把相机还给同学，"等照片洗出来了，记得把我姐的照片给我啊。"

同学笑了笑："没问题。"

"呀，快三点了！美人鱼表演要开始了。"褚让忙拉住温辞，"走走走，可不能错过。"

水族馆在园内最角落，靠近水上乐园的西门，暑假是游玩的高峰期，温辞站在人群中，明显感觉馆内的冷气有些不足。

四周多是小孩子，看到美人鱼从玻璃后方沉入水底，全都"啊啊"叫了起来，还有小孩儿坐到父亲的肩上。

温辞视野被遮挡，只能侧过头，从人群里的缝隙里看到在水中游动的美人鱼。

澄澈的池水中，美人鱼蓝色的鱼尾在水中摇曳摆动，裸露的上半身像一块浸在深海之中的羊脂白玉。

"啊啊啊啊啊！"褚让已经疯了，"怎么还有男美人鱼啊！"

"人鱼"从池底缓慢向上游动，脊背的线条流畅又漂亮，他好像天生就生在水中，手臂纤长，鱼尾优美而动人。

五彩斑斓的小鱼从他周身匆匆游过，他摆动着鱼尾，和另一条美人鱼在水中共舞，转过身的瞬间，池中的光影落了过去。

温辞怔住。

她下意识地挤开人群往前走了两步。

"姐！"褚让匆匆挤过来，"怎么了？"

温辞盯着池水里的美人鱼。

男生表演完一支舞，松开同伴女生的手，缓慢靠近玻璃前和观众互动，黑发在水中如海藻般顺滑，透明的护目镜下，一双眉目依旧英俊而深邃。

是卫泯。

男生的五指修长，没有像同伴一样做出飞吻的动作，而是贴在玻璃上，等着小孩子尖叫着冲上前去和他击掌。

银蓝色的鱼尾斑斓耀眼，不停在温辞眼前闪烁，她像是入了迷，视野里只剩下池中的他和站在玻璃外的她。

寂静的深海里，他是蛊惑人心的美人鱼，而她是甘愿俯首称臣的信徒。

"啊啊啊啊啊啊！"

褚让连连尖叫拉回了温辞的思绪，意识回笼的那一刻像是夏日里的一道闷雷劈了下来，电流瞬间传遍四肢百骸。

她脸红耳赤，心跳大乱，褚让还在一旁拽着她的胳膊发疯："腹肌！八块腹肌！我的天我的天！"

男生的身形很优越，肩宽腰窄，手臂摆动间背肌若隐若现，是恰到好处的力量感，不会显得夸张吓人，也不会让人觉得过分壮硕。

放在他身上，一切都像是刚刚好。

温辞快速挪开了视线，几秒的光景里，她忽然觉得场馆里有些闷得慌。

美人鱼表演时长有限，短暂的互动结束，男生摆动着胳膊，逐渐远离人潮，像童话里的美人鱼，永远被禁锢在深海之中。

从水族馆出来，褚让还意犹未尽，拿着相机不停翻看，一边看一边点评："这脸啧啧，这身材啧啧啧。"

简单的文字也有画面感。

温辞的脑海里像是在播一场被按下循环播放的电影，那道银蓝色的身影久久挥之不去。

她脸颊发热，仰头看天空的太阳，午后的光线越发刺眼，温度也更高。

是热吗？

是太阳吗？

她也分不清。

一直到天黑，褚让才算玩到痛快，温辞在游乐园门口看着褚让和她同学都上了车才打车回去。

到家时，柳蕙和温远之都在客厅，像是在特意等着她。

温辞放下钥匙："爸、妈，我回来了。"

"吃饭了吗？"温远之放下报纸，站起身，"你妈妈给你留了饭菜，我给你热热？"

温辞有些受宠若惊："谢谢爸爸。"

她先去洗了澡，出来时饭菜已经热好，温远之不在客厅，柳蕙还坐在那儿看书。

"我爸睡了？"

柳蕙"嗯"了声，放下书走到餐桌旁，盯着她看了几秒："怎么感觉好像晒黑了？"

"有吗？我都没有晒很久。"

"玩得开心吗？"柳蕙并不在意女儿的回答，自顾自地接道，"褚让下学期就要中考了，今天你们出去，你姑姑还在念叨她整天不知道学习，你作为姐姐，应该多管管她，而不是这么纵着她。"

一天的好心情到此为止。

温辞的灵魂像是在这一刻被抽离出来，白天快乐的她站在一旁，看着这一刻坐在家里被枷锁束缚住的温辞。

听见她没什么起伏的声音："我知道了。"

"去年夏天你跟褚让去爬山，结果中暑下台阶连军训都没有参加，这才多久，你就忘了吗？"柳蕙盛了一小碗鸡汤放到她面前，"这两天天气热，就别往外跑了，在家里多休息休息。"

鸡汤还冒着热气，香味飘了出来，温辞却只闻见酸味，她皱了皱鼻子，忍住鼻酸，重复道："知道了。"

"吃吧，吃完早点儿休息。"

"嗯。"她低着头，手紧紧捏着汤匙，眼泪掉在手背上。

她还是她，人间的快乐与她无关。

那天晚上，温辞久违地失眠了。

她早早地躺在床上，看着窗外的月亮，却始终没有多少困意，直至天明，才勉强闭眼。

这一觉，也不安稳。

梦里一直有停不下来的水声，她处在一片黑暗中，摸索着前进，手碰到似墙非墙的硬物。

视野里忽然传来一抹光亮，越来越近。

眼前的一切也越来越清晰，手中碰到的是一块玻璃，玻璃之外是一汪碧蓝的池水。

发光的是人鱼的鱼尾，银蓝色的光芒在池水中若隐若现，直至照亮整片水池。

她竟然又回到了水族馆。

卫泯缓缓靠近玻璃，眼眸漆黑清晰。他不停地拍打玻璃，神情紧张，像是在求救。

温辞不知所措，低头四处寻找工具，却忽然发现脚下也是玻璃，她抬起头，头顶也是玻璃。

她环顾四周，全部都是玻璃。

温辞看向玻璃之外，惊讶地发现那不是水族馆那间狭小封闭的水池，而是一望无际的深海。

海水是自由的，卫泯是自由的。

她才是那个被困在玻璃房里的人。

| 第三章 | ♥
你想当什么?

　　暑假的最后一段时间温辞没有再出去,安城的夏天短暂,开学时温度已经降了不少。

　　高二分班是按照上学期联考的成绩,温辞和林皎都留在了重点班,教室还在六楼,只不过从西楼换到了北楼,跟教师办公室在同一栋。

　　刚开学一切都很混乱。

　　新的教室,新的同学。林皎是个社交达人,进了班里就没安静下来,跑进跑出几趟。

　　上课铃打响的时候,她从外面进来,抓起温辞的水灌了两口:"你敢相信吗?"

　　"什么?"温辞把刚发下的书分好放在她桌上,发现漏了一本英语听力教材,便把有的先拿给了林皎。

　　"这学期江主任跟学校提议,把文理最后两个班级搬到了五楼,就在我们楼下,跟老郑他们在一个楼层。"

　　北楼算综合楼,以往只有顶楼才设班级,往下都是办公室和多媒体教室。

　　林皎乐死了:"杨峥他们班就紧挨着江主任的办公室,现在大声说句话都不敢,比我们楼上还安静。"

　　温辞笑着说:"那好惨啊。"

　　"岂止是惨,简直都快活不下去了。"

　　林皎为此乐了一节课,下课后看到温辞起身,问了句:"你去哪儿?"

"少了本英语教材，我去楼下找找。"

"那我跟你一起！"林皎跟过去，"正好再去看看杨峥的热闹，哎哟，这事我能笑一学期。"

温辞拿她没办法："你收敛点儿，楼下不只有杨峥一个人在。"

下到五楼，果然比楼上还安静，封闭式的走廊连个人影都没有。路过理科班门口，温辞匆匆瞥了眼，教室里趴倒了一片，分不清谁是谁。

她没多看，和林皎在杨峥班门口分开，一拐弯进了郑益海的办公室，里面只有一位女老师在。

女老师听了温辞的来意，指了指角落："你去那儿找找，应该还有多余的。"

温辞点点头："谢谢老师。"

文科、理科的英语教材没有区别，十几个班的教材都堆在一起，温辞埋头找了一会儿，听到一声"报告"。

她找书的动作一顿，回头看了眼。

卫浞站在门口，穿着蓝白色的校服，身影高高瘦瘦的。

他也说是来找书，女老师听了笑说："怎么今天都是来找书的，你们课代表办事不靠谱啊。都在那儿，自己去找吧。"

"谢谢老师。"他走进来，脚步像踩在温辞心上。

淡淡的皂角香靠近。

他惯会装："同学，你在找什么书？"

"听力教材。"温辞快把这里翻了个底儿朝天，"你要找什么，我刚刚翻过一遍，大概记得位置。"

"英语教科书，高二上册。"卫浞蹲在一旁，肩膀抵着墙，手里随便拿着本书翻来翻去，"你没找到？"

"好像没了，可能哪个班多拿了。"温辞从底下抽出一本书递给他，"是这个吗？"

"没错，谢谢你哦。"

哦个鬼。

温辞借着桌子遮挡看了他一眼。他修剪了头发，两鬓剃得比较短，额前几缕碎发，眼眸漆黑。

她看着他抓着书的五指，记忆忽然回到水族馆那天，他游动的身影，还有那发着光的鱼尾。

她的视线下意识地往他腿上看了过去。

人鱼上岸了。

鱼尾消失了。

"疼吗？"她忽然问。

卫泯往自己腿上看了看："什么？"

温辞猜他大约永远也不会知道自己见过他变成美人鱼的样子，便很轻地笑了下："没什么，我先回去了。"

卫泯的心怦怦直跳，他忽然伸出手，本想去抓她的胳膊，无奈她速度太快，不小心牵住了她的手。

她温凉的指尖被他握在手心里。

"等——"

两人皆是一愣。

温辞眼睫一颤，不动声色地抽回手："怎么了？"

"你不是找听力教材吗？"卫泯从地上随便拿了本书，站起身递过去，"给。"

温辞看着封皮上的"阅读理解"四个字，想问他是不是不认识字，卫泯却把书塞到她手里："走吧。"

她有些不解，跟着走了出去。

走廊依旧没什么走动的人，林皎大约是先回去了，不在原来的位置。

卫泯和温辞走在过道两侧，他忽然走快了几步："在楼梯口等我。"

温辞看着他进了一旁的十八班。分班之后，文科班十五个，理科班十三个，卫泯依旧在十八班。

如果不是缺考，他或许不用待在五楼受罪。

温辞叹了一口气。

卫泯出来得很快，手上拿着一本听力教材："给，你先拿去用。"

温辞没接："没事，我可以跟我同桌看一本。"

"拿着吧，放我这儿也是浪费。"卫泯还举着手，"等你找到新的了再还给我也一样。"

温辞还有些犹豫，他一把将书塞到她手上，还顺手拿走了那本阅读理解："走了。"

"哎！"她看着他离开的方向，轻声说，"谢谢。"

书都是刚发下来的，温辞回到教室一翻开，看到扉页上龙飞凤舞的"卫泯"两字，又猛地合上了。

林皎被吓了一跳："怎么了？"

"没事。"温辞笑了笑，又装作无事地翻着书。除了他的名字，书里还夹了一张走读申请表。

上边只填了一个名字。

——卫泯。

这两个字写得都很潦草，跟他的长相不太相符。

温辞没想到他这么粗心，借人书的时候都不检查一下。她叹了口气，把申请表抽出来塞进了书包里。

卫泯是在放学后班长过来找他要走读申请表时，才意识到自己可能把表夹在书里借了出去。

卫泯："晚点儿我自己交给老周。"

班长没多说："行。"

卫泯刚睡醒，眉眼都倦怠，靠着椅背缓神。杜康还在一旁呼呼大睡，江主任神出鬼没，睡个觉都不安稳。

一放学，教室空得很快。

门口人影晃动。

"卫泯。"温辞在五楼来回走了快有七八遍，眼见这一层都没什么人了才走到十八班门口。

卫泯反应很快，站起来时凳子跟地面摩擦着发出很大的声响。

他快步走到门口，接过她递来的申请表，轻笑道："你胆子越来越大了啊，不知道江主任办公室就在旁边吗？"

"江主任走了啊。"温辞背着手，"我又不傻。"

"要夸你吗？"

"不用。"她面无表情。

卫泯收起申请表，往口袋里一塞："吃饭了吗？"

"还没，不过我室友帮我带饭了。"温辞摆摆手，"我先回去了，听力教材……我可能要过几天才能还你了。"

"没事，用吧。"卫泯偏开头，轻轻打了个哈欠，喉结旁的那颗痣清晰可见。

温辞别开视线："走了。"

"嗯。"

这之后，温辞每回来五楼都能碰见卫泯。

这一栋楼都是封闭式走廊，只有站在楼梯口能看见外边的天。他经常在那里停留，偶尔穿校服，更多的时候穿黑色 T 恤和灰色运动长裤。

他们几乎不打招呼，像陌生人，却又在角落里交换眼神。

天知地知，你知我知。

这种隐晦的交流带给温辞一种难言的体会，她开始期待去五楼，有时没有看见那道黑色的身影，会无意识地失落一下。

她以为是习惯使然，并没有往深处想。

天渐渐凉了，一年一度的运动会如期而至。

温辞没有参加项目，倒不是她不想，是柳蕙觉得这些活动很危险，也没什么意义。

不过今年她并不是因为这个原因才没参加，但归根结底还是跟柳蕙有关。

一个月前，三年一度的作文比赛"星文杯"开始报名，这项比赛是由国内八所顶尖师范大学筹办，一等奖有高考加分的优惠，但仅能在报考这八所学校其中之一才有效。

这八所其中一所是温远之所任教的大学，也是他们想让温辞报考的院校。

以温辞的成绩报考这所学校并不需要加分，但柳蕙为了能有更多优势，还是打电话到郑益海那里替她报了名。

运动会那两天正好是初赛。

比赛的前一天，全校除了高三都没有晚自习，温辞到老师那儿拿了准考证，老师对她说了几句鼓励的话之后，还多说了一句："之前没叫你参加，是以为你的目标不在师范大学，就不想你把时间耽误在这上边。"

温辞猜到肯定是柳蕙说了什么，也不想再解释，勉强笑了笑："我知道，麻烦老师了。"

"去吧，尽力就好，别有压力。"

温辞点点头，回教室拿书包。

前桌看到她的准考证，感慨道："我要是有你的作文水平就好了，还能有机会拿奖加分。"

如果可以，她宁愿没有。但这话说出来不好听，温辞只是笑了笑："我又不一定能拿奖。"

"班长，要对自己有信心啊。"

"好哦。"温辞背上书包，"我先回家了，你们明天比赛加油。"

"会的，你也加油！"前桌做了个打气的手势。

看着温辞离开，前桌转头跟自己的同桌说："我怎么看着班长有点不高兴呢？"

同桌："要是你，好好的运动会不能玩只能去参加比赛，你高兴吗？"

"……"

从教学楼出来，温辞还能听见楼里的欢闹声，此刻太阳还未西斜，蓝天白云，风中有淡淡的桂花香。

身上的枷锁在无形中加重，她深吸了一口气，花香化作绵绵软布，堵在心口上不来下不去，强烈的窒息感呛得她眼眶一阵发酸。

温辞无意识攥紧了手中的准考证，却又觉得扎手。

也许丢掉就好了，她脑海里不停闪过这样的念头。

太阳穴突突直跳，她似乎有些思考不过来，全凭意识在操控自己的动作。

将准考证扔出去的那一瞬，温辞觉得自己好像又活过来了，她没有回头，像身后有洪水猛兽一般，径直往前走。

温辞不知走出多远，猛地停住脚步，风里的香味淡了，窒息感像潮水一样退去，太阳依旧高挂。

蓝天白云，一切都不曾改变。

她认命般地转身往回走，这不是扔掉就能解决的问题。

温辞跑回到垃圾桶前，桶里并没有多少垃圾，可准考证却凭空消失了，怎么也找不到。

她愣在那儿，只觉得一阵疲惫。忽然，对面蹲下来一人，两人隔着垃圾桶对上视线。

"你许愿呢？"卫泯蹲在对面，露出半张脸。

"什么？"温辞眼睛红红的。

"这是垃圾桶，不是许愿池，你蹲在这里一天，它也不能保佑你比赛拿个一等奖。"卫泯笑道，"还有，就算真对着垃圾桶许愿，你也不能丢准考证啊，起码丢个硬币进去。"

"谁会对着垃圾桶许愿。"温辞嘟囔了一声，站起来后才回过神，"你怎么知道我扔的是准考证？"

卫泯跟着站起来，从口袋里掏出那张纸递过去："你刚刚没扔进去。"

"哦，谢谢。"温辞接过准考证，看着准考证上的名字，忽然闷声说，"要是真能许愿就好了，把我当成垃圾丢进去。"

话落，她突然被他提住了后领。

她吓了一跳："做什么？"

"不是想当成垃圾扔进桶里吗？"卫泯下巴轻抬，路对面校园里负责转运垃圾的大叔正提着两个绿色大桶路过，"这个小了，那个刚好。"

温辞："……"

她生气的样子很可爱，可眼尾的红意依旧无法忽视，卫泯松开手，平静地问："当垃圾也比当温辞好吗？"

温辞攥紧手又松开，准考证被捏出很深的褶子："如果能选择的话，我宁愿不当温辞。"

"那你想当什么？"

她想了一会儿，好像说了能成真一样地认真道："当一阵风。"

它没有形状，不受拘束。

任何人都能触碰到它，却永远也无法抓住它。

"挺好。"卫泯做出评价，却没有问为什么。

温辞忽然很想听听他的回答，礼尚往来似的问道："如果可以选择，你想当什么？"

"我啊……"他慢悠悠走在她身旁，漫不经心道，"当一条鱼吧，只有七秒钟的记忆，快乐或痛苦都只有一瞬。"

温辞脑海里瞬间闪过那条银蓝色的鱼尾，几乎是下意识地脱口而出："你不是当过了嘛，还是条美人鱼。"

"……"

"……"

卫泯第一次露出吃惊的表情，好半天没说话，不知道过了多久，他发自肺腑地骂了声。

"你看见了？"他接着道。

"……看见了。"温辞摸了摸脸，很实诚。

"……"

卫泯红了脸。

很快，他的耳朵也红了，连脖子都覆着一层淡淡的粉色。

这让温辞很意外。她见过他游刃有余的、漫不经心的，甚至是故意使坏恶劣嚣张的模样，却还是第一次看见他这样。

这是害羞了吗?

她出于好奇,顾不上社交礼仪,一直没有收回落在他脸上的目光。

卫泯像是忍受不了,伸手挡在她眼前:"看什么?"

是比在水族馆那天还近的距离,修长的五指,骨节分明,指节上有许多经年累月的疤痕。

掌心纹路凌乱,覆着一层薄薄的茧。

可能是意识到有些逾越,他很快收回了手:"别看了。"

"我也没看什么。"温辞替自己辩解,而后又很小声地说,"该看的都看过了……"

他猛地侧过头,微微瞪大了眼睛。

温辞觉得他这个样子实在是太搞笑了,又下了剂猛药:"我妹妹还拍了很多你的照片。"

她一脸无害地补充道:"我也留了一张。"

卫泯愣了一下,像是没想到,唇瓣抿成一道平直的线:"我以前还真是误会你了。"

"什么?"

"原来你也是会私藏男同学裸照的人。"

这次轮到温辞瞪大了眼睛,眼珠子澄澈明亮,写满了不可思议:"什么私藏裸照,你不要乱说。"

"半裸也是裸。"卫泯捏住了她的七寸,"我真是没想到啊。"

论口舌之争,温辞终究不是卫泯的对手,她恼羞成怒般道:"我回去就把照片扔了!"

"哦。"他静静走了一会儿,冷不丁又幽幽提起,"好看吗?"

温辞脚下踉跄,没搭他的茬儿。

"不是说该看的都看了吗?"

温辞算是体会到了什么叫搬起石头砸自己的脚,她磨牙道:"我没看,什么都没看见!"

"这样啊。"他语气似是遗憾。

温辞默默加快了速度，快靠近校门口时，卫泯忽然越过她先一步走了出去。

等她走出去时，卫泯已经站到保安室看不见的位置。

温辞停在不远处："我先走了。"

他点点头，没多说。

温辞走到站台等车，静默的时间里，先前在她和卫泯这场算不上争吵的争吵中消失殆尽的压抑感再次涌上心头。

她将手放入口袋里，不停捏着里面那张准考证，偶尔会被纸张折起的尖角戳到也不在意。

公交车来来往往，温辞始终没上车，骨子里假装被磨平的执拗和倔强在这一刻蠢蠢欲动。

她想逃离。

逃得远远，像记忆里的人一样。

逃吧。

逃吧。

逃吧。

耳边仿佛有人在低语，带着诱惑的魔力，温辞深呼吸着，一转过身却愣在原地。

卫泯松散地站在暮色里，肩膀靠着站台的广告牌，垂着眼看她："去哪儿？"

温辞不敢看他，低着头，没有底气地说："回家。"

之后是一阵长久的沉默。

"算了。"他忽然说。

温辞抬头看他，想问什么算了，他忽然靠近："带你去个地方。"

"什么——"她还没来得及问出声，卫泯毫无预兆地拽着她往前跑，风声在耳边呼啸。

"跑快点儿，小心被人看见，明天又在学校传我们的八卦。"

温辞不由得加快了速度，但他手长腿长，她难免跟得有些吃力。跑过半条街，温辞反甩开他的胳膊："等……等会儿。"

卫泯呼吸都没怎么变，看着她弓着身，手撑着膝盖大口喘气，半蹲在她面前："还好吗？"

她胸口急促起伏着，摆手说没事："走吧。"

她竟也没问去哪儿，卫泯盯着她的脸看了几秒，轻笑："不怕我把你卖了啊？"

"你会吗？"温辝眼神认真。

他反倒先退了："不敢。"

温辝同他走过热闹与繁华，穿进一条寂静的小巷，拐了几个弯，面前视野豁然开朗，是一家修车行。

店门口清出一片空地，停着几辆电瓶车。

卫泯："在这儿等我。"

卫泯独自走进店里，隔得远，听不见人声，只一会儿，他拿着一串钥匙从里出来，回头朝里喊："是门口这辆黑色的吗？"

里屋传来人声："就那辆。你注意点儿，小心被交警扣住。"

"放心。"他走下台阶，取下挂在车把上的头盔走到温辝面前递给她，"你不是想当一阵风吗？"

温辝将头盔戴到脑袋上，内壁的柔软紧贴着耳朵，她看见他唇瓣一张一合："这个有点儿难，我可能办不到了。"

"这个估计要等我死了才能办到。"温辝瓮声道。

卫泯愣了两秒，忽地抬手往头盔上一拍，护目镜遮住目光里的温度："胡说什么呢。"

温辝被他语气的严肃和认真吓到，很轻地缩了下脖子，没有再说胡话。

卫泯也从一旁的车子上拿了个头盔，长腿一跨坐到电瓶车上，单脚点着地，眼眸漆黑带着点点笑意："上车，带你去兜风。"

温辝的心微微动了一下，像是被什么戳了戳。

她小心翼翼地坐上车，手一直避着没碰到他，但一时脚没踩稳，戴着头盔的脑袋重重砸在他肩上。

"对不起。"温辝慌张地道歉，也顾不上那么多，手忙脚乱地坐直身体，

"好了，你没事儿吧？"

"没事儿。"卫泯发动了车子，在大街小巷匀速穿过，晚风吹在手背上，带着几分凉意。

卫泯很快骑出了市区，车速也提了起来，风变得急促，道路两侧的树木和灯光像一帧帧模糊的剪影。

温辞人生里很少有这样极限的时刻，心提到了嗓子眼儿。

高度紧张之下，她没有注意到男生的身体有一瞬的僵硬。

速度越来越快，耳边只剩风声。

越往外开，视野越开阔。安城地处丘陵，没有高山也不似平原，城市处于起伏之中。

低矮的山野连绵。

一路飞驰，绿树路灯稻田，万事万物都被甩在身后，眼前只有沉默的少年和疾驰而过的风。

温辞的心渐渐开阔起来。

她闭着眼，风声更响。

卫泯几乎绕着整个安城的外围骑了一圈，车速慢下来时，风声也跟着小了，天早就黑了。

夜色中霓虹跳动，斑斓的星光高悬。

温辞手脚都有些发软，头盔碰到他的后脑，两块硬邦邦的东西撞在一起，咚咚直响。

"怎么了？"他戴着头盔扭头看了一眼。

"没事儿。"

他们在山道上缓慢行驶着，最后停在一处凉亭附近，站在那儿能看见大半个安城。

温辞和卫泯并肩站在一处，入目皆是交错纵横的光影，像星星坠落凡尘，熠熠生辉。

夜色寂静，山林深处的钟鸣声忽远忽近。

也许是当下氛围使然，也许是她迫切地想找一个人诉说，温辞打破了这一晚上的沉默："我有一个堂姐——"

卫泯在她开口的一瞬间，扭头看了过来。

温辞没有看他，自顾自地说道："她是我们家里的第一个小孩儿，本来应该是很受宠的，但因为我奶奶重男轻女，我大伯母就对她要求很高，家教特别严，她几乎没什么玩乐的时间，只要考试没有拿到第一名，就会挨骂挨打。高考结束后，我堂姐去了北京，但我大伯母仍然觉得不够，要她考研，还花心思送她出国读书，镀的金越多越好。我四岁那年，堂姐如我大伯母所愿出国了，但我们谁都没有想到，她出国不到一年就音信全无，直到今天，我们都一直没有她的消息。"

世界之大，一个人何其渺小。

卫泯没有多问，只是安静地等着她的下文。

"我爸妈可能是杯弓蛇影，从小到大都不敢对我有什么特别高的要求，但我一样没有选择的自由。他们怕我走得太远，像我堂姐一样消失不见，总要把我放在他们眼皮底下才安心。我从小学到初中都在我爸爸单位底下的附属学校读书，学校里不管是老师还是班主任都跟我爸爸认识，到了高中，我好不容易考出来了，老郑又是我爸的大学同学。"温辞自嘲似的笑了声，"可能到了大学，我爸还会是我专业课的老师。"

她人生里的每一步，都被提前刻上了标签，没有惊喜也没有意外。

像一湖沼泽，泛不起波澜，连石块掉进去，都只能被吞没。

"我是人，不是物件，没办法他们想放在哪里就可以放在哪里。"温辞想起过去每一次无用的挣扎，每一次试图做出的努力都被父母三两言语粉碎，心中便一阵无力和委屈。

她憋着眼泪，轻不可闻地说："我也想要有选择被放在哪里的自由。"

眼泪什么时候落下的，温辞都忘了。

只记得脸颊被指腹轻轻蹭过的触感，一晚上没怎么吭声的卫泯站在她面前，双手捧着她的脸擦掉她的眼泪。

这一刻，他们都忘了这样的动作是否超越他们现存关系的界限。

她需要诉说，而他正好是那个倾听的人，安慰似乎只是附属。

温辞长到这么大，很少掉眼泪。

在别的小孩儿还要通过掉眼泪来获取父母更多的关心时，她已经被柳蕙和温远之全方位地关照着。

哭泣在他们面前得不到任何多余的关注，也解决不了任何问题，只会被看作成无能和脆弱的表现。

他们无法理解——我们已经把全部的爱都给你了，你的眼泪是从何而来，又是为何而流。

眼泪当不了利剑，也成不了盔甲。

它一无是处。

温辞像是才意识到这一点，猛地偏开了头，回避似的躲开了卫泯的视线。

他也没说什么，装作什么都没发生的样子问："回去吗？"

她快速擦了下眼角，话音里还带着哭腔："嗯。"

卫泯先她一步离开了凉亭，走到车旁拿起头盔戴好，又取下另外一个递过去，忽然问："想不想学骑车？"

"啊？"温辞很诧异，下意识问了句，"可以吗？"

"有什么不可以的。"他意有所指地说，"我们这个年纪，不正是想做什么就做什么的时候。"

她安静地戴上帽子，手在底下摸了半天也没找到暗扣的位置。

"怎么这么笨。"卫泯轻笑了声，伸手帮她调整好暗扣，"好了。"

他又抬头，对上她的目光："想学吗？"

"说实话……"温辞整颗脑袋都在头盔里，腮帮子鼓鼓的，看起来有些呆萌，"不太想。"

卫泯斜坐在车上，闻言只是笑："为什么？"

"腿短。"

"……"

他放肆大笑，笑得毫无顾忌，眉眼都生动起来："又不是摩托车，跟腿长腿短有什么关系。"

"反正我不学。"她拒绝得很坚定。

"好吧。"卫泯没再强求,"怎么选择是你的自由。"

山野阒寂,卫泯的目光安静而温和,温辞的内心却突然像是掀起了一场海啸。

风平浪静后,埋藏在深海之中的那间玻璃房出现一道裂痕,房里的人安静地坐在角落。

她在等待下一场海啸,那是自由的号角声。

下山的路一片静谧。

卫泯骑行的速度不是很快,温辞没再揪着他的衣服。

道路两侧的光影忽明忽暗,她长吸了口气,山野间林木的气息浓郁。

"都是灰。"卫泯忽然说。

她呛了一声,伸手拨下了挡风镜,借着风声喊道:"谢谢。"

"什么?"

"我说——"温辞凑近他肩侧,声音在头盔里回荡,"今天谢谢你!"

他好像还是没听见:"你说什么?大声点儿。"

"我说!!!"温辞又推开了挡风镜,风迷住眼,她侧头大声喊着,心中的郁气似乎也一块儿喊了出去,"今!天!谢!谢!你!"

"哦,不客气。"

话音落,他突然猛地加快了速度,温辞吓得连声尖叫,也顾不上许多,紧紧抓住了他的衣角:"啊啊啊——"

车速抵达极限,狂风呼啸。

少年肆意的笑声回荡在山野间。

像灰姑娘过了凌晨十二点就会消失的南瓜马车,温辞也赶在柳蕙下班之前回到了人间。

卫泯将车停在巷子口,温辞被迎面而来的车灯晃了下眼,她侧了下头,把头盔还回去："今天谢谢你。"

"说几遍了？"卫泯的头发被头盔压得扁塌塌的，他五指随便往后一胡噜，露出饱满额头。

温辞老老实实地回答："四遍。"

他像是噎了下，挠着眉毛说："不客气不客气不客气不客气。"

"谢谢。"温辞赶在他开口之前解释道，"你在路上说过一次不客气了，扯平了。"

幼稚的对话，幼稚的行为。

卫泯被逗笑了："行，你说了算。"

温辞："那我回去了。"

"要……送你到公交站吗？"

温辞脸上的表情瞬间垮了下来："不用了，谢谢。"

他脸上的笑容变得更深了："拜拜。"

两人在原地站着，对上目光的瞬间，温辞扭过头要走，没走两步，忽然听见他在背后喊了声——

"温辞。"

这是他们认识以来，他第一次这么正儿八经叫她的名字，温辞的心跳像漏了一拍。

她转过头问："怎么了？"

卫泯站在夜色里，头发被抓得乱糟糟的，像天边的残云，没有形状。

他像是也意识到这点，又抓了下头发才开口："我可能没立场这么说，但是我觉得如果你不想要，至少要向其他人证明你能得到，才有资格说不要。"

温辞愣了一下，随后神情秒变认真："知道了。"

温辞最终还是去参加了作文比赛，不仅是为了要证明什么，更多的还是因为在这个时候，她依然没有选择的自由。

初赛地点在隔壁市，温远之请了假全程陪同。

从考场出来后，温辞对进复赛没有特别担心。

成绩在两周后公布，获奖名单直接邮递到各大学校教务处，但因为温远之的缘故，温辞比其他人更早一些知道自己的成绩。

第十名。

这一届比赛报名上千人，进入复赛共计一百三十一名学生，整个安城仅有她和隔壁三中一名女生进了复赛。

也算是好消息，八中在校门口拉了横幅——

恭贺我校文科（1）班温辞同学荣获"星文杯"初赛第十名！

温辞一早到学校看到那么大的横幅，一秒都没敢停留，一路连走带跑地进了教学楼。

"跑什么？"后边突然追上一人。

安城夏天短入冬早，卫泯还穿着单薄的两件，外套敞开着，露出里面的校服短袖。

温辞看着都觉得冷："没跑什么，冷。"

卫泯看了她一眼，那眼神分明就是在说"你裹成这样还冷"，开口却是别的：
"恭喜啊，大作家。"

"谢谢。"

这感谢说得不情不愿，卫泯轻笑："怎么拿奖了还不乐意？"

"就是个初赛而已。本来没几个人知道我参加比赛，现在全校都知道了，要是到时候复赛我铩羽而归，大家肯定都会好奇之前文科班那个初赛拿奖的，怎么复赛没动静了，肯定是没拿奖，到时多丢人啊。"

"你就对自己这么没信心？"

"我是对我自己有几斤几两很清楚。"

"九十斤左右，不会超过九十五斤。"

"啊？"

"你几斤几两。"

"……"温辞以为自己听错了，看着他没说话。

"看我做什么，看路。"卫泯比她多上了两级台阶，"上次送你去校医室，感觉是这个数，对吗？"

"不知道。"温辞很久没称过体重了。

他一拐弯，趴在栏杆上，目光落到她全副武装的三件套上："幸亏那会儿是夏天啊。"

"……"温辞的拳头都硬了。

卫泯没忍住笑，找补似的说："复赛加油，大作家。"

"我可不是大作家，我也没打算当作家。"

"那你以后想做什么？"卫泯又补了句，"实际点儿啊，不是什么风儿鱼儿的，实现不了的。"

温辞："我当风是实现不了了，你当鱼不是实现了吗？"

"行，我这去跟人说你私藏我的照片。"

"你——"

"我的照片扔了吗？"他话锋突然一转。

"扔了。"其实并没有。那天回去之后，温辞从书里翻出那张照片，犹豫了很久还是又夹了回去。

"真扔了啊？"他语气可惜，"啧。"

温辞不想在这个话题上多废话，几步超过他，一溜烟儿跑没影了，卫泯看着她跟猫一样的身影，一个人乐了半天。

横幅给温辞带来一阵关注，也带来不少压力。

复赛前一周，"星文杯"举办方组织集训，温辞没让温远之陪同，跟三中的女生一起去的汉城。

不同于初赛漫长的审稿期，复赛结束后的第三天成绩就出来了，当天也是获奖选手的颁奖礼。

温辞如柳蕙所愿拿了一等奖，带着获奖证书和奖杯回了安城。

柳蕙当然很高兴，晚上亲自下厨做了一桌饭菜，温远之开了一瓶自己的藏酒，温辞在桌边坐下时，久违地没有憋闷和难受。

就好像她拿了奖，确实是一件值得高兴的事情。

饭桌上，柳蕙端起酒杯："庆祝小辞比赛取得好成绩。"

温辞也举着装满橙汁的杯子，笑意还未达眼底，柳蕙又道："今年你们学校一等奖的加分还是八分吗？"

温辞一愣。

温远之点头："其他专业是八分，如果报考中文相关专业，或许能加到十分。这个规定是今年新出的，目前还没定下来。"

夫妻俩自然而然地聊起师大中文专业的前景，像过去的很多时刻，温辞坐在这里，却又像不在这里。

饭桌上泾渭分明，她慢慢放下杯子，沉默地吃着东西。

原来，值得高兴的并不是拿奖。

温辞突然不合时宜地想起卫泯。

他知不知道她拿奖了？他又会说些什么？是恭喜她拿奖还是祝贺她拿到了高考加分？

她还想到林皎，想到郑益海，想到其他的同学，或许在他们看来拿到高考加分是比拿奖还值得高兴的事情。

就像在柳蕙和温远之眼中一样，重要的不是一等奖，而是一等奖所能带来的实际的东西。

荣誉只是虚名。

可她偏偏只想要这个虚名。

温辞在家里过了一个周末才去的学校。托江主任横幅的福，她得奖的消息传遍了全校。

这一回是实实在在拿了奖，该有底气的，可她还是高兴不起来。

"怎么，手握八分高考加分还不高兴啊？"林皎的目标在北师大——这次筹办比赛的八所院校之一，但她六科里的长处不在语文，连个参赛资格都没捞着。

"我也不一定就用得到这八分。"

"学霸也不能这么打击人的。"

温辞知道林皎错会了她的意思，也没多解释。一上午，因为获奖的事，她来来回回去了几趟五楼。

最后一次路过十八班门口，温辞又往教室里瞥了眼，这一上午卫泯的座位都是空着的。

倒是一旁的杜康撞见她的视线，愣了几秒，而后笑着点了点头。

她没多停留，极轻地抿唇笑了一下算作回应，快步走远了。

回到教室，温辞翻出草稿纸，写了几个字，却又分神想起卫泯的事。

逃课了？

这学期大约是教室被全方位监管着的缘故，温辞已经很少听到他因为逃课而被江主任抓住的消息。

那是请假了？

温辞随便在纸上划拉了几笔，一篇四五百字的稿子拖到快放学才写完。

中午温辞没跟林皎去食堂，一下课就去了安江巷，在巷口等了十几分钟才见到杜康。

杜康也是好心，以为温辞有话要问，放学在教室多等了会儿，结果没等到人，还以为是自己会错了意，没想到在这儿等到了人。

他走近了问："你是想问卫泯的事吧？"

温辞点了点头："他今天怎么没来学校，是出什么事了吗？"

"他请假了，这段时间都在医院照顾他奶奶呢。"杜康踢着脚边的石头子儿，没精打采地说。

温辞一惊："常奶奶怎么了？"

"前两天下雨摔了一跤。"杜康挠了挠头，也不知道该不该多问一句"你要去看看吗"，可一想，她跟卫泯的关系好像也没好到这个程度，索性没问。

温辞也在犹豫，但最后还是问了句："常奶奶在哪个医院啊？方便去探望吗？"

"就在省立医院，探望……应该是方便的吧，我等会儿正好要过去，要不你跟我一起？"

听到省立医院，温辞眉头下意识一蹙，这是柳蕙工作的医院，院里熟人很多。

她想了一会儿说："我今天不过去了，等会儿还有其他的事情。"

杜康也没意外，只当她那一句探望是客套："行，那我先去忙了。"

温辞还是打算过去的，只是她记得柳蕙今天是白班，怕过去被撞见了，平白惹柳蕙不高兴。

一直到第二天中午，放学后她又去找了杜康，问清常云英的病房号，一个人匆匆赶去了医院。

省立医院离得不远，下车后，温辞朝路边的水果摊走去，迎面过来几个说话的老人。

不知为何，她忽然觉得这幅画面有几分眼熟，就好像过去经历过一样。

温辞只当是海马效应，也没放在心上。

常云英的病房在住院部三楼，午后楼里很安静，温辞怕碰见熟人，一直低着头。

经过水房，她抬头看病房号，一时没注意撞到了人。

"哎哟，你这姑娘怎么走路不看路呢？我这手上拎的可是开水，万一烫着你怎么办？"大叔叫唤着。

温辞连连道歉，口罩闷在脸上，楼里暖气又充沛，她急得额头都出汗了。

附近两间病房里有人探头出来看热闹。

突然，有人出声："温辞？"

她回过头。

卫泯站在斜对面的病房门口，手里拎着一只蓝色水瓶，神情很意外："你怎么在这儿？"

大叔看有熟人，嘀咕着走远了。

温辞扯下口罩，脸很红，抿了下唇说："我听杜康说常奶奶住院了，就想来看看她。奶奶还好吗？"

"已经没什么大事了，过阵子就能出院。"

"哦。"她挠了挠脸，想起手上的果篮，递了过去，"我过来得着急，就在门口随便买了点儿水果。"

"你太客气了。"卫泯接了过去，看到前边有护士过来，"走吧，我奶奶看到你来，应该会很高兴。"

"是吗？"温辞听不出这是不是客套，跟着进了病房。

常云英摔得不轻，加上年纪大了，骨头恢复得慢，人一直有些低烧，见到温辞第一眼还没反应过来。

卫泯走过去喊了声："奶奶，这是我同学，温辞。"

常云英看着确实挺高兴的，但也很意外："哎呀，怎么还麻烦你跑过来了。卫泯是不是你跟人说的？还让人破费买这么多东西。"

"不是不是的奶奶，我是听杜康说的。"温辞这会儿也觉得自己这么跑过来挺尴尬的，站也不是坐也不是。

她回头窘迫地看了卫泯一眼，他走上前放下手中的东西："别念叨了，回头等您出院，您请我同学到家里多吃几顿饭就行了。"

"你就胡闹。"常云英还病着，跟温辞没说几句，人就没声儿了。

病房里安静得似乎都能听见远处的车鸣声，温辞小心翼翼地站起来："那我先——"

"你是不是还没吃饭？"卫泯说，"先到外面等我，我带你去吃饭。"

温辞都没找到机会拒绝，点点头往外走，在门口又回头看了眼。

卫泯很熟练地将床头调整到合适的高度，顺手收起小桌板，又转身将窗户开了道细缝。

临走前，他还倒了一杯热水放在病床边的桌子上。

这不是只照顾病人一两天就会的事儿，温辞默默别开了视线。

卫泯跟隔壁床的阿姨打了声招呼，才拿上外套从里出来："你有没有什么想吃的？"

"不用麻烦了，我来的路上吃过了。"温辞注意到他脸色很差，像是好几天都没睡过觉的样子，"要不去楼下坐一会儿，晒晒太阳？"

"也行。还没问你比赛的情况呢，"卫泯套上外套，还是那件黑色羽绒服，沾着皂角香，"拿奖了吗？"

"拿了。"

"一等奖？"

"嗯。"温辞忽然有些紧张。

"嚯，厉害啊，一等奖可不是一般人能拿到的。"

"我就是'一班'人啊。"

卫泯愣了几秒才反应过来，笑着看了她一眼，什么也没说。

他那个笑很随意，只是大约离得太近了，冲击感强烈，温辞短暂地恍了恍神。

她咬了下舌尖，试图让自己清醒清醒。

卫泯忽然回头："去那边坐？"

"嘶——"温辞吓了一跳，没注意咬得太重了，整张脸都皱到了一起。

"怎么了？"卫泯稍稍俯身，整张脸都凑了过来，目光直勾勾地落在她脸上，"牙疼？"

如果脸红有声音，那应该就像火山爆发，"轰"的一声，天雷勾动地火，再强的痛意都压不下去。

她强装镇定，含混不清地否认："没事，走吧，去那边坐。"

两栋住院大楼中间有一处小花园，温辞和卫泯避开人群坐在角落的长椅上，他还很不放心地盯着她看："真没事？"

"没事，我就是咬到自己了。"温辞动了动舌尖，尝到一点点儿血腥味，她皱着眉吞咽了两下，好像又不小心碰到了破皮的地方，忍不住轻轻"嘶"了声。

卫泯瞧着她的动作，大约是觉得好笑，偏开头轻轻笑了声。

他下意识动了动手指，搭在膝头轻敲了两下："那你回头吃东西注意点，不要吃太辣了。"

"嗯。"温辞说不上来地坐立不安，想要换个话题，但脑袋许是被太阳晒得迟钝了，问了一个最不该问的问题，"这几天都是你一个人在医院照顾常奶奶吗？你爸妈——"

她本意是关心，可话一出口，北风似乎都停了。

温辞心跳大乱，是紧张的，不知所措的。她红着脸辩驳："我不是那个意思，我没有——"

解释的声音消弭在卫泯的沉默里。

她绞紧手指，无措地低下头，地面上的两道影子挨得很近。

长久的安静里，风声又起。

高一点儿的影子动了动，将中间的空隙填补，声音很轻："你是不是很好奇？"

温辞下意识地抬头："什么？"

"什么？"

"我的父母。"

温辞想说没有，但卫泯已经自顾自地说了起来："我是跟着我奶奶长大的，我妈在我出生不久就去世了，我爸爸……"

温辞记起之前听过的八卦，他爸爸跟别的女人跑了。她不想让他自揭伤疤："你别说了。"

"我爸爸在坐牢。"

他像在说一件很寻常的事情，温辞却愣住了，张着唇，欲言又止。

卫泯半弓着身，低着头手撑在膝盖上，慢吞吞地说："在我还没出生的时候，我大伯跟他说有赚钱的法子，带着他去了外地。"

那是个没什么新意的故事。

卫泯的大伯卫建国并没有什么赚钱的法子，他在外地一小区当保安，平时借着职务之便，经常干些偷鸡摸狗的事情。

那时他看中了小区里一家富户的儿子，想绑出来干一票大的，但因为不放心跟其他人合作，才想起自己的弟弟卫建民。

起初，卫建国一直瞒着卫建民，直到把男孩儿绑出来的那个晚上才跟他说了自己的计划。卫建民大吃一惊，也不愿意做这样危险的事情，不停劝大哥将男孩儿送回去。

争执之中，昏迷的男孩儿醒了过来，他看见了卫建民的长相，而卫建国却因为戴着面罩没被认出来。

卫建国便以此为借口威逼利诱弟弟卫建民，也说了自己只是要钱，等拿到了钱，自己继续回去当保安，他再悄悄回家，毕竟小孩儿被关得久了，惊慌加上年纪又小，记忆肯定会有混乱，到时没有人会发现这件事是他们做的。

卫建民被说动了。他以为大哥只是贪财，但没想到的是男孩儿家里是个空壳子，男孩儿的父亲半年前生意失败，一直瞒着家里。

卫建国一气之下准备撕票，还告诉弟弟卫建民，他从一开始就没打算将男孩儿送回去。

他要钱，也要命。

卫建民怕事情无法挽回，失手打伤了大哥卫建国，带着小男孩儿去自首，追逐的途中，卫建民意外发生车祸，小男孩儿当场死亡。

"后来，我大伯被判了死刑，我爸因为有自首倾向，被判了无期遣送回原籍。"卫泯直起身，地面上的两道影子不知不觉间挨得更近了，"我爸在巷子里人缘很好，平时谁家有个难处他都会帮一把，被遣送回来的时候大家都不相信他会做出这样的事情，巷子里的邻居们为了不让别人说我闲话，都跟人家说我爸是跟别的女人跑了。可这事毕竟是发生过，别人再怎么说也无法抹去，我妈也因为我爸的事，怀我的时候一直郁郁寡欢，后来生产时又难产，还没出月子人就没了。"

温辞怔怔地看着他，忽然就很想哭，一时不敢看他。过了很久，她才开口，声音是颤抖的："你……恨他吗？"

"也谈不上恨，毕竟我又没有跟他生活过。对我来说，他比陌生人还陌生。"从出生至今，卫泯只见过卫建民一张照片。

温辞心里一阵酸软，静静听着他说话。

只是后来他的声音越来越小，温辞看到他闭着眼要往下倒的样子，下意识靠了过去，肩上落下一点重量。

男生的头发又细又软，风吹过，他在半梦半醒间问了句："你还记得吗……"

"记得什么？"温辞小声问了句。

卫泯却像是睡着了，没有回答这个问题。

温辞没再动，也没有发出任何声响，只是安静地坐着。

她听着呼吸，听着心跳，像过了一整个世纪那么漫长，但其实卫泯并没有睡很久，醒来好像也忘了之前说过什么。

温辞也没在意，她只是记得他疲惫的样子，看起来很让人心软。

/ 第四章 / ♥
新年快乐

　　快入年末了，常云英才彻底好起来，一能下地走了就催着卫泯叫温辞到家里来吃饭。

　　卫泯推三阻四也不给个准信，成天在院子里捣鼓桃核。

　　"上次人家来医院看我，还带了东西，我叫人来吃个饭过分吗？"逮着杜康在，常云英又提起这茬儿，"小康啊，回头你帮我跟你同学说一声。"

　　杜康也不敢应，眼睛往卫泯那边瞟，被常云英拍了一巴掌："我跟你说话，你看他做什么？"

　　"奶奶，我哥不答应，我哪敢啊。"杜康讨饶，"您还是听我哥的吧。"

　　常云英念念叨叨："反正是你们同学，我不管啦。"

　　等人走了，杜康才蹲到卫泯跟前："温辞还真去看奶奶了啊？我以为她不会去的呢，没想到你们私底下关系都这么好了。"

　　"别乱说，她跟我没什么关系。"卫泯拿砂纸打磨着桃核的边缘，"你以后也少跟人说我的事。"

　　"不是，这也能怪我，那她问我你去哪儿了，我总不能撒谎吧？"杜康看他神情严肃，举起双手做投降状，"行行行，你说什么是什么，我以后不说了。"

　　卫泯继续捣鼓着手中的桃核，杜康蹲在那儿看了会儿，实在好奇："奶奶说得对，就是吃个饭，之前又不是没来过，况且她还去看了奶奶，于情于理都没问题啊。"

卫泯头也不抬地说："我跟她说了我爸在坐牢的事。"

杜康瞪大了双眼："你没事干吗跟人说这个？你还让我少跟人家说你的事儿，你这都把老底掀出来了。"

"聊到了，顺口提的。"

"聊什么能顺口提到这个！"杜康算是卫泯极少数能交心的朋友，也知道"父亲坐牢"这事儿其实一直是卫泯心里过不去的一道坎儿。

就连当年跟杜一斌打架也是因为他不知道从哪儿听说了卫建民坐牢的事，跑到卫泯面前瞎嘚瑟，结果被他俩揍了一顿才结下的梁子。

卫泯："这事又不是什么秘密，她迟早会知道的。"

世上没有不透风的墙，尽管巷子里的邻居都有心隐瞒，可老人老了，总有新的人要冒尖儿。

卫泯不想温辞从别人口中听说这事，主动提起，既是剖白，也是试探。

"那温辞……说什么了吗？"沉默片刻，杜康只问了这一句。

他其实能猜到卫泯在想什么，这十几年来左邻右舍虽然没多说什么，但真跟卫家交心相处的却少之又少。

谁都不愿意让自家小孩儿跟一个绑架犯的儿子当朋友。

近朱者赤，近墨者黑。

血缘是剪不断的。

"没说什么。"卫泯已经不太记得清那天自己到底说了多少。那一阵子他忙着照顾常云英，几天几夜熬下来只睡了不到十个小时，人又疲惫又恍惚。

听见她提起父母的时候，他有一瞬间是蒙的，后来看到她如临大敌的模样，他的一颗心渐渐沉了下去。

该来的还是来了。

他不知道她听说了多少，索性全盘托出，抱着豁出去了的心，说完整个人竟还有种如释重负的错觉。

一颗心不再漂浮不定，疲惫感像上涨的潮水逐渐将他包围，他当是最后一次，放任自己倒在她的肩上。

就这样吧。

推开他，一切到此为止。

可她没有。

后来，也许是真的累了，他沉沉地合上了眼。那日阳光晴好，他在恍惚中梦到了初见的那个盛夏——

那天是八中的开学日。

卫泯去得晚，顶着午后最烈的日头穿行在教学楼间。

报到处在思政楼大厅的二楼，八中新生的报到流程简单，他有杜康带着，基本没怎么费事儿。

"我看看，我看看。"杜康抢过卫泯手中刚盖好钢戳的学生证，屈指对着上边的照片弹了两下，"啧，同样是证件照，怎么你的看着人模狗样，我的看着像个劳改犯。"

"我也没见过这么损着自己夸别人的。"卫泯挑着嘴角笑，余光瞥见什么，起初没注意，等从杜康手中拿回学生证，忽地想起什么，又扭头看了一眼。

门边的长桌底下躺着一本学生证。

学生证背面朝上，上面还有半个脚印，估摸着是之前人多脚杂，被谁无意间踢到了这角落。

卫泯弯腰将学生证捡了起来，抹掉背面的灰渍，从正面翻开了。

盖着八中钢戳的一寸照映入眼帘。

很白很干净的一张脸。

眼珠澄澈，黑得纯粹分明。

底下两行手写字。

     姓名：温辞

     班级：高一（1）班

"大学霸啊。"杜康瞥了眼说。

"什么？"卫泯合上学生证，将它交给了报到处的老师。

"你没看分班表吗？"杜康搭着卫泯的肩膀往外走，"一班是重点班里的尖子班。"

"是吗？"卫泯没怎么在意，走出报到处，迎面跑过来一道人影，白净的脸，漆黑的眉眼。

比照片上更灵动。

她和他擦肩而过。

长发随风而动，风中散着淡淡的栀子花香。

卫泯没有回头，奔跑的身影逐渐消失在视野里。

一墙之隔内有声音传出："老师您好，请问您这边有人捡到我的学生证吗？我叫温辞，高一（1）班的。"

"温辞？刚有人捡到一本，你看看是不是。"

"是我的，谢谢老师。"

当天的开学典礼定在晚上七点，卫泯不是住校生，跟杜康在班里同学宿舍睡了一场囫囵觉，半梦半醒间似是闻到一抹花香。

既熟悉又陌生。

他抬眼，瞧见挂在床边的军训服，坐起身问："什么味儿？"

"啥？"杜康四处嗅了嗅，"没味儿啊。"

卫泯撩开他的军训服，一股栀子花香萦绕在鼻息间："几点了？"

"六点半，你起来正好，班主任叫我们先去教室集合。"

卫泯应了声又躺回去，花香盘旋，久久不散。

好奇怪。

如今早就不是栀子花的花期，怎么铺天盖地全是这香味？

"别躺了啊。"杜康脱掉上衣，换上军训服，"你也把衣服换了，等会儿典礼结束，教官就要领我们去训练了。"

"……嗯。"

高一按照班级排名分楼层，十八班在人来人往最热闹的一楼楼梯口，班主任点完名之后，叫临时班长带着人先去礼堂。

进了礼堂，卫泯自顾自地寻了一个角落坐着，十八班的位置原本就偏，他这一坐，到时偷溜出去也没人注意到。

"不往前坐坐吗？这边吹不到风扇，热死了。"杜康一边嘟囔，一边跟着坐了下来。

开学典礼规模不算很大，常规的校长发言，紧接着是教官首长讲话，最后才是学生代表演讲。

卫泯听得昏昏欲睡，空气在半封闭的空间里缓慢流通着，汗腥味，洗衣粉的香味，廉价的脂粉味。

荷尔蒙与青春期的青涩不期而遇。

"大家好。"

突然出现的声音就像山谷里的一道清泉，潺潺细流，令人"赏心悦耳"。

卫泯陡然惊醒，从帽檐下朝演讲台望过去。

灯光下，女生一袭白裙，如初夏的栀子花，皎洁的明月。

不染纤尘。

"我是高一（1）班的温辞。"

……

那天温辞还念了什么，卫泯已经记不清了，只记得演讲中途，盛夏闷雷滚响，暴雨不期而至，礼堂内乱哄哄的，她清澈的声音夹杂着雨声噼里啪啦砸了下来。

他像站在暴雨中央，被淋了个彻底，抬头却不见乌云，只见明月皎皎，好似触手可及。

……

卫泯最终还是赶在新年到来之前跟温辞传达了常云英的邀请，她没有想象中的犹豫与拒绝。

"明天中午吗？"安城的冬天已经到了，温辞裹得很严实，更像一只软乎乎的小猫，"那我可能要晚一点才能过去，明天我们班里英语周测。"

"没事。"卫泯一颗心上上下下，这会儿还有些不踏实，"那我到时候在楼下等你？"

温辞撇撇嘴："我认识路。"

卫泯被她逗笑了："不是，我就是等你而已，没有说你路痴的意思。"

"你不如不解释。你还是别等我了，我到时自己过去就行。"温辞站在风口，偏头打了个喷嚏，余光瞥见有人过来。

再一回头，卫泯已经站远了。

温辞张嘴想说不用站那么远，几米外，公交车打着车灯缓缓进站，她同他隔着几道人影对视。

他唇瓣动了动，温辞还来不及辨明，车子已经要关门，她急匆匆上了车，等到坐下来，她才辨出他先前说的是"明天见"。

温辞猛地拉开车窗往后看。

他还两手插兜站在原地，五官轮廓隐于冬夜弥漫的雾气当中，伴随着霓虹的光影若隐若现。

车越开越远，她关上车窗，自顾自地低语："明天见。"

大约是小孩子心态，温辞一晚上都没睡好，但好在也没影响到第二天的周测，放学课代表还在收卷子，她已经着急要走了。

林皎接过她的试卷："你有事儿啊？"

"嗯，有急事儿，你帮我交一下，我先走了。"温辞拿上围脖和外套，"中午我要是回来晚了，你帮我打个掩护。"

她急匆匆下楼，一路连跑带走的。

杜康远远看见她，抬手晃了晃："不着急，吃饭还有一会儿。"

"是吗？那就好。"温辞还想买点儿东西，被杜康拦住了。

他笑："卫泯叫我在这里等你就是怕你买东西。他说什么都不用带，只是随便吃顿饭，你带东西就太见外了。"

温辞："我随便买点儿水果。"

"什么都不用，这大冷天吃什么水果。卫泯说了，我要是没拦住你，我今天就不用进去吃饭了。"

"……"

中午吃饭从院子搬进了堂屋，温辞上次来得着急，没太在意这院里的构造，这次才看清。

院子里住了五户人家，卫泯家在最南边，带一间小阁楼。

屋里面积也不大，中间摆了张桌子，墙边靠着两排立柜，往里是常云英的卧室。

东西不多，收拾得很干净，墙上还贴了几张奖状。

温辞吃完饭走近看了眼，写的都是卫泯的名字，从一年级到初二，每学期都是前三名，往后就没了。

"看什么？"卫泯端着茶杯走近。

"奖状，你以前挺厉害的。"温辞看过卫泯的成绩单，不是那种均衡的差，单数学这一门，他偶尔也会考到三位数。

"好汉不提当年勇。"他递过茶杯，"喝点儿水。"

"谢谢。"温辞捧着暖手，倒是没再像上次在医院那么犯糊涂，问一些不该问的。

一杯水喝完，温辞准备回学校，卫泯忽然站起来："等我一下，有个东西给你。"

她"哦"了声，站在原地没动，看着他往阁楼上去，很快又走了下来，手里拿着的像是一根红绳。

卫泯掂量着，似乎又觉得有些拿不出手："……不是什么很值钱的物件。"

温辞一点儿没在乎值钱不值钱，只是很好笑地看着他说："那你到底是送还是不送啊？"

他轻轻"啧"了声，接上后半句话："你当戴着玩吧。"

卫泯摊开手。

是一根桃核手链，桃核被雕成了福锁形状，顶端穿着一根红绳。

温辞拿了起来，桃核已经被打磨得很光滑，福锁两边是一圈雕花。她问："你自己做的吗？"

院子里有一棵不高的桃树，她进屋时在墙边看到许多晒好的小桃核。

卫泯："嗯，是今年夏天的桃子。"

"谢谢。"温辞不停摸着桃核表面的雕花，看着很爱不释手。

大约是被惊喜冲昏了头，于是她又问了一个不该问的："不过你怎么突然送我这个啊？"

不过这次卫泯像是早有准备，一点儿也没有为难地答道："你不是作文拿奖了吗？这是赠礼了。"

温辞突然想起获奖那晚她因为柳蕙和温远之的话而想到的那个问题，停下了摸小桃核的动作，唇角一抿又松开："只是……给作文拿奖的赠礼吗？"

卫泯似乎也有些愣，头一回送女生礼物，憋了半天才找到的理由，怎么看着还不够合适？

他一时捉摸不定，视线无意扫过墙上的挂历，又说："也不全是。"

温辞心中一紧，下意识攥紧手。

卫泯的神色却变得轻松，笑着道："这不马上就到元旦了，它也算……新年礼物。"

温辞愣神几秒，整个人也不自觉跟着松了下来。那一秒她忽然就有些鼻酸，低着头不停翻看桃核遮掩情绪。

"谢谢。"她嘴角提起笑意，"我很喜欢。"

"喜欢就好。走吧，送你去巷口。"

温辞不知道他怎么每次都一副生怕她迷路的模样，推托了几句，还是没能说服他。

安城快要落雪了，巷子里风声肆虐。

温辞看到他还穿着单衣，下意识加快了速度，等看见了巷口便说："好了，就到这里吧，我先回学校了。"

"那……"他想了想说，"回见。"

温辞一笑："回见。"

她径直往前走，一瞬间像回到去年冬天，那时温辞心无旁骛，以为那就是故事的结局。

可兜兜转转，故事又回到这里。

想到这儿，温辞忍不住回头看了眼。

巷子里一如既往的破败不堪，阳光晒过交织的电线在墙壁和地面投下斑驳的光影。

少年站在明暗交错的分界线上，身形挺拔利落，一身单薄的衣衫被风吹得鼓起。

他忽然往前一步，走进了光里："怎么了？"

温辞没有办法形容那一瞬心口鼓胀的感觉，眼睛被风吹得泛酸，她摆手说没事。

她小跑着过了马路，视线被长河般的车流遮挡，等风起绿灯亮，巷口早已空无一人。

回校的路上，温辞不停拿出那根桃核手链翻来覆去地看，某一个瞬间，她像是发现了什么，将桃核换了个方向。

原来福锁两侧的雕花不是胡乱刻上去的纹路，而是她的名字，是一个卧倒的"辞"字。

她盯着看了许久，忽然笑了一声，手中也攥得更紧。

一场风停，安城的大雪如期而至，元旦节前的校园像一锅待沸的水，是止不住的热闹沸腾。

元旦晚会是唯一一项全校都能参加的活动。

温辞作为班长，当天跟文艺委员忙得脚不沾地，既要安排表演节目的人员去彩排，又要负责其他一堆琐事。

等表演开始，温辞才真的歇下来。她找了角落待着，视线环顾人群，昏暗光线下，人影模糊重叠。

她没在那儿久站，看到有人影起身，跟着走了出去，在长廊上叫住男生："杜康。"

"欸？咋了？"

"卫泯呢？他今天没来吗？"

"他打工去了，这种活动他基本不来的。"杜康搓着后脖颈，"你找他有事啊？"

"没事，随便问问。"温辞又问，"他还是在游乐园打工吗？"

"对啊，你怎么知道？"

"之前碰见过一次。"

杜康"哦"了声，他赶着去厕所，没跟温辞多聊。后来散场，温辞也没看见他回来。

从礼堂出来时，外面已经堆了一层厚厚的雪。

温辞跟林皎一起回了教室。八中元旦不掐假，放满了整三天，她跟林皎在校门口分开。

天空又在飘雪。

公交车路过安江巷，深夜的巷口亮着昏黄的灯，雪花在光影里飘浮，那是温辞在这一年里记住的最后一个画面。

元旦当天，温家照例要聚一聚。往年都定在外面，今年褚让家搬了新房，温辞姑姑叫他们过去庆祝当是暖新房。

吃过饭，褚让吵着要出去玩："你们大人喝酒搓麻将的又不带我们玩，干吗不让我们出门，你们这是强政！暴政！"

姑姑笑着拍了她一巴掌："小孩子胡说什么，又没说不让你们出去。"

大伯母也发了话："温礼，你带着两个妹妹出去，开车路上注意点儿安全，你婶婶刚才走之前还说一环那边发生了车祸，你们小心点儿。"

柳蕙今天也过来了，但因为工作性质使然，在饭桌上一个电话又被叫走了，临走前还在交代温辞不要乱跑。

温辞也在这时候看向了温远之，他喝了口热茶，放下茶杯时说了句："去吧，早点儿回来。"

她心口一松："谢谢爸。"

从家里出来，温礼发动了车子，回头问："两位大小姐，要去哪儿玩啊？"

褚让只是不乐意在家里窝着,真要去哪儿其实也没数,嘟嘟囔囔想了半天,温辞忽然提了一句:"要不去游乐园?听说那晚上还挺热闹的。"

褚让:"那儿好像也没什么好玩的,都去过好多回了。"

"你还挑上了,让你说去哪儿你半天也没话。"温礼将车开了出去,"我也投去游乐园一票,等你想到去哪儿,天都黑了。"

"哎呀,行行行,那就去游乐园!GO(走)!"

温辞松了口气,抬头看见后视镜里温礼的视线,装作若无其事的样子提醒道:"哥,你开车看路,看我做什么?"

温礼轻笑,没再多说。

他们出发时天还没黑,一路上堵堵停停,等进园天已经完全暗了下来,万幸的是雪也停了。

褚让来之前说没什么好玩的,一进园就跟脱缰的野马一样什么都要试一试。从鬼屋出来,她还去找"鬼"合照。

温礼和温辞站在一旁,他忽然问了句:"接下来想去哪儿啊,妹妹?"

温辞感觉他说话怪怪的:"看褚让。"

"不是你提议来游乐园的吗?我以为你有想去的地方呢。"温礼笑得意味深长,"真没有啊?"

温辞不自然地挪开视线:"那……去水族馆看看?"

这下温礼彻底笑了出来:"行,我倒要看看水族馆有什么好东西。"

温辞脸一热:"那不去了。"

"去,怎么不去。"温礼上前拽过褚让,"走了,去下个点儿。"

等到了温辞才知道,冬天水族馆虽然开放,但考虑到人员安全,是没有其他表演的。

三人在里面随便逛了一圈,周遭热闹的氛围轻松而自在,温辞也谈不上多失望。

后来路过露天溜冰场,温辞是旱鸭子,下冰入水都不行,但架不住褚让想玩,三人买票换了鞋进场。

褚让也是个花架子,一进场,温礼左胳膊挂一个,右手抓一个,温礼一个头两个大："褚让，你行不行，不行出去。"

"行行行，马上就行。"

褚让哆哆嗦嗦，勉强松开手，眼见着要被接龙的队伍撞上，温礼只得先松开温辞去抓她："小辞，你先靠边抓着栏杆。"

温辞应了声"好"，立马贴边抓住栏杆。

溜冰场是今年新开的，面积很大，场内人来人往，穿着玩偶服的教练员时不时从温辞面前滑过。

不远处，温礼抓着褚让一边躲开人群，一边往她这里来，但无奈人实在太多，他俩很快被人潮推远。

"哥——"

温辞从小平衡感就不好，小时候平地走路都能摔，这会儿光是站着，也觉得脚下直打滑。

她找不见温礼和褚让，索性抓着栏杆往人少的地方去，一旁忽然有人大喊着"让开让开"。

温辞回头一看，是失控的"接龙队伍"。

她避无可避，闭着眼打算迎接撞击，忽然被人抓着胳膊，带着往前一滑，手心按到一片柔软。

温辞心有余悸地睁开眼，眼前是一只灰色的"大熊"，她愣了下才说："……谢谢。"

"大熊"晃了晃脑袋，朝她伸出一只"熊掌"。温辞试探着握了上去，被"大熊"牢牢抓住，跟着往前缓慢滑行着。

温辞磕磕绊绊，几次都撞到玩偶熊身上："不好意思，我不是很会，有没有撞疼你？"

她伸手揉了揉玩偶熊被撞到的地方，对方好似躲了下，但因为身形笨重的缘故，不仅没躲开，反而还不小心跌倒在冰面上。

"欸——"温辞没忍住笑了，朝玩偶熊伸出手，"没事吧？"

玩偶熊握住她的手站起来，又晃了晃脑袋，像是在说没事，继续带着温辞在冰场周边滑行。

玩了一会儿，温辞远远听见温礼和褚让的声音，回头看了眼说："我家人来找我了，今天谢谢你。"

玩偶熊没什么表示，只是牵着她往回滑，快要碰到温礼和褚让时，玩偶熊伸手在她背后轻轻推了一把。

推开的一瞬间，温辞听见玩偶熊里传来很轻的一声——

"新年快乐！"

那一刻像有电流穿过身体，温辞大脑一片空白，一路跌跌撞撞，被温礼抓住胳膊，才猛地回头看了眼。

玩偶熊早已消失不见，那一声"新年快乐"仿佛是她的错觉。

温礼察觉到她的不对劲，问："怎么了？"

"没事儿。"她握了握手，柔软的触感好似还存在。

冰面上依旧人来人往，温辞心不在焉玩了一会儿，跟温礼说了声，先换了鞋去冰场外等他们。

她站在围栏外，场内人影幢幢。

褚让玩了个尽兴，冲到她面前，正要说话，不远处忽然发出一声巨响，游乐园的第二场烟花展开始了。

场内飞驰的人影暂停下来，一群人都站在冰面上，看着绽开的烟花，温辞四下寻找，视线忽地一顿。

离她不远的地方，一只玩偶熊从人群里缓慢滑出，站在暗淡的角落。

卫泯摘下笨重的大熊头套，轻轻甩了甩脑袋，黑夜里，汗珠像是被火光点亮，在半空中一闪而过。

他单手抓着头套，似乎注意到什么，隔着人群抬起头。

那一刻，天空焰火闪烁，震耳欲聋。

温辞却在一片嘈杂声中想起很久之前，有人说，靠近他是一件很庸俗的事情。

但在这一晚，在这一瞬间。

她想。

她或许愿意做那个庸俗的人。

　　假期结束返校当天，温辞抽空去了趟安江巷。

　　当时正是傍晚，元旦三天安城窸窸窣窣下了几场雪，巷子里不似外面的街道被环卫工人将积雪清除了，这里积雪堆积成山，只留出一条走路的小道。

　　半路上，温辞碰见提着一袋东西的蒋小伟，估摸着是太沉了，袋子几乎是拖在地上。

　　她快步跟上去："小伟。"

　　"嗯？"蒋小伟吸了吸鼻子，"姐姐下午好。"

　　"你怎么一个人拿这么多东西？"

　　"我妈在家炸红薯丸子，我出来帮她买东西，没想到这么沉。哎哟，累死我了。"

　　他的样子很逗人，温辞没忍住笑了，顺手接过袋子："给我吧。你卫泯哥哥在家吗？"

　　"谢谢姐姐。他在家，忙着烤红薯呢。"蒋小伟一蹦一跳走在前头，迎面忽然拐过来几个男生。

　　蒋小伟猛地掉头跑到温辞跟前，手抓着她的书包袋子，一副很怕对方的模样。

　　"怎么了？"温辞小声问了句。见他不吭声，她握住他的手，抬头看向正朝这边走来的几人。

　　为首的是杜一斌。

　　她有些意外，对方似乎也是同样的意外，目光在她和蒋小伟脸上来回看了好几次。

　　温辞没吭声，牵着蒋小伟加快了步伐。

　　等拐过去，蒋小伟才"哎哟"了一声，拍着胸脯叨叨道："吓死我了。"

　　"你也认识他们？"

　　他点点头，声音没了之前的活泼："之前他们找我要钱，被卫泯哥哥看见了，后来卫泯哥哥叫我看见他们就安静点儿，能跑就跑。"

　　温辞隐约想到什么，伸手摸了摸蒋小伟的脑袋，说："那你刚刚怎么不跑？"

"你不是还在嘛。"蒋小伟说，"我怎么能抛下你一个人跑了，要是被卫泯哥哥知道，会被笑话的。"

温辞心里一暖："谢谢你啊。"

蒋小伟不大好意思，松开她的手，蹦跶着跑远了。

温辞快步跟了上去，走近院子看见门口堆了一个大雪人，戴着一顶破掉的草帽，身上还插着两根树枝。

蒋小伟已经噔噔跑进了院子，有人在问："叫你买的东西呢？"

温辞正要往里进，迎面忽地飞来一只雪球，啪嗒砸在她的脸上，碎雪掉进她的衣领里，冰得有些吓人。

见砸到了她，杜康大叫着："对不起对不起对不起。"

温辞睁开眼，他人已经冲到了跟前。她拿手抹着脸上的水珠，说："没事儿。这是小伟的东西，你帮我接一下。"

杜康刚接过，脑袋就挨了卫泯一下："哎，你下手再重点儿，这一袋子油盐就摔了。"

"闯祸了还有理了？"卫泯看向温辞，"怎么样？疼吗？"

"我没事，也不疼。"

"你怎么这个点儿过来了？"卫泯让开些，"先进来，我拿毛巾给你擦擦。"

"我……"温辞看向还杵在一旁的杜康。

杜康挠着脸："啊，你去你去，不用管我。"

她也装糊涂没再说什么，跟着卫泯进了屋，从书包里翻出一个纸袋递了过去。

卫泯也刚好递了毛巾过来，两个人的手都停在半空中。

"这什么？"卫泯率先问道。

"新年礼物。"温辞攥紧纸袋，发出一声轻响，"你送了我手串儿，礼尚往来我也要送你一件东西。本来打算放假前给你的，但那天你没来。"

"哦，杜康跟我说了你找我。"卫泯有几分犹豫，"我送你东西，没想过要你还什么。"

"我知道，但我就是想送你东西。"温辞将纸袋又往前递了递，"这个理由可以吗？"

卫泯接是接了，只是垂着眸，探究似的看看礼物又看着她，笑着问："那为什么想要送我礼物？"

温辞挠着脸："你一定要问得这么清楚吗？"

卫泯挑眉，没再问，把毛巾递给她："干净的。"

"谢谢。"

他捏了捏纸袋说："我现在能拆开看看吗？"

"当然可以。"温辞看他动手，忽然想起什么，"我刚刚来的路上碰见杜一斌了。"

拆纸袋的动静停了下来，卫泯眉眼一凛："他找你麻烦了？"

"没有，可能没认出我。"温辞顺着问了句，"你是因为帮小伟解围，才跟他结怨的吗？"

"不全是，以前就有矛盾。"

"那上次那事儿，你们是怎么解决的？"温辞记得当时警察来过学校几次，可后来因为没有目击证人，便不了了之了。

她跟卫泯的八卦，也因为江主任和郑益海的"暴政"，很快销声匿迹。

"就那么解决了。"卫泯说得含混不清，像在掩饰什么，低头将纸袋里的东西拿了出来。

是一条黑色的围脖。

温辞在一旁打破砂锅问到底："就……怎么解决了？"

这次轮到他露出些无奈的样子："你也一定要问得这么清楚吗？"

温辞猜到了可能不会是什么正面的解决方式，抿了抿嘴，"好吧，那我不问了。"

她拿着毛巾："那个围脖，你要试试吗？"

"要……试吗？"卫泯冬天很少用到这些，能穿一件羽绒服都已经是被常云英左一句右一句念叨的。

温辞也蒙了下，但很快说道："可以……试试长度？"

"行。"他拆开外面的透明包装袋，围脖的质感很软，一点也不扎手，围在颈间，那一片都暖呼呼的，"谢谢。"

"不客气。"温辞看他就是往颈间随便一绕，"这个你可以这么围，会舒服点儿。"

她原先是隔空给他示意："就这样，学会了吗？"

温辞抬起头，才发现他的睫毛像鸦羽一般，附着在眼皮之上，格外漂亮，她眼也不眨地看着他。

"看什么？"卫泯声音很轻，像是怕吓到她。

可温辞心虚，心还是陡然一颤，很突兀地往后退了一步："……我先回学校了。"

刚一转身，书包又被一扯。

她认命般地回过头。

"吃不吃烤红薯？"卫泯把围脖妥帖地收好放在一旁，"应该快好了。"

温辞不想吃什么烤红薯，可也不敢就这么走了，跟有什么似的，慢吞吞地跟在他后边："常奶奶呢？"

"遛弯儿去了。"卫泯走到院子一角，温辞先前只注意到那儿冒着烟，没太细看。

"这是什么？"她走过去问了一句。

"烧水的。"卫泯又往中间那个小孔丢了一些碎柴进去，"就像一个被掏空的圆柱，从中间烧柴加热。"

温辞点点头，在一旁蹲了会儿，看到顶端的盖子被咕噜咕噜的热水顶开，卫泯直接将整个壶拎起，底下还有没烧尽的柴和表皮泛焦的红薯。

卫泯走开之前叮嘱了句："别用手碰。"

"我又不是小孩子。"

"但我怕学霸好奇啊。"

"……"

卫泯从屋里找了几张旧报纸，用火钳挑开木柴把红薯夹了出来，弄干表面的焦灰，拿报纸包着掰开递了过去："小心烫。"

红薯金灿灿的，冒着热气和香气。

"谢谢。"温辞小心咬了一口，红薯的焦香味充斥在舌尖，口感绵密甜润，一点儿也不噎人。

卫泯："怎么样？"

"好吃。"

那边杜康带着蒋小伟冲了过来："好啊，你们两个吃独食！小伟等下红薯丸子别分给他们了。"

蒋小伟："都给你吗？你想得美。"

杜康："你这小孩儿！"

温辞捧着红薯笑了，一转头撞见卫泯含笑的眼眸，她抿着唇故作淡定地挪开了视线。

杜康还在"教育"蒋小伟，叽叽喳喳的，冬日积雪的院子，缭绕着动人的烟火气。

冬天天黑得早，从院子出来时，巷子里已经亮起了几盏灯。

三人头一回同行，一直快到学校门口，卫泯忽然扯了下杜康，两人走到了她后边。

温辞察觉出他们的意图，本想说没有这个必要，但一想到江主任和郑益海的态度，也怕给他们惹麻烦。她回过头快速说了句："我先走了。"

卫泯和杜康站在街边。一阵冷风砸过来，杜康缩着脖子说："到底是谁见不得人啊？还要这样躲躲藏藏的。"

卫泯看着他，一脸真诚："你。"

"……"

杜康发自肺腑地骂道："你给老子滚！"

卫泯低低笑了起来，等红灯跳转，率先走下石阶。

狂风呼啸而过，裹挟着少年潇洒的背影一路往前。

整个冬天，安城的风和雪就像是没有停过。临近期末，八中教学楼里安静得站在楼底都能听见楼上厕所的冲水声。

温辞忙着复习，没再去过安江巷，倒是经常在五楼碰见卫泯。和之前一样，有人的时候他们从来不会打招呼。

要不是杜康知内情，几乎都以为他们只是点头之交的同学关系。

也有没人的时候，温辞下楼时看到卫泯一个人，明明是去郑益海办公室拿作业，可偏偏还要装作有事下楼，而卫泯每回都会跟着一起。

从五楼到一楼，是他们走过最短也是最长的楼梯。

其实每一次也说不上几句话，但卫泯从来没提过为什么会跟着，温辞也没有问过。

她纵容自己做庸俗的事，也当真要做那个庸俗的人。

哪怕结果不尽如人意，但至少在当下这一刻，无论人或事，都是她可以选择的自由。

期末考试如期而至。因为分班考的缘故，温辞那两天都没见到卫泯，直到考完的那一天傍晚。

八中的寒假高一高二都要补课，满打满算也就放了十二天，但各科加起来有几十套卷子。

林皎拿卷子的时候，人太多顾不上数，每套都拿了一大沓，回来才发现多出来一堆，她忙着发卷子，托温辞帮忙送回去。

那会儿刚考完，走哪儿都有人，就连平时放个屁都怕闹出动静的五楼也跟涨潮似的，一茬儿一茬儿都是人。

温辞刚从楼道拐进走廊，直接和对面冲过来的男生撞了个满怀，手里六七套卷子全散在地上，人也跟着往后一倒。

忽然，她的肩膀被人从后托住。冷风里有熟悉的气息，她回头一看，眸光不动声色地闪了闪。

才几天不见，他又剪短了头发，短寸衬得眉眼更加冷淡，话也冷淡："走路不看路？"

温辞下意识应了句："我没……"

"不是说你。"卫泯盯着站在一旁的男生。对方立马反应过来连声道歉，还蹲下去帮忙捡卷子。

卫泯朝杜康递了个眼神，杜康心领神会去拉男生："行了行了，不要你帮忙了，我们自己来。"

男生一脸蒙，几乎被拖着站起来，直接被拉走。

温辞也有些蒙，愣在原地。卫泯抬手在她眼前打了个响指："这些卷子不要了？"

她回过神，意有所指道："这里有好多套都不一样，全混在一起了。"

他挑眉："那还不捡？"

那你还让人走。温辞在心里小小地反驳了一句，蹲在地上一张张捡，好在风雪没吹进来，卷子只沾了点儿灰。

卫泯也跟着蹲在一旁，按照卷头的 A 或者 B 分门别类地捡，杜康很贴心地把围观的人都赶开了。

温辞抬头见四周没什么人，边捡边小声问了句："你过年还在游乐园兼职吗？"

"不在。"

"那是去'海粤'？"温辞记得去年他就在那儿兼职。

"不是，我跟我奶奶回乡下过年，过了元宵才回来。"

温辞诧异道："我们不是初六开学吗？"

"是啊。"卫泯挺理所当然的样子，"学校补课又没问过我同不同意，那我来不来，当然也不用经过它同意。"

"……"别的不说，就冲这份理所当然的底气，温辞也挺佩服他的。

试卷终究有捡完的时候，卫泯把最后一沓递过去，温辞抓住另外一边，露出了戴在手腕上的桃核手串。

卫泯垂眸看了几秒，刚要开口说些什么。

温辞注意到他的视线，心头忽地一动。

她在他开口之前，在这一年真正结束之前，笑着说了一句："新年快乐，卫泯。"

发完卷子，寒假就算开始了。十二天对别人来说或许太短，但温辞宁愿它再短一些。

放假意味着她仅剩不多的自由也将要被剥夺。

温辞在路上磨磨蹭蹭，直到快天黑才进小区，到了单元楼前，瞧见站在一旁抽烟的身影。

她刻意放慢脚步，但还是被温礼听见了动静，他捏着烟抬起头："怎么这个点儿回来了？"

"我考完试放寒假了。"温辞挥了挥手，驱散空气里的烟味，"你怎么在这儿，我爸妈不在家吗？"

"在。"温礼灭了烟。

"那你怎么不上去？"温辞看他脸色不太对，"出什么事儿了吗？"

"不是坏事儿，别紧张。"温礼搭着她肩膀往楼里走，"是温仪……"

听到这个久违的名字，温辞脑袋一"嗡"，整个人愣在原地。

当年堂姐温仪出国失去联系后，大伯一家哭过闹过找过，有很长一段时间都听不得"温仪"这两个字。

这么多年，虽然他们不常提起，但温辞知道他们其实一直都没有放弃寻找温仪的下落。

就连温礼大学念了飞行专业，毕了业满世界飞，也是为了能多去一些地方。

温辞有些紧张地问："是有小仪姐的消息了吗？"

"嗯。她研究生的同学说在美国看到一个人很像她，俇时间太久了也不敢确定，我打算明天过去一趟。"

"那大伯跟大伯母都去吗？"温辞走进楼里按了电梯。

温礼摇头："他们身体不好，不适合长途飞行，我一个人过去。"

电梯原先就停在二楼，下来得很快，温辞走在温礼前头，忽地回过头说："哥，你带我一起去吧，两个人也好有个照应。"

温礼没说好也没说不好，伸手按了楼层键："先上楼。"

家里，四个大人分坐在沙发两侧，大伯母林素哭得眼睛红肿，柳蕙正在替她量血压。

温远之往烟灰缸里按了按烟头："温礼一个人过去怕是不方便，还是我陪他过去。"

大伯温谨之声音哑着："这大过年的……"

"一家人不说两家话，就这么定了。"温远之已经拍板。

温辞抬头看向温礼，他摇摇头示意她不要提。

温辞在心里叹了口气，终究还是没提这茬儿。

或许，在她和温礼心里都很清楚，说与不说结果都是一样的。

年二十七，温远之跟温礼远赴国外。

之后的每天，他们都会往家里打一通电话，温辞有一回出去听了几分钟，虽然没太听清说了什么，但一扭头看到林素和温谨之眼中的期盼与希冀一点点儿暗了下去，心中还是跟着一酸。

她不忍再坐下去，起身回了房间。没一会儿，柳蕙进来送了一盘橙子，也没说什么，放下就走了。

温辞停下笔，看着果盘里黄澄澄的果肉，轻轻叹了口气。

这段时间，她能明显感觉到柳蕙的紧张和异样，每天出门进门第一句都是找她。

温辞偶尔写试卷睡得晚了，半夜也总能听见柳蕙开门进来的动静。

她知道柳蕙在害怕什么。

温仪很小的时候，柳蕙跟温远之一直怀不上孩子，正好那阵子温谨之跟林素工作忙，便把温仪寄养在他们身边。

在柳蕙心中，温仪也算半个女儿了。

温仪的不告而别，几乎给温家所有人都留下了无法治愈的后遗症和难以愈合的伤痛。

除了处在阴影中心的温谨之和林素，柳蕙是最靠近阴影的人。

温辞比任何人都迫切地希望能找到温仪，但茫茫人海，要找一个失踪十多年的人几乎是大海捞针。

很快到了大年三十，这一年温家没在外面吃年夜饭，姑姑一家中午到褚让奶奶那边吃完饭就赶了回来。

褚让是个热闹的性子，吵着要包饺子，姑姑跟姑父也跟着起哄，家里勉强多了些欢笑声。

从傍晚到天黑，一家人围在桌旁，说说笑笑好像还跟过去每一年都一样，直到一通突如其来的电话，打破了这一时的轻松与欢乐。

"我去接吧。"柳蕙擦了擦手，走到客厅接通了电话。

温辞站在桌旁，手中还捏着一个没包好的饺子，只听见柳蕙"嗯嗯"了几声，直到临了才说了句："那你们早点儿回来吧。"

她手一用力，皮破了，馅儿撒了出来。

林素颤抖着声音问："是吗？"

柳蕙沉默地摇了摇头，结果不言而喻，林素发出一声轻泣，捂着脸坐在桌旁。温辞看到温谨之没什么表情地继续包着饺子，可眼泪却像秋天的雨，一滴一滴落了下来。

那是温辞吃过的最咸的一顿饺子。

夜晚，林素哭累了先回了房间，温谨之同姑父借酒浇愁，一向爱闹的褚让也变得安静了。

她与温辞站在阳台看远处的烟花："姐。"

"嗯？"

"你说小仪姐姐还……"褚让不知道怎么说，"也不知道她现在过得怎么样了。"

"她一定——"温辞望向远方，借着新年赠予这个久违谋面的姐姐最好的祝福，"过上了自己想要的生活。"

这一年，国家还没有颁布禁燃令。

零点将至，整座城市陷入了新年的狂欢，震耳的烟花此起彼伏响了一整夜，天边破晓，太阳徐徐升起。

除夕结束了，新的一年来了。

温远之和温礼在初二那天回了安城，之后三家人一起吃了几顿饭，温辞还没缓过神，寒假已经结束了。

一开学便离高三更近了，郑益海比他们都先紧张起来，初六那天温辞刚到教室就听说他安排了摸底考。

不过大约是被十二天假几十套卷子磨平了性子，班里的同学也没什么怨言，他们坐在这个位置，自然有要承担的压力。

连林皎都学会开导自己："习惯就好。"

温辞笑了笑，没等把书包塞进抽屉里，郑益海已经端着茶杯夹着试卷进了教室。

他也不拖沓："大家把桌子拉一拉掉转个方向，今天上午摸底考都知道了吧？还有没到的吗？"

底下稀稀拉拉几声"知道了"和"没有"。

考试的时间总是过得很快，卷子改出来，温辞在班里排名掉了三个名次。郑益海倒是没说什么，她自己却很紧张，学得比过去更认真，每天除了写卷子几乎很少离开座位。

这学期开始，各科老师都在拉进度，开学大半个月，别的班才刚度过开学综合征，他们班已经快学完半本书了。

高压之下，温辞不常有空下楼，等再见到卫泯时，安城已经是三月份了，正是草长莺飞的季节。

那天一班刚结束周测，又正好是大扫除，温辞在班里一向是被照顾的那个，累活儿重活儿每次都分不到她这儿。

等值日结束，她让林皎叫上同组人，一块儿到食堂吃饭。

习惯使然，一行人打完饭找到位子刚坐下就讨论起考题，争论之中，温辞不经意间往门口看了眼，快算完的答案卡在嘴边。

"温辞？"林皎碰了下她的胳膊。

温辞回过神继续说，等算完再抬头去找，卫泯和杜康已经走到窗口那儿排队了。

他还是一身黑衣，好看得显眼。

她不敢看得太明显，心不在焉地吃着东西，忽然感觉桌上静了一瞬。

温辞抬起头，感觉身后坐了人。食堂座位间的缝隙窄小，她隐约听见一阵衣衫擦过的声响，心中隐隐有了答案。

林皎靠近她耳边，含糊说了一个名字——

"卫泯。"

温辞下意识捏紧了筷子，神情却没什么太大的波动，只说了句"快吃饭吧"，大家看她好像不是很在意的样子，很快聊起了其他内容。

她在心里微微松了口气。

桌上只静了那一会儿。

林皎提到下周二的植树节活动，这是八中的习俗，每年植树节都会安排高二的学生去后山种树。

活动以班级为单位，树苗都是由学校保卫处的工作人员提前栽培的，每个班能领个两到三棵不等。

坐在温辞对面的数学课代表问了句："老郑说是自愿参加，但能真的不去吗？"

林皎："你要是真不愿意那也没办法啊，但这么好的机会，你舍得不去吗？"

答案当然是不舍得。这活动每年都只有高二能参加，仅此一次的机会，很少有人会不去。

温辞自然也会去，只是她这会儿心思不在这儿。等大家聊得差不多了，她放下筷子说："我肚子有点儿疼，先回教室了，你们慢慢吃。"

"啊？那我陪你。"林皎也跟着放下筷子。

"不用，你不是还没吃完吗，我自己回去就行了。"温辞起身端起餐盘，余光瞥见那道黑色身影，忽地抓紧了餐盘边缘，一步一步走得很慢。

但直到走出食堂，温辞也没听见身后有人跟来，她借着门帘抬起的瞬间回头看了眼。

卫泯还坐在原处。

说不上是什么心情，温辞松开手，门帘啪嗒打在手上，有一点点儿疼。

她揉着红印下了台阶。

走着走着，忽然听见身后有一阵脚步声，温辞忍着没回头，那道身影越走越近，最后直接从她身旁走了过去。

"……"

她拍了拍脸，嘟囔了一声，像是在抱怨，但还是没忍住回头看了眼。

食堂门口的台阶处，卫泯刚买了东西出来，正往下走，一抬头看见走在不远处的身影。

他还没开口，却见对方像受到什么惊吓似的猛地背过身。

他下意识回头看了眼。午后阳光静谧，林荫道前后都无人经过，卫泯不明所以，但还是快步追了上去。

"温辞。"

听见他的声音，温辞心跳一慌，也就大半个月没见，不知道为什么忽然就有些紧张。

她强装镇定，憋了一句："好久不见。"

卫泯扑哧笑了出来："什么鬼。"

温辞也懊恼似的皱了皱鼻子，但也不想在这四个字上多说什么，生硬地转移了话题："你找我有事？"

卫泯"嗯"了声，把手上的东西递了过去。

"暖宝贴？"温辞疑惑地看着他。

"不是肚子疼？"

温辞差点儿露馅儿，伸手接了过来，有些心虚地说："刚刚是有点儿，不过现在不怎么疼了，谢谢。"

卫泯"嗯"了声，跟她并肩走在树荫底下："下周二的植树节活动，你不去吗？"

"没有啊，为什么这么说？"

"刚刚听你那些同学在讨论，没听见你说要去。"卫泯笑起来，"我以为你不去。"

"那你去吗？"温辞想起杜康之前说过，他很少参加这些活动，一瞬间也没那么期待了。

他看着她，眼眸亮亮的："当然去，这么好的机会，怎么舍得不去。"

温辞一怔，总感觉他话里有话，可又觉得是自己多想，神情不免有些不太自然："杜康之前说你不喜欢参加这些活动，我也以为你不会去。"

"这次不一样。"他轻飘飘地说。

温辞心里像掀起一阵海浪，鼓起勇气试探道："哪儿不一样？"

"后山有个寺庙，我正好顺便去上个香。"

海浪高高掀起，却没有着落。

温辞看着他："你信佛？"

"我奶奶信，我跟着她，也算求个心安吧。"卫泯看到对面走来的人影，"我先走了。"

没等温辞说话，他又说了一句："对了，山路不好走，那天你记得换双好穿的鞋。"

温辞站在原地看着他走远，正要走，余光看见追来的林皎，下意识要去藏手里的暖宝贴。

可林皎好像什么也没看见："还以为你走了呢，你是不是生理期到了啊？"

"没有，可能是刚刚吃得太辣了。"温辞欲言又止，看了林皎一眼，反倒被她觉察到。

林皎："怎么了？"

"没事。"温辞想着林皎或许真的什么都没看见，可不知是不是错觉，在进入教学楼前，她隐约听见林皎轻轻叹了口气。

只是那时候刚好广播里传出歌声，而林皎又是一脸什么都没有发生的样子，她只当是听错了。

晚自习，郑益海拿了一沓关于植树节活动的责任书，要大家带回去给父母签字。

郑益海："一定要真的给到父母手里，让他们看过之后再签字。要是让我知道谁自己偷摸着签了，直接带你去江主任那儿领罚。"

班里哄笑了一阵。

温辞拿到责任书，看了眼末尾的家长签字，隐隐有些担忧。她将纸夹在书里，回家后也一直没拿出来。

她心里很清楚，柳蕙大概率不会同意，尤其是在经历了过年那一遭之后。

温辞本想瞒天过海，可偏偏天不遂人愿，第二天下午她准备返校，柳蕙跟温远之坐在客厅。

看到她出来，温远之抬头看了她一眼。

温辞心里一慌，沉默着走到玄关处换了鞋，手已经搭到门把手上了，还是没走出去。

她抱着最后一丝希望翻出包里的责任书拿给柳蕙："妈，下周二我们学校有一个活动，需要家长签字。"

"是植树节的活动吗？"柳蕙看也没看就说，"我已经跟你们郑老师说过了，你不参加。"

温辞举着的手无力地垂落，明明是没有意外的答案，却依然会有种期待落空的失望："为什么？"

"这种没意义的活动没有参加的必要，又脏又累的，那天我给你约了体检，今年因为小仪——"柳蕙顿了顿，才继续说，"你今年的体检还没做，那天正好你爸也休息，你们一起去把体检做了。"

温远之也在一旁搭茬儿："这次我得去查一下心脏，这两天感觉有点儿不太舒服。"

"怎么不舒服？"柳蕙拿起茶几底下的小型急救箱，"不舒服你怎么不早点儿说？"

温辞站在一旁看着这一幕，只觉得疲惫："那在您看来，什么是有意义的事情？"

柳蕙抓着听诊器的动作一顿，很是震惊和意外："你现在因为一个这么不重要的活动，连你爸爸不舒服都不会关心一句了吗？"

温辞还要说什么，被温远之一把拉住："算了。"

算了。

什么才是真的算了？

温辞自嘲似的笑了一声，没有再跟柳蕙争辩下去。

在她看来，无谓的争辩才是最没有意义的事情。

/第五章/ ♥
玩笑? 真心话

温辞从家里出来时手上还拿着那张责任书, 她想过破罐子破摔, 可最终也只是走到垃圾桶前, 一点点儿撕碎扔了进去。

那张纸太薄了, 薄到没有办法承担她的希望。

三月了, 空气里都是枝叶抽芽的嫩香, 春天是希望的季节, 而温辞却被困在原地好似快要枯萎了。

她深吸了口气, 转身大步往前走出小区, 沿着街道漫无目的地走着, 等回过神, 已经不知不觉走到了安江巷。

巷口的水果摊摆满了琳琅满目的水果, 缤纷的颜色为这春日更添几分亮色, 店里两道身影一蹲一站。

隔着一条马路, 温辞看得不太明晰, 只觉得在这一刻拥挤车流好似将世界分割出两个部分。

一边是璀璨的人间, 一边是灰暗的荒原, 而她就站在荒原中央, 望不见方向, 看不到尽头。

看似四通八达, 实则无路可走。

温辞默默收回目光, 脚边落着一道垂头丧气的影子, 她低着头继续往前。

红灯跳转, 路口停下冗长的车流, 一大波人群穿过马路, 温辞行走在周遭的热闹声中, 却又像仍然走在四季不分的荒原里。

风声呼啸, 只剩料峭冬日。

她心神恍惚, 被人潮裹挟着往前, 忽然被人扯住手腕, 从混沌冬日里拉了出来。

"温辞？"

春风吹过，温辞看清站在眼前的男生，他穿着黑色的长袖 T 恤，大口呼吸着，漆黑的眉眼里都是清晰可见的担心："你怎么了？"

温辞垂着眼说："我没事。"

卫泯没说话，拉着她走到角落里才松开一直攥着她胳膊的手："你知不知道，其实你一点儿都不会撒谎。"

温辞哑然。

眼泪可以憋回去，可眼眶的湿红和声音的异样不能隐藏，她知道自己现在看起来肯定糟糕透了。

她低着头，自暴自弃地哑声说："是，我就是不会撒谎。"

所以没办法自欺欺人地告诉自己，其实柳蕙和温远之已经做得足够好了，相比很多人，她已经很幸福了。

温辞稀里糊涂说了很多，也不知道什么时候开始，对任何人都没有办法诉之于口的话，她却能安心地说给卫泯听："你会不会觉得我有点儿小题大做？就为了去种树这么个小事儿。"

卫泯看着她，说："去种树不是小事儿，更何况重要的也不是种树，不是吗？"

"是啊，你都懂的道理，他们怎么可能不知道。"温辞还是想哭，忍着鼻腔的酸意，轻声说，"我有时候也会觉得是不是我自己眼界太窄，看得太少了，我明明什么都有了，却还再坚持去追求自由这样虚妄的东西，要是我什么都没有，也许就不会想这么多了。"

"拥有一切也不代表没有权利再去追求自由，一无所有也不意味着就失去了追求自由的资格。足够的物质，是你追求自由的底气，而两手空空，看似什么都没有，但其实无限拥有。"

——你想要的，你能够去争取，而我想要的，我可以去创造。

卫泯说起这些的时候，没有对命运给予他的苦难表露出任何的愤怒、失落和彷徨，像是很早就坚定地做出了选择。

他两手空空，可他风华正茂。

他拥有时间，也拥有一切可能。

与他相比，温辞好像还不够勇敢，也没有那么坚定。她沉默地垂下眼帘，卫泯却忽然靠近了。

他英俊的脸庞在她眼前陡然放大，温辞心跳一空，像是摸黑走到了荒原里的悬崖边。

只一步，将要迈入深渊。

"还以为你又哭了。"他眨了眨眼，直起身说，"走吧。"

"去哪儿？"她下意识地问。

"去种树。"

"现在？"温辞看了眼手表，才刚一点半，但下午两点半班里有英语小测，一来一回时间肯定不够用。

她一时有些犹豫，卫泯以为她在担心不能及时回校，又说："现在去，晚自习之前能赶回来。"

温辞看着他，心口鼓鼓胀胀的："那你今天去了，周二还去吗？"

"当然不去了。"

"可你之前不是说那天要顺便去寺里上香吗？"

卫泯愣了一下。也就是这一秒，温辞没有再犹豫，也没有告诉他自己到底在担心什么："我们现在过去，是不是还要先去买树苗？"

她话题跳得太快，卫泯走了几步才说："杜康今天买了几棵树苗，找他拿一棵就行。"

"学校不是会发树苗吗？"

"他觉得那么多人只种一棵树没有意义，到时要是真有什么福报，也不知道算谁的。"

温辞笑了："他想得还挺远。"

"可不是。"卫泯带着温辞回到水果店。

杜康正打算将包好的树苗送到院子里，卫泯叫他一声。

"啊？"杜康回过头，看见温辞，笑着打了声招呼，随即又嘀咕了声，"真没看错啊……"

他声音太小，温辞也没听清，只见卫泯走上前："给我一棵树苗。"

"做什么？"杜康很宝贝自己的树苗，下意识往身后藏了藏。

"给不给？"

"给给给。"杜康一向拿卫泯没辙，分了两棵出来，"你现在要树苗做什么，活动不是周二那天的吗？"

"我们提前去。"卫泯检查了下树苗的根部，确定没什么问题了才说，"你家电瓶车借我骑一下。"

"你们现在真去啊？"杜康走进店里，拿了钥匙出来，"昨天没充电，但我妈也没怎么骑，应该够来回了。"

卫泯接了过去。

走之前，温辞看到摆在柜台上的电话机，忽然想到什么："我能不能打个电话？"

杜康随意道："行啊，当然可以。"

"谢谢。"

看着她进了店里，杜康推着卫泯往外走了走，问："你们怎么现在去种树？出啥事儿了？"

卫泯勾着钥匙晃了晃："没出什么事，想去就去了。"

"我真服了你。"杜康说，"你之前不是说跟温辞没什么关系吗？干吗现在还跟她单独去种树？"

卫泯回头看了眼，女生抓着话机站在光影里，他收回视线冷漠地说："你管我。"

杜康抓狂："你把树苗还我！"

卫泯笑着躲开，等到温辞打完电话出来，在杜康的阴阳怪气中，骑走了他家的电动车。

比起那晚在山道上的速度，今天的车速明显慢了很多。

温辞安稳地坐在后面，迎着风声问了句："杜康怎么了？"

"没事，更年期提前了。"

"……"温辞腹诽，这也提得太前了，当她傻吗？

卫泯却没再多说，捏着车把加快了速度。

后山离八中不远，平时站在学校顶楼远远还能看见几座相连的山头。

电瓶车只能开到半山腰。

卫泯停好车，拎着树苗，低头往温辞的脚上看了眼，是运动鞋。他抬起头说："种树的地方不远，走过去吧。"

"行。"

学校种树的活动延续了十几年，后山有一片范围不小的林子都是八中这些年种的树。

卫泯跟管理员沟通了一下，没进到林子里，去了稍微偏僻的一个避风口。

他借了一把铁锹，放下树苗，动作迅速地挖出了一个深坑，指挥道："放树苗吧。"

温辞立马拎起树苗，解开底下用来包裹的塑料袋，将树苗根部朝下地放进了坑里："这样就行了？"

"嗯。"卫泯把铁锹递给她，"要试试自己填土吗？"

温辞伸手接过铁锹，铁锹木质的横把上还沾着他的温度，她力气不大，只能一点点儿往里填土。

只是她没想到填坑也是力气活儿，才填到一半已经是满头大汗。

见状，卫泯重新把铁锹拿了过去，温辞只在最后跟着他照葫芦画瓢用脚将上边的土踩平。

"好了。"他拍拍手，"要刻字吗？"

温辞四处看了看："刻哪儿？"

"当然是树上。"卫泯笑着说，"这里树很多，刻个字会方便辨认一点儿，不过也不能刻太高，不然等它长起来位置也会变高，就找不到了。"

温辞倒是很想刻一个，可是想了半天也不知道刻什么。卫泯半蹲在一旁，提议道："刻个名字？出生日期？"

她看着他。

男生神色淡淡的，额角有一层薄薄的汗意，垂在膝头的手指间沾着一点儿泥，温辞忽然福至心灵："我知道刻什么了。"

卫泯等她刻好了才抬眸看过去，是一个字母"W"。

卫泯："温？"

"是啊。"她笑着说。

是温。

也是卫。

种完树出来，温辞看到还有人上山，她顺着台阶往上看了看。卫泯注意到她的视线，问了句："时间还早，要不要上去看看？"

"你说的那个寺也在山上吗？"

卫泯点头："是的，不过一般过午不拜神佛。"

"这样啊。"

"但也可以进去，你要是不求什么，也没什么忌讳的。"卫泯收起钥匙，"走吧，带你去看看。"

温辞有些好笑地跟了上去："我还没说去不去呢。"

"来都来了。"他轻描淡写地说。

温辞失笑，中国人的八大宽容金句，有些时候真是无法反驳。

后山的寺庙不算很大，但是香火很浓，温辞还没走近，远远便看见墙内飘出的烟雾。

走到山门前，她忽然从心底深处涌出一阵异样的情绪，像上涨的潮水，逐渐塞满了整个胸腔。

两人缓步走进去，午后的寺庙人烟寂寥，正中间的佛殿前放着一鼎巨大的香炉。

慈悲的神佛隐于烟雾之后，藏在世人虔诚的祈求里。

温辞跟着卫泯路过请香处，各自请了三炷香才往正殿走。

靠近佛堂，香火味更浓郁，卫泯没有进殿，只在门口拜了拜便将三炷香插进香炉里。

他说什么都不要求。

温辞点点头，捏着香看向供奉在殿内的高大佛像，分明未经世事，却又好像历经千难万险才走到这里。

她沉默地看着佛像，鼻子一阵泛酸。

一截香燃尽。

温辞回过神，下意识去寻找卫泯的身影。

他站在一旁，正出神地望向佛堂，青白的烟雾燃起，她鼻尖的佛香味越发清晰。

佛看世人。

他也在看佛。

温辞闭上眼。

她食言了。

她想向佛求一个好结果。

那天是温辞第一次逃课。

她跟着卫泯上山之前曾在杜康家里给林皎打了一通电话，托林皎帮忙请两个小时的假。

班里负责英语周测的王老师一向喜欢温辞，并未怀疑她的缺席，而温辞也赶在晚自习开始之前回了学校。

一切看似都很顺利。

就连温辞晚上回到家里，柳蕙和温远之都没有再提起下午那一茬儿，像什么都没发生，照例问她要不要吃夜宵。

其实温辞的内心还是有一些紧张的。

下午回学校的时候，林皎告诉她考试中途郑益海有来过班里，看到温辞不在还问了一句。

林皎按照温辞在电话里的说法，说温辞身体不舒服今天要晚来两个小时。

温辞担心郑益海会向温远之打电话询问，提心吊胆了一晚上，只是没想到一切都那么顺利。

家里风平浪静，好像什么都没发生过。

温远之热好夜宵，拉开椅子坐在温辞对面："下午是你妈妈考虑不周，你要是真想去，爸爸给你签字。"

温辞捏着汤勺，为父母突如其来的妥协感到意外，也有几分做错事的心虚。她低着头说："还是去体检吧，你身体不舒服要早点儿做检查。"

温远之看着女儿安静的样子，微不可察地轻叹了口气，但到最后还是什么都没说："你吃完早点儿休息，碗放在水槽里就行了。"

"好，爸爸晚安。"温辞抬起头看着温远之进了卧室，收回视线时看见挂在墙上的全家福，垂眸也叹了口气。

深夜，温辞洗完澡抱起换下的衣服，上边还沾着若有若无的佛香，在寂静的夜晚越发清晰可闻，抚平了她躁动不安的心。

她将这一晚所有的顺利都归于佛祖庇佑。

可很多年之后，温辞再回想起这天，都曾不止一次地想过是不是因为当时自己撒了谎，又犯了佛祖的忌讳，才让她和卫泯走到了绝路。

可惜那时已经是很久以后，而她与卫泯也已阴阳相隔数十年。

那天过后，温辞借着体检的事向柳蕙示软，母女俩的关系重新缓和，一切又像回到原点。

但温辞心里很清楚，有些事是回不去的，而她也不打算继续粉饰太平。

和卫泯种下的那棵树像在她心里又种下了一颗自由的种子，她迫切地想要挣脱和逃离。

"想什么呢？"林皎抬手在她眼前晃了下。

温辞回过神："没想什么，发呆呢。"

林皎跟着在一旁坐下，不远处的篮球场传来几声喝彩，两人一齐扭头看了过去。

最近学校有篮球赛，虽说是各班自由报名参加，但按照往年的惯例，基本都是成绩排名后几个班级的活动。

温辞记得卫泯也参加了比赛，但不清楚是不是今天，目光不由得停留得久了些。

"想看？"林皎倚着树干，"后天下午杨峥他们班有比赛，你要是想看我叫他帮我们留位子。"

说完，她又补了句："是跟十八班打。"

温辞被她这句弄得心里一慌，猛地转过了头，愣了几秒才说："后天吗？几点？"

"下午两点。"林皎问，"你爸妈能让你这么早出门吗？"

温辞低头说："不知道。"

上次责任书的事，柳蕙和温远之虽然没有再提，但后来只要温辞周日出门稍微早一些，温远之都会多问一句要不要送她。再深一些，就是问她下午是不是有考试。

温辞隐约觉得他们可能是知道了什么，但转念一想，依柳蕙的性子如果真的知道她逃课，是不会这么安静的。

她不想跟他们打这种心理战，周日学校没什么事儿的时候，都是在家里挨到最后一刻才出门。

篮球比赛那天，温辞也没有藏着掖着，在饭桌上就提了一句下午要早点儿回学校。

温远之和柳蕙对视一眼，她装没看见，又道："爸，吃完饭你送我过去吧，林皎的朋友下午两点有篮球比赛，叫我过去帮忙加油。"

"比赛啊？行，那吃完爸爸送你过去。"温远之用手碰了下正准备说话的柳蕙，柳蕙拿起筷子，没再开口。

诡异的气氛，温辞只觉得疲惫。

后来坐在温远之车里，温辞一路沉默着，直到快看见八中的校门，才忽然说："爸。"

"嗯？"

"你们都知道了是不是？"温辞扣着手，"植树节前的那个周日下午，我其实没去学校。"

这回轮到温远之沉默了，他将车缓缓停下："这事我知道，但你妈妈不知道，我没跟她说。"

温辞愣了下，到嘴边的话忽然就卡住了。

"小辞，你妈妈是爱你的，我也是，我们做什么决定都是为了你好。"

"我知道你们是为了我好。"温辞看向车外，"只是你们对我太好了，好到已经不用过问我的意见，只是一味地对我好。"

温远之没有同她争辩，回头看了眼说："快两点了，进去吧。"

温辞扯唇笑了笑，笑意却不达眼底，只说了句"爸爸再见"便拎着书包下了车。

安城快入夏了。

这座城市冷暖分明，冬天的雪，夏天的风，每一刻都清晰，模糊的只有眼前的路。

每一步都像试探，或对或错，总要踏上去才知道。

温辞先回了教室跟林皎会合。林皎真是做足了看比赛的准备，拿了一个大喇叭，冲着楼下喊一声，隔着六层的距离都能听得见。

温辞笑着躲开："我不跟你站一起了，这一场比赛看下来，我耳朵还要不要了。"

林皎忙抓住她："那没办法了，你今天只能跟我站在一起。"

她无语失笑，走在安静的林荫道上："皎皎，你是决定了一定要考北师大吗？"

"那当然了。"林皎说，"我都已经想好了，要是明年没考上，我就再来一年，我非北师大不去。"

"真好。"温辞感叹了句，为她的勇敢，为她的坚定。

"你呢？有想去的学校吗？"

是有的。

但温辞却摇头："还没想好。"

事情未落定之前，她还不想广而宣之。

比赛已经开始了，杨峥给她俩留的位子直到第一小节结束她们才被领进去。杨峥伸手在林皎脑袋胡乱揉了一把："还以为你们不来了。"

林皎举起喇叭就是一声"加油"，吓得杨峥差点儿踩着自己的脚摔倒在地，他叉着腰拧着她耳朵，恶狠狠道："你是来帮倒忙的吧？"

温辞笑着往旁边让，一抬头看见站在球场对面的十八班几人，视线久久地停留在某处。

第一小节比赛卫泯没上，坐在场下观察对手，这会儿正背朝着这边跟队友沟通战术，说完不经意地回头，整个人都愣住了。

温辞犹豫着，手伸到脸侧挠了挠，快速朝他摆了两下。

卫泯忽然低头笑了，靠近十八班那边的女生跟着闹了起来，好像在八卦他在笑什么。

"那边怎么了？"林皎也在问。

温辞手垂在腿边，抿着唇："不知道。"

"他们班不好打。"杨峥站在一旁，"卫泯第一小节没上我们就已经落下四分了，等会儿他一上场，更不好打了。"

林皎："你别长他人志气啊。"

两人说着又闹起来，直到裁判吹哨，杨峥才跟她们摆摆手小跑着往场上去，温辞看到卫泯也上了场。

他走在人群中间，接过队友递来的护腕，戴好漫不经心抬头往这边一看，他还是笑，搞得观众席一直很热闹。

"笑屁啊。"林皎突然骂了句。

"……"温辞不好说什么，故意挪开视线不看卫泯，可等比赛一开始，还是不由自主地将目光放到他身上。

原因无他。

他太耀眼了。

十几岁的年纪，成绩、家世都比不过一个好皮囊加分。

他飞快地穿梭在人群里，也不怎么刻意耍帅，进了球顶多也就是跟队友击个掌，可架不住有一张各种角度都完美的脸。

他一摸到球就有喝彩声。

看得久了，温辞忽然发现，他每次进球都会朝这里看一眼，笑与不笑都惹人关注。

比赛结果没什么悬念。

十八班赢了。

卫泯在最后几秒压线投了一个三分球，算是他整场比赛里唯一的一次耍帅，效果非凡。

温辞觉得耳边的尖叫声都快比林皎手里的喇叭还惊人。

他跟着队友到十六班这边来打招呼，杜康冲温辞挤眉弄眼，温辞弯唇笑了一下。

卫泯没往前挤，站在旁边，离温辞也就一米远。

周围人太多了，他被推着挤着，很快挪到她面前。

四周涌动着潮湿的热气，温辞下意识往旁边挪了挪，耳边忽然听见一声低笑。

她抬起头。

卫泯却挪开了视线，他被杨峥他们拉过去狠"揍"了一顿，开玩笑说他一点儿也不手下留情。

他这时候也在笑，视线如有若无地落到温辞这里，趁着没人注意，冲她轻挑了下眉尖。

温辞眼皮一跳，猛地偏开头，却意外撞上了林皎的目光。

温辞呼吸一屏，抿了下唇。

林皎叹气："这里人多，出去说。"

温辞回头看了眼卫泯，跟着林皎走了出去。

一路上，林皎始终沉默着，一直走到教学楼下，像是忍无可忍了，才开口："卫泯到底有什么吸引人的地方啊。"

她搞不明白，皱着眉头说："难道就因为他长得好看？可好看的人那么多，为什么偏偏是他？"

是啊。

为什么偏偏是他呢？

温辞不是没有想过这个问题，十六七岁的年纪，想要注意到一个人是一件很轻易的事情。

也许是他不经意间的一个动作，抑或是言谈举止间无意露出的一抹笑。

可卫泯最初吸引到温辞的，与其说是皮囊，不如说是藏在他皮囊之中的自由。

那是温辞梦寐以求的自由。

可自由是虚妄的。

从小到大都活在温馨轻松的爱里的林皎不懂。

这么多年一直处于阴影中心的柳蕙和温远之也不懂。

可他们有错吗？

也没有。

所以温辞没有办法怪任何人，只能尽可能做自己想要的选择，走自己愿意走的路。

哪怕头破血流，也要一条路走到黑。

"皎皎，我不想活在别人话里的可能、万一、假如。"温辞心中是从未有过的清醒，"即使面前是一堵南墙，我也要亲自撞上去才算数。"

林皎该怎么形容那一刻的心情呢？震惊和彷徨好像都还不够，她迷茫地看着温辞，自由又是什么？

温辞不自由吗？

可温辞明明就站在这里，站在天地之间，怎么会没有自由呢？

"可是……"

可是真的很难啊。

林皎张了张唇，心口像坠着一袋沉重的沙，又闷又重，几乎说不出话来，后来她哭了。

没有缘由地哭了。

温辞看着她，慢慢往前一步，伸手将她抱住了："皎皎，别劝我，也别拦着我。"

她轻声说："我不会后悔的。"

林皎默默流着泪，为即将到来的、未知的将来而恐惧，为她的勇敢与决绝而担忧。

那天林皎哭了很久，晚自习时眼睛都是肿的。

后来她跟温辞说："我也不知道为什么会哭成那样，可能是被你吓到了吧，我太害怕了。"

温辞揉了揉她的脑袋："胡噜胡噜毛，吓不着。"

林皎轻轻"啧"了声，推开了温辞的手，说："我可不是小孩子，别糊弄我。"

"嗯。"温辞安静地看着她，"皎皎，谢谢你。"

"哎呀，别说这些，跟我说说你跟那谁呗。"林皎一秒恢复八卦本质，冲她挤眉弄眼。

温辞当即拿起水杯："我去接水。"

"你别走啊……"

温辞笑着跑出教室，一转身撞见抱着一堆教材的卫泯，整个人都愣了一下，刚要开口，又看到他身后还跟着班上其他男生，最边上还站着杜康。

她收回落在卫泯脸上的目光，问了句："你们干吗呢？"

"搬教材，老沈订的，叫我们去搬也不跟我们说多喊几个人。"数学课代表气喘吁吁，"多亏在书店碰上他们了。"

他又对卫泯说："你放地上就行了。今天谢谢你们了啊，回头打球请你们喝水。"

卫泯弯腰放下教材，拍着手说："不用客气。"

数学课代表进了班里喊人出来帮忙，其他两个男生也跟着走了进去，杜康放下东西，很有眼力见儿地说："我先下楼上个厕所。"

楼梯口只剩下温辞跟卫泯还站在那儿，她慢吞吞拧着水杯的盖子："你什么时候跟钱树也认识了？"

"很早啊。"卫泯伸手拿过她的水杯，没怎么费力地拧开了，"上学期打球认识的。"

"你的交友圈还挺广泛。"

"那当然，我连你都认识了。"卫泯说得理所当然，还隐隐带着几分骄傲跟自豪。

温辞笑："那这么说，我的交友圈也挺广泛的？连你都认识了。"

"我跟你又不一样，你可是我们学校出了名的学霸。"

"那我可没有你出名。"温辞记起很久之前听到的一句传言，"我们学校每天排队偷看你的女生能从喷泉那儿排到校门口。"

她比画了一下："现在估计都不止了。"

卫泯轻轻"啧"了一声："哪儿听来的瞎话。"

"别人都——"

"明明是从校门口排到了食堂。"他扬着眉尖，一脸得意。

温辞立马闭上嘴，生怕再多说一句他就要飘上天了，她晃了晃水杯，示意自己接水去了。

卫泯无可奈何地笑了笑，从水房那边路过。温辞排在接水的队伍里，扭头看了他一眼。

少年步履匆匆，目不斜视。

远处蓝天白云，又是好时节。

五月的最后一个周五，一班的体育课照旧，安城入夏后的气温忽高，课前的八百米热身煎熬又漫长。

温辞跟林皎连走带跑，赶在最后一刻迈过终点线，两只腿像灌了铅，重得抬不起来。

体育老师吹哨解散。

她和林皎还站在跑道边缘，不远处过来几道身影，停下来跟班上男生打了招呼。

林皎很奇怪："以前怎么没发现这卫泯人缘还挺好，谁都认识，杨峥现在都跟他成兄弟了，以前感觉他跟我们都不像一个世界的人。"

"是吗？"温辞看着那道身影笑了笑，又想了很久才说，"在没有认识他之前，我也觉得我们和他是完全不一样的人。"

如果说卫泯是野蛮生长的荆棘，那温辞就是被花匠按照科学精确的数据培育出来的花朵。

在她过去的成长认知里，一朵花该长成什么就该是什么样，它不会突然从一朵五瓣的花变成六瓣的花。

也不可能从一朵红色的花变成一朵蓝色的花。

但卫泯可以。

他可以是荆棘，也可以是荆棘里开出的花，甚至是荆棘上的刺，他活得肆意、野性，不受拘束。

"他让我很向往。"

温辞向往成为卫泯那样的人，说爱是爱，说恨是恨。

林皎怔怔地看着温辞，很长一段时间都没有说话。

隐约有一瞬间，她好像突然能理解为什么温辞会注意到卫泯了。

因为他身上所拥有的，恰好是温辞最渴望得到的。

她发自内心地祝愿道："无论梦想，还是自由，我都希望你能得偿所愿。"

温辞笑着靠在她的肩头："谢谢你，皎皎。"

不过在当下，温辞并没有想过改变和卫泯之间的关系，她原本是想等到高考结束，找一个合适的时机开口。

可偏偏人生处处是意外。

温辞还记得那天下午的时候，天空忽然阴了下来，远处一声声闷雷，狂风乱作。

卷子被吹得乱飞。

她起身去关窗户，却不防夹到了手指，很重的一下，痛得她没忍住长"嘶"了一声。

温辞起身去外边冲了冲手指，走到客厅拿出急救箱打算做个简单的包扎。

柳蕙和温远之突然从书房走了出来。

"手怎么了?"柳蕙走近了,很快判断出伤处的来源,"被门夹了?"

"不是,是窗户。"

"你那房间的窗户是有点儿'涩'了。"柳蕙跟温远之说,"回头你去看看。"

温远之:"知道了,手没大事吧?"

柳蕙说:"没什么大事,也没伤到骨头,喷点儿药包一下就行了。"

温辞坐在那儿任由柳蕙操作。屋外的风更大了,从阳台吹进了客厅,温远之起身去关了窗户。

窗户合上的那一刹,温辞听到了外面的闷雷声,低头一看,手上的伤已经包扎好了。

柳蕙却还握着她的手没松:"小辞,爸爸妈妈有事跟你商量。"

风声呼啸,带着诡异的声响回荡在客厅里,温辞蜷起手指,默默将手收了回来:"什么事?"

柳蕙看向温远之。

温远之跟着道:"爸爸学校的汉语言专业,明年上半年有自主招生的名额,我跟你妈妈觉得你既然都要读师大,不如就提前走自招,压力也不会那么大。"

雨还没落下来,温辞却好像已经站在了暴雨里。

她张了张嘴,第一下竟然没发出声音,忍着异样咳嗽了一声才说:"这是通知,还是商量?"

温远之笑:"当然是商量。"

"那如果我说我不想参加呢?"温辞看看温远之,又看向柳蕙,"你们答应吗?"

柳蕙唇角一抿:"不管怎么样,你都是要考师大的,早一天晚一天又有什么区别?"

温辞抠着手上打着的结,没有说话。

"是不喜欢这个专业吗?"温远之试图商量,"要是真不喜欢,等考进去了,大二也可以再换专业。"

温辞只是摇头。

柳蕙突然怒了，站起身说："那你到底要怎么样？爸爸妈妈这么做都是为了你好，你还要怎么样才算满意？"

"什么是为我好？"温辞感觉自己被柳蕙点着了，她忽地站了起来，不受控制地说道，"你们问过我的意见吗？我满意不满意你们又什么时候真的在意过？你们只不过是在打着为我好的旗号，去填补自己内心的恐惧——"

"啪！"

柳蕙的一巴掌彻底打破了母女俩之间摇摇欲坠的平静，她整个人都在颤抖："这事由不得你选择。"

"我不会去的。"温辞的半边脸已经肿了，却还是倔强地看着柳蕙，"就算你把我绑进考场，我也一个字都不会写。"

"你——"柳蕙急促地呼吸着，眼眶通红，"那你就给我待在家里哪里也别去！一天不想通，你就一天别想去学校！"

温辞咬紧牙关，感觉一口气压在心口，她忍了又忍，最后头也不回地回了卧室。

关门的刹那，窗外雷声滚滚，暴雨落了下来。

暴雨断断续续下了一周。

柳蕙也真如她所说的那样，将温辞关了家里，她以为温辞会哭会闹，逼急了也许还会用绝食来反抗。

他们已经做好了应对温辞的任何准备，可柳蕙没想到，温辞不仅不哭不闹，甚至一日三餐都比平时吃得还要多一些。

她只是不说话了。

她不主动开口要什么，他们问什么她也不说，她只是点头或摇头，像突然哑巴了一样。

"你这样是做给谁看？"柳蕙没把她逼急，自己倒先受不了，"你以为这样我们就会不管你了吗？"

温辞还是沉默地喝着汤，这几天她虽然吃得多，人却明显地瘦了，气色也不比平时。

温远之到底是更容易心软一些，拉着柳蕙进了书房。

温辞听着他们刻意压低的争吵声，胃里忽然有些犯恶心，起身跌跌撞撞跑进了卫生间。

椅子倒地的声音惊动了柳蕙和温远之，他们匆匆开门走了出来，听见从卫生间里传来的呕吐声，两人都愣住了。

"小辞？"温远之走近了，敲了敲门板。

温辞拉开门走了出来，脸色苍白，神情也有些木然，也不管柳蕙和温远之，拖着疲惫的脚步回了卧室。

她也没休息，只是跟往常一样坐在书桌前写试卷。

温辞没想过用损耗自己身体去达到目的，那是最不理智的行为，她跟之前一样的吃饭、睡觉、休息。

可情绪是无法控制的，生理反应也是无法控制的。

她还是不可避免地消瘦了。

那天，温远之在温辞房前站了很久，看着女儿倔强的背影，他在恍惚中好似看见了温仪的影子。

那也是他用心疼爱过的孩子。

可是最后，她还是走了。

温远之突然不知道该怎么做了，这么用心地爱着难道还不够吗？

他惶惶地站在那儿，忽然看见温辞好像拿了什么在手上比画，心头一阵大乱："小辞！"

温辞被父亲的突然出现吓了一跳，手上没注意，小刀在食指上划了一下，鲜血瞬间涌了出来。

嫣红的血滴在黑白分明的试卷上，像是地狱里开出的一朵花。

"你……"温远之走近了才看见她是在削铅笔，可心头却始终盘旋着一团恐惧的阴云，"快出来，爸爸给你处理下伤口。"

温辞没有反抗，也不想说什么。

柳蕙被温远之的动静惊得从卧室里跑了出来，看到温辞手上的伤口，她眼眶立马就红了起来。

温远之抢在柳蕙开口之前说道："怪我，没看到她在削铅笔，吓到她了。"

柳蕙不知是信还是没信，偏开头抹了下眼睛："我来吧。"

温辞像个布娃娃，由着他们摆弄，伤口淋了酒精消毒，温远之忽然抓住了她另外一只手，安慰道："别看，一会儿就好了。"

前年夏天，温辞跟褚让去爬山，意外中暑摔伤了腿，当时在医院处理伤口的时候，温远之也是这样抓着她的手安慰。

温辞忽然鼻子一酸，却始终紧抿着唇没吭声。

伤口不深，只是很巧，跟上次被窗户夹伤在同个位置，柳蕙依旧打了一个小结。

"小辞。"柳蕙看着女儿没什么表情的样子，忽然也有些累了，"你要一直不跟我们说话了吗？"

温辞垂着眸，依旧是沉默。

柳蕙像走进了死胡同，前后都是绝路，她跟温远之有同样的恐慌，也有同样的茫然。

温仪是她没法愈合的心病。

温辞是她恐惧会发生的新伤。

她忧心、焦虑，最终积郁成疾，彻底病倒了。

温辞的心不是石头做的，看到柳蕙这样，她也不好受，整日整夜在床边照顾着。

柳蕙抓着温辞的手，在睡梦中还在流泪。

温远之一点儿办法也没有，只能给温谨之夫妇打了通电话，没讲几句那边就要挂了说现在过来。

他放下话机，看向窗外。

雨停了。

天也晴了。

林素和温谨之赶在天黑之前到了温家，林素先去看了温辞，也没说什么，只是摸了摸她的脑袋："我跟你大伯都还没吃东西，你去给我们买一点儿？"

温辞猜到他们可能有话要说，点点头："好，你们要吃什么？"

"都行，你看着买。"林素拿出钱包递给她，"多买些，等会儿你哥哥也要过来。"

"好。"

温辞跟着林素走出去，跟温谨之打了声招呼，温远之见状还要问，被温谨之拉住了。

她当什么都没看见。

走出去门还没关严，温辞便听见温谨之在训斥温远之："柳蕙糊涂，你也跟着犯糊涂，怎么能把孩子关在家里？"

温远之没说话。

温辞松开了关门的手，站在墙边没动。

隔着没关严的门，她还能听见柳蕙的哭声，柳蕙不停地反问"这样还不够吗？都已经那么爱了"。

哭声持续了很久。

林素突然也哽咽着说："难道我们不爱温仪吗？"

当然爱。

只是爱错了。

"我的错已经来不及弥补，可你还有机会。"林素说，"小辞不是谁的复制品，也不是任何人，她只是温辞，是你们的女儿，你再这样错下去，她只会成为第二个温仪。"

柳蕙哭着说她怕啊。

温辞眼眶一阵泛酸，低头深吸了口气，没再听下去。

当晚，柳蕙很早就睡下了，温辞跟温远之送走大伯一家，温远之忽然说："陪爸爸散会儿步？"

温辞点了点头，又说："好。"

温远之笑了笑："还以为你要一辈子都不跟爸爸说话了。"

温辞轻叹："没有。"

"小辞，这件事情，是爸爸跟妈妈做得不够妥当，爸爸在这里跟你道歉，你不要怨恨我们。"温远之语重心长道，"你妈妈的担忧，爸爸这些年也一直都有。温仪是两岁那年到我们家来的，我们养了她四五年，在我们心里，她跟你是一样的，你大伯母管着她那些年，其实我们是有机会多劝几句，可我们那时候都没意识到有什么不对，一个女孩子只有更优秀才能在这个社会站稳脚跟，她的逃离，其实我们都是帮凶。后来有了你，我们不敢了，害怕了，总想着只要你平安健康，在我们能看得见的地方就够了，可没想到，我们还是做错了。"

温辞忽地鼻子一酸。

其实这些天，温辞也在反思，过去柳蕙和温远之在对她的教育中，施加自以为是好的东西给她时，她是否有过坚定反抗。

她并没有，她只是尝试过反抗，但在得到拒绝后就选择了顺从和接受，给了他们做对了的错觉，是他们彼此都没有及时地将这个错误纠正。

温远之停在一盏路灯下："明天回去上课吧，爸爸早上要送你妈妈去医院，就不送你了。"

温辞在和柳蕙争吵时没哭，在这几天无声的反抗里也没想过哭，却在听到这句话时忽然掉起了眼泪。

她低着头，不让温远之看，哽咽道："谢谢爸爸。"

温远之和柳蕙虽然松口了，但也没完全松，他们知道温辞不想去师大，没再坚持要她去参加自主招生，但也没放弃要她报考师大的念头。

"你说你想去 F 大，我们也不拦着，但如果明年高考成绩出来，你没有达到这个学校的分数线，你就必须听我跟你爸爸的安排去师大。"柳蕙说，"我们现在不插手你的决定，但你得向我们证明你有这个选择的资格。"

温辞心中虽然有忐忑，但决心是从未有过的坚定："好。"

时隔十多天再回到学校，温辞都有些恍如隔世的感觉。班里同学对她突如其来的长病假也感到好奇和担心，挤在一起左一句右一句。

一直等到上课，林皎才找到机会跟她说话："那个谁，卫泯，你看见他了吗？"

温辞："还没，怎么了？"

"他之前找我问了你到底什么情况，看着好像挺担心你的。"

温辞还挺意外的，毕竟平时不管在哪儿，卫泯只要看到学校里的人，都会刻意跟她拉开距离，没想到这次他竟然会主动找到林皎。

她想到这儿，忽然笑了。

林皎拿书挡住脸："想什么呢，笑成这样。"

"没什么。"温辞翻开书，"好好上课。"

一下课，温辞也顾不上找什么拿作业找老师的借口，径直下了楼，轻盈的脚步在五楼楼梯口停了下来。

卫泯跟几个男生站在走廊那儿，他不怎么穿校服，永远都是那身黑色T恤灰色运动裤，神色淡淡的。

只是一扭头看见温辞，他脸上的表情忽然就丰富了。

他下意识往前走了一步，不小心撞到路过的男生才回过神。温辞觉得他那个样子呆呆的，压着笑意往楼下走。

卫泯很快跟了上来："你的病好了？"

"我没生病呀。"温辞起了故意逗弄他的心思，"你听谁说的？"

"你同桌。"

"你去找我同桌了？"温辞故意道，"你之前在学校不都刻意要跟我拉开距离吗？不怕我同桌去跟郑老师告状？"

卫泯不知道怎么说了，生硬地岔开话题："你真的没事？那怎么这么长时间没来学校？"

温辞摇头说没事，又说："我跟我爸妈起了点儿争执，他们想让我提前走自主招生去师大，我没同意。"

她没有详细说很多，但卫泯的神情还是突然变得很严肃了，视线一直在往下瞟。

温辞注意到他是在看自己的手腕，猜到他在想什么："我没那么傻，不会做伤害自己的事情。"

她抬起两只胳膊在他眼前晃了晃，手腕白皙纤细。卫泯的目光忽然落到某处："手指怎么了？"

"我削铅笔不小心碰到的。"温辞早上出门撕掉了创可贴，伤口已经快结痂了。

温辞跟卫泯刚走到一楼，上课铃就响了。

这一层都是多媒体教室，平时也没什么人。她刚转身要走，卫泯忽然拉了她一下："等等。"

温辞忽然有些紧张，回过头问："怎么了？"

"你鞋带开了。"

"……"

温辞是不太会系鞋带的人，蹲在台阶上三两下打了个结，还没走到三楼，又散开了。

她还没注意，一脚踩在鞋带上，人跟着一晃。

卫泯长这么大也没见过这样也能摔的人，被吓了一跳，长腿一迈，从后边把人扶住了。

温辞站得高一些，一时没注意撞到了卫泯，只听见他一声轻哼。

"你小时候是不是走平地路也要摔？"卫泯松开手，蹲下去挑起她的鞋带，绑了一个好看的蝴蝶结。

他系好鞋带，忽地站起来，才发觉她好像瘦了很多："你……"

卫泯话音未落，耳边忽然响起一阵刺耳的铃声，他注意到楼下有人影晃动，怕被人看见两人站在一起，他微不可察地叹了声气："没事儿，回教室吧。"

温辞也没多想，抬脚往楼上跑，回到位子上，低头看鞋上的结，想到刚刚他蹲在面前的样子，忍不住拍了拍脸："冷静冷静……"

之后的生活又恢复到往昔。

温辞查过F大这几年在安城的录取分数线，平均都在六百六七，她进入高二考过最好的一次是六百五十九分。

可这远远还不够，温辞太想向父母证明自己可以，可有时候越是着急，越是会适得其反的。

一周后的月考，她破天荒地掉出了年级前十。

年级大榜都是贴在一楼大厅的墙上，出成绩那天，温辞很快自我分析了这失分的地方。

大意，粗心，太急于求成。

她明白是一回事，可看到成绩又是一回事，以至于之后每次路过年级榜都要停下来多看几眼。

一天中午，温辞写试卷晚了几分钟下楼，教学楼已经空了，她又一次站在年级榜前。

"这都多久了？"卫泯站在楼梯上，见她扭头看过来，才慢慢走近说，"马上期末考试都要来了，还在看这个？"

"多看几遍，吸取教训。"温辞想到什么，侧头看向旁边理科的排名。

卫泯察觉到她的意图，走到那边挡住了她的视线。他挑着眉，明知故问道："看什么？"

"我还能看什么。"温辞换了个位置，在中间靠后的位置看见了卫泯的名字，数理化的分数勉强还能看，语文和英语的分数简直一塌糊涂。

她笑："你们语文老师应该很烦你吧。"

卫泯耸耸肩："没英语老师烦。"

"你还挺自豪啊。"

"我这是有自知之明。"卫泯捏着手腕，"你不去吃饭？"

"本来打算去吃的，看到这个排名又没什么胃口了。"温辞说，"你今天不回家吗？"

"这就回了。"他说要走，却还站着没动，看着她问，"要不要到我家坐一会儿？"

"行啊。"温辞答应得很快。

卫泯轻轻"啧"一声："你是不是就等着我问你呢？"

"也没有，你要不问我就上楼写试卷了。"

"这么拼？"卫泯说，"你这是打算考清华还是北大？"

"两个都不考。"温辞说自己准备考 F 大，说完又叹了口气，"就是不知道最后能不能去。"

卫泯看了她一眼，安慰道："这不是还有一年的时间。"

"是啊，也就只有一年了。"温辞说自己其实还挺担心的，毕竟她的机会只有一次。

安城虽然不算高考大省，但参加考试的人数一年比一年多。

"我最近也在想，万一我要是折腾到最后连师大都没考上，岂不是太失败了。"说这话时，温辞和卫泯已经进了他家院子。

常云英切了西瓜放在桌上，温辞跟卫泯蹲在花坛旁边吃边聊。

"可你总要试了才知道行不行，不是吗？"卫泯忽然站起身，指着墙角的喇叭花，"你觉得它能变一个颜色吗？比如蓝色。"

温辞很好笑地看着他："虽然我是个文科生，但最基础的酸红碱蓝实验我还是知道的。"

他不乐意地"啧"了声："我是在安慰你，给点儿面子，行不？"

她笑："好，那你再来一次。"

卫泯重复了刚刚的问题，温辞很配合地质疑道："怎么可能？这不是紫色的吗，怎么能变成蓝色？"

卫泯被她浮夸的表演笑到，差点儿没能演下去："先歇一会儿，我去洗个手。"

他走到水池边，拿盆放在底下，打着肥皂洗干净手接了半盆水，端回来摘了几朵喇叭花扔了进去。

喇叭花很快跟肥皂水产生反应，变了颜色。

卫泯："你看。"

温辞配合地低头看："哇！"

卫泯一偏头笑了："也不用这么配合。"

温辞摸了摸脸："第一次当演员，没经验。"

卫泯笑够了，清清嗓子："你看，将一朵紫色的喇叭花放进肥皂水里，喇叭花会变成蓝色，但如果我将它放进醋里，它还可以变成红色。"

温辞很认真地问："我要给反应吗？"

138

这戏是真走不下去了。

卫泯笑："随便。"

"哦。"

卫泯又摘了一朵干净的喇叭花，说："如果你想，它甚至还可以改变瓣数。"

温辞这次是真惊讶了："瓣数怎么改变？"

"很简单。"卫泯粗暴地将花瓣撕开，瞬间一朵花就变成了几瓣，"这叫物理手段。"

"……"温辞看着他笑了起来，在初夏的阳光里显得格外生动。

长时间的对视里，卫泯胸腔那一块也像是被什么狠狠锤击着，怦怦直响，他抬手将一朵干净的花递给她。

他的声音和眼神一样温柔："只要你愿意尝试，你想它是紫色，它就是紫色，你想它是蓝色，它也可以是蓝色。只有当你再也不想尝试了，你才算失败。"

温辞垂眸看着手中的花。

长久的沉默后，她忽然开口："你说只要我愿意尝试，就不算失败是吗？那我还有件事想尝试。"

卫泯下意识攥紧手："什么？"

"我……"温辞眼也不眨地看着他，欲言又止。

忽然间，一只狸花猫从院墙上翻了下来，砸倒了墙根处的花盆，噼里啪啦一阵动静。

温辞被这声响惊醒，想说的话卡在嘴边，勇气像崩塌的河堤再也无法聚集，她好似怕被卫泯看出什么，急匆匆地站起身："我先走了。"

常云英端着菜从厨房出来，看到卫泯一个人蹲在那儿，还没出声，他忽然站了起来，什么也不说地就要往外走。

"吃饭啦，你还要去哪儿？"常云英放下碗，视线扫过院子，"温辞呢？去厕所了？"

卫泯大脑还有点儿没转过来，沉默地走到桌旁坐下。

常云英擦着手凑到他跟前："咋啦，魂丢了，跟你说话呢，怎么就你一个人在？"

"她回去了。"卫泯伸手就去抓菜，被常云英一巴掌拍在手背上，"啪"的一声脆响。

这一声也把他的魂儿给招了回来。

卫泯想到温辞先前的欲言又止和眼眸中涌动的情绪，像是忽然意识到她想要说的是什么，倏地站起来："奶奶你先吃，我回学校一趟。"

"哎——"常云英没叫住他，嘀咕道，"这屁孩子，怎么神神道道的。"

卫泯跑出巷子的时候，已经看不见温辞的身影了。

他一路跑回学校，直接去了一班，温辞的座位是空着的，林皎在一旁埋头吃面，一抬头被他吓了一跳："咳——"

卫泯急促地呼吸着："不好意思。"

"没事儿没事儿。"林皎擦了擦嘴，"你……有事儿啊？找温辞吗？她下午请假回家了。"

卫泯呼吸一紧，说不上是失落还是庆幸，抿了抿唇说："谢谢。"

林皎说没事，看着他走远了，不明所以地挠了挠头，怎么觉得他看起来跟霜打了似的。

卫泯又回了安江巷，路上碰见杜康。杜康迎了上来："你干吗去了，奶奶说你饭都没吃就跑了，出什么事儿了？"

"没事儿。"卫泯深吸了口气，巷子里的空气并不怎么好闻，带着经年累月的破败腐朽的气味。

他走进院子，看见泡在盆里已经变色，变得没那么好看的花，心情忽然变得很糟糕。

也就是从这天起，卫泯突然发现一层楼的距离也有那么远。

他不再和温辞在学校里任何一个角落偶遇，甚至一连好几天，都不曾见过她下楼。

糟糕的情绪像是会蔓延和传染，杜康每天看到卫泯蔫巴的模样，也是浑身不舒服。

一天傍晚，杜康趁着倒垃圾回来的路上，没忍住问了句："欸，最近怎么不见温辞来找你了？"

"不知道。"卫泯神色淡淡的，看不出什么情绪。

"你们……"杜康犹豫着，"吵架了？"

卫泯垂着眼帘否认："没有。"

"她不来找你，你也没去找她？"

"嗯。"

"……"

看卫泯跟挤牙膏似的半天憋不出一句重要话，杜康也懒得再问，提着垃圾桶上到五楼。也就是那么巧，温辞刚好从办公室出来，手里还抱着一沓试卷。

杜康正准备打招呼，温辞忽然一转身，又进了办公室，那样子分明是在刻意躲着谁。

杜康扭头看了眼依旧没什么表情的卫泯，在心里轻轻"啧"了声，就这还叫没吵架？

骗鬼呢。

卫泯不近视，自然也看见了温辞跟见到洪水猛兽似的躲闪，下意识抿了抿唇，沉默着进了教室。

心不在焉地上了一节晚自习，卫泯翘课去了天台。

顶楼风大，卫泯抬眸望向远处的高楼，夜色中，灯光忽明忽暗。

他在茫茫夜色中，仰头看见了月亮，明月触手可及，他却不敢指摘。

最初，卫泯也没有想过会和温辞走到今天这么近。

当初在礼堂的惊鸿一瞥，他记住了她的名字和长相，军训期间偶尔听到她的名字也会有意无意停下来多听几句。

只是他从未想过，真正同她走近，毕竟，他们是两个世界的人。

直到那一次常云英忽然发病，他跟着班主任匆忙赶去医院，听到医院里的人说，常云英是在医院附近突然倒下的。

当时围观的人很多，但没人敢上前去帮忙，好在有医生家属从附近路过，上前问了情况，及时给喂了药，又采取了正确的急救措施，才为常云英的抢救多争取了几分钟。

卫泯从收到消息这一路赶来，人都是蒙的，听了护士的话半天也没反应，只是一直盯着急救室的大门。

最后还是班主任周杉问了句知不知道对方是谁。

护士说："就是常奶奶的主治医生柳主任的女儿，幸亏今天是碰见了她，不然……"

她没再说下去："家属先来跟我办一下住院手续。"

卫泯这才回过神，拦住了要去接单子的周杉："给我吧，我去办，今天谢谢您送我过来。"

周杉说："你去办，你带钱了吗？你在这儿陪奶奶，其他的事儿回头再说。"

常云英那次的情况很危险，卫泯也是在那时才知道她为了少花钱有几次都没来医院拿药。

柳蕙说："吃药是为了缓解和抑制病情恶化，如果现在药再不好好吃，之后想手术也没办法了，你们家人平时要对老人多上点儿心。"

"我以后会注意的，谢谢柳主任。"卫泯站起身，朝她深深鞠了一躬，"我听护士说那天是您女儿救了我奶奶，谢谢。"

"别这样别这样。"柳蕙没太把这事放到心上，又想到他家里的情况，放缓了语气，"回去好好照顾你奶奶就行了。"

卫泯在医院照顾了常云英快半个月，出院那天，杜康跟他母亲也来了医院帮忙。

临走的时候，卫泯把托杜康带来的果篮送到了柳蕙的办公室，当时柳蕙人不在，卫泯将果篮放在她办公桌上。

正准备掏出写好的字条压在底下时，他看见了摆在桌子最里面的相框。

那应该是张全家福，女生穿着素雅的蓝色连衣裙，挽着父母的手站在海边的栈桥上，笑得美好而温柔。

一如初见。

皎洁如月，却也遥不可及。

后来，卫泯在学校总是会听到温辞的名字，有时是在广播里，有时是在其他人的口中。

学霸，班花。

一切优秀的、美好的，与他截然相反的词汇，都是她的形容词。

卫泯只是远远看着，就已经能窥见她世界里的耀眼，他没想过进入，只是路过就已经足够了。

漫长岁月里，他甘愿做一个旁观者。

可卫泯没想到，有一天，光也会照耀到他。

被杜一斌围殴的那天，卫泯看见她惊慌失措的表情，明知不可能，却还是有一丝期待。

听见她逃离的脚步声，他竟也会觉得失落，不过也理所当然，他是污泥，月亮是不会靠近污泥的。

卫泯失去力气般闭上眼，忽然听见耳边传来的声响。看着警察追着杜一斌他们从眼前跑过，他拖着疲惫的身体靠在墙壁上，这时一道不轻不重的脚步声慢慢靠近了。

他强装镇定，用冷漠的话语将她推出自己的世界，看到她露出毫不意外的样子，伤口像牵动到心脏，一起隐隐作痛。

杜一斌的报复在卫泯的意料之中，手段却远在他意料之外。

他在食堂看到她明明很生气却还要努力克制的样子，强忍身体的不适，将所有的不堪全都担在自己身上。

讨厌也好，生气也罢，就让所有的乌糟事儿停在他这里。

卫泯很快找到杜一斌，知道杜一斌那天看见了温辞，警告他不要乱来，也告诉他自己没跟警察说什么。

我们要么相爱，
要么死亡。

We either fall in love or we die.

可杜一斌还是不满意。

那天放学，卫泯路过公交站，看见平时跟着杜一斌的那几人也在那儿，站在暗处等了会儿，忽然看见温辞也朝公交站走了过去。

卫泯没有犹豫地跟了上去，不出所料地看见她意外和强装镇定的样子，他一言不发地站在那儿，什么表情都没有。

走过去的时候，卫泯回头警告似的看了那几个男生一眼，他以为到这里就结束了。

没想到第二天，新的谣言又起来了。

杜一斌行踪不定，卫泯只能跟着温辞。看到她被他们故意找碴儿，他出面帮了忙，也下定了决心要趁早彻底解决这事儿。

她问卫泯是不是故意的。

卫泯无可辩解。

她又问原因，卫泯看着她在冷风里冷静平淡的面容，想到或许再也不会有这么近的距离抑或是这样的机会。

他借着玩笑，说了一句真心话。

——我喜欢你啊。

或许是他的得寸进尺彻底惹恼了她，卫泯站在郑益海和江主任面前时，也没否认什么。

错误原本就是从他这里开始，也最好是在他这里结束。

只是他没想到学校会让常云英出面，也让温辞动了恻隐之心，她的靠近，卫泯根本无法拒绝。

只是他靠近月亮，也不曾妄想摘月。

可月亮却漏了一缕光。

独独为他而亮。

N A N K E

南 柯

第六章 ♥
毕业快乐

温辞躲了卫泯几天。这天下午她刚接完水出去，看到卫泯站在一班门口，她一转身又缩回了水房。

林皎不明所以地看着她："干吗呢？"

"我刚没接满。"温辞拧开盖子，没承想杯里水太多，差点儿洒出来。

林皎笑："不是，你跟那谁到底怎么了？你偷他家东西了啊，这么躲着他做什么？"

其实说起来温辞也没做什么，甚至连话都没说全，可不知道为什么，最近一看到卫泯她就紧张，生怕他问起她那天的那句尝试。

一想到这儿，温辞几乎不知道该怎么面对他，索性一不做二不休，能躲一天是一天。

可学校就那么大，总有躲不过的时候。

那天已经是七月了，七号、八号高考，八中每年都是考点，学校放假前要求各班做一次大扫除。

温辞当时跟其他班班长去上预备党员的课，回来时教室已经空了，黑板上留了一句话给她：

班长，记得擦黑板和锁门，我们先走了哦（笑脸）。

温辞走上前擦干净字迹，把讲桌上的东西收拾整齐，最后才关灯准备锁门，那会儿已经不早了，整栋楼都很安静。

隔壁几个班早已走空了，楼道里也没什么脚步声。

温辞锁好门，一转身看见站在身后的人影，差点儿叫出来。卫泯及时往前一步，制止了她："别叫。"

他今天穿得很好看，黑色T恤、蓝色牛仔裤，搭着一头利落的短发，清爽干净。

但此时这并不是重点。

温辞猛地往后退了一步，脚跟抵在墙壁上，视线一会儿落到他的脸上，一会儿又挪开，抿着唇沉默不语。

卫泯斜靠着墙，落进走廊的余晖笼罩着他的身影。过了会儿，他终于不耐了，笑着问："看够了没？再看收费了啊。"

温辞一颗心都是乱的，也不知道说什么。

卫泯又问："怎么不说话？"

温辞不清楚他到底是什么意思，只好低头看脚边的两道影子："不知道说什么。"

卫泯说："那我问，你答。"

温辞呼吸一屏，不敢抬头看他。

卫泯没再有其他的动作，接着问道："你在躲我？"

温辞无可辩驳，这几天她的表现已经足够明显，但又不知道怎么说，便抿着唇没吭声。

卫泯又问："我能问问原因吗？"

"我……"温辞欲言又止，抬头对上他的视线，又沉默了。

"算了。"卫泯轻叹道，"还是我说，你听着吧。"

温辞不知道为何，忽然又紧张起来。

"那天你说还有一件事儿想要尝试，是什么事儿？"卫泯始终一寸不落地看着她，"跟我有关吗？"

温辞没想到他会这么问，挣扎几番，一副视死如归的姿态："是。"

卫泯听完也没太大反应，只是点点头说："我知道了。"

温辞一愣，不明白他是什么意思。

"我说过的，只要你愿意尝试，就不算失败。"卫泯说，"我也愿意陪你一起去验证这个尝试。"

温辞没想过事情会走到今天这一步，整个人都有种没踩着实地的不踏实。她怔愣地看着他，像喝醉了酒，跌跌撞撞进入他的世界，做了一场旧梦，却不敢醒来。

"我……"她紧抿着唇，努力克制呼吸，"真的？"

"当然是真的。"卫泯笑，"但你可没后悔的机会了。"

温辞像是得到了期许已久的答案，整个人都变得放松了："我从来不做让自己后悔的决定。"

从楼里出来时，天已经快黑了，温辞走在前边，偶尔回头看一眼，卫泯慢悠悠地跟在后面。

路灯的光亮落在脚边，两人像一直走在光里。

走到公交站，正巧车进站，温辞刚要回头跟他说再见，却见他也拿着硬币。她问："你……干吗？"

"不早了，送你回去。"他一脸理所当然。

"我又不是不认识路。"

卫泯没给她拒绝的机会，先一步走上车："快点儿。"

"……"

上了车，两人坐在后排，卫泯的胳膊抵着车窗，视线时有时无地落在她这边。

温辞见他神情倦怠，小声问了句："你昨晚没睡好？"

"何止昨晚。"

她无法反驳，坐直了说："那你睡会儿，到了我喊你。"

"嗯……"卫泯的声音已经有些模糊，忽然一个颠簸，脑袋往旁边一倒。

温辞扭头，小声道："卫泯？"

他没应。

温辞没再说话，视线从他身上掠过。

卫泯的手长得很漂亮，骨节分明，每个指甲上都有一块小月牙儿。

只是因为长年累月的劳作，他手指间有许多细小的伤疤。

温辞看到他的虎口处还有一道浅色的红痕，怕打扰他睡觉，也没敢碰。

安静的车厢里，彼此的呼吸好似清晰可闻，温辞望着窗外，暗自希望这段路能再长一些。

但无论多长，总有抵达终点的时候。

下车时，温辞见时间已经很晚，没让卫泯送自己回家。她说："就几步路，很近的，你快回去吧。"

卫泯也没强求："行，学校见。"

温辞站在原地看着卫泯走远才转身往家的方向走。

一路上，她吹着晚风回想这段时间发生的所有，整个人逐渐冷静下来，也意识到虽然卫泯说选择权一直在她的手里，可细究起来主动权其实一直都在卫泯的手里。

他进一步，她才会跟着进一步。

他要是退一步，她或许也会跟着退回到最合适的位置。

在这一刻，温辞忽然有些庆幸，在她踟蹰难熬的时候，他和她也有着同样的心情。

想到这儿，她已经开始期待即将到来的以后。

那天之后没多久是八中的期末考试，这场考试是他们进入高三之前的一次模拟小高考。

考试范围涵盖整个高中三年的内容。

温辞忙着备考，跟卫泯一天也说不上几句话，高考近在眼前，他们都在为未来而努力。

可提到高考，就不可避免地提及分别。

温辞志在远方，但卫泯注定要留在安城，一次闲聊，她忍不住旁敲侧击地问了卫泯关于高考结束后的选择。

"每个人都有自己要走的路，只要终点一致，即使走的路不同，也没关系。"卫泯放下手中的笔，很认真地看着她，"你只管走你的路，我会一直待在你能看得见的地方。"

温辞心里酸酸胀胀的，错开了话题："你干吗这么严肃。"

"谁让某人在这儿胡思乱想的。"卫泯拿笔杆敲了下她的脑袋，"赶快写试卷，再有一个小时我就要走了。"

温辞好像看见了第二个江主任，忙道："写写写，这就写。"

卫泯拿她没辙，笑着叹了口气。

期末考试一结束八中就放了暑假，学校今年寒假补课被人举报，暑假没敢造次，安安分分放了一个多月的假。

"你暑假还在海洋馆兼职吗？"考完试那天，温辞没急着赶回去，跟着卫泯去了安江巷。

"在。"卫泯慢悠悠道，"但是今年没有美人鱼表演。"

温辞跟被踩到尾巴的猫一样，简直要蹦起来，语气激动："我又没说要去看这个！"

"是吗，我还以为你很想看呢。"卫泯轻"啧"，"可惜了，今年没有，当初的照片你还扔了。"

"没扔。"

卫泯露出很震惊的表情，紧接着又变得理所当然："也是，毕竟我这么帅。"

温辞简直想直呼救命，怎么会有这样自恋的人啊。

她撇撇嘴："我回去就扔了。"

"你上次好像也是这么说的。"卫泯笑叹，"留着吧，好歹是我第一次当鱼呢。"

温辞好奇："你见过自己当鱼的样子吗？"

"没，我一开始过去不是负责表演的。"

"那后来怎么又去了？"

"长得好看呗。"

"……"

温辞真的有口难言："你还记得当时我第一次到这里来找你，你跟我说过什么吗？"

"什么？"

"你说你欠揍。"温辞面无表情地看着他，"我之前没信，现在信了，你这样，不欠打就奇怪了。"

卫泯失笑："就这一个优点，我还不能多夸夸了。"

"那也不用这么无时无刻、随时随地地夸吧。"

"那还是用的。"卫泯总有话在等着她，"要没有这张脸，你也关注不到我啊。"

温辞很严肃地看着他："你不要把我说得那么肤浅，我最开始可不是因为你的脸才关注到你的。"

卫泯眉尖一挑："我还有别的我不知道的优点？"

温辞跟快被逼疯了似的，做了两次深呼吸才说："好吧，我坦白了，还是因为脸。"

他一脸"我就知道"的样子。

她说："毕竟脸皮厚也沾个'脸'字。"

卫泯无语凝噎。

温辞终于扳回一城，狠狠出了口"恶气"，走起路来都觉得一身轻松，等回过神，可不一身轻松。

她的书包和暑假作业全在他的手上。

温辞内心又有些过意不去："你怎么不说话了？"

卫泯没看她，说："怕你说我脸皮厚还话多。"

"我开玩笑的。"温辞看着他，"你不会还当真了吧？"

"嗯。"他声音很低。

温辞有些慌了："我真的开玩笑的，我发誓，绝对没有觉得你脸皮厚，你的优点很多啊，孝顺、能干、肯吃苦……"

她掰着手指头数，忽然听见身旁压不住的笑，才意识到自己上当受骗了，又娇又气："卫泯！"

"在。"他不笑了，表情认真，"我明白的，我都懂。"

温辞气急："你懂个屁！"

卫泯没再逗她："好了，是我不对，别生气，我跟你道歉。"

"哼。"

温辞平时也不是常往这边来，每来一次，常云英都很高兴，招呼她吃这吃那，今天也是一样。

温辞在安江巷待到快天黑才回去。

"我送你。"卫泯起身去洗手。

"不用了，出门就是站台，我自己可以。"温辞拎起书包。

卫泯坚持送她出门，一直走到站台，看着她上车才回去。

巷子里的夏天很热闹，卫泯躲过打闹的小孩儿，踩着一地光影进了院子。

常云英坐在井边洗碗，看到他回来，擦着手站起身，神情很严肃："你跟我进来。"

卫泯没犹豫，立马跟了上去。

一进屋，常云英忽地一巴掌打在他脸上："你跟温辞怎么回事？"

卫泯站在原地沉默了几秒，否认道："没什么，您想多了。"

"最好是我想多了。"常云英不是不喜欢温辞，也不是不心疼卫泯，只是这世道、这现实，对他来说会是一道很难跨过去的坎儿，"你别犯浑，不然我以后没脸去见柳主任。"

他垂着眸，像是早已窥见故事的结局，却依旧说得很艰难："不会有那个时候的。"

安城今年的夏天比往年都要热，温辞一整个暑假都在外面补课，八月最热的那几天，她因为中暑进过一次医院。

后来一家人吃饭，温远之无意提起这事，姑姑跟大伯母还埋怨他们怎么也不说一声。

不过那时温辞的补课已经结束了，柳蕙也说不是什么严重的事，像是抱怨也像是无心，笑着说了句："她就是瞎折腾。"

姑姑见状，打趣道："哪是瞎折腾，小辞这是上进，我们家褚让要是有小辞这么认真，我们也不用替她操心安排了。"

柳蕙喝了口茶："那也是褚让听话，才能让你们操心安排。"

话音落，一桌长辈全都有意无意看了眼温辞，温辞没什么反应地吃着东西。温远之碰了下柳蕙的胳膊："少说两句。"

大伯母也出来打圆场："来，尝尝这鸡汤。这母鸡是天然养殖的，据说喝的水都是这迴林山里的泉水。小辞，你跟小让今天多喝两碗，你们这时候是最要补的。"

温辞抬起头："谢谢大伯母。"

温辞只喝了半碗。褚让也嚷着要减肥不肯多喝，跟着温辞一块儿放下了筷子："姐，去你房间待会儿？"

"好啊。"

一进卧室，褚让看到桌上堆得满满当当的试卷和教材，发自内心地"哇"了声："姐，你真拼啊，这都是你暑假写的吗？"

"差不多，也没都写完。"温辞拉开椅子坐在桌旁，"你之前不是说想去八中吗，怎么又去师大附中了？"

褚让叹了口气，瘫倒在床上，说："还不是我妈，说附中离家近，还有很多跟师大直接对接的招生政策，要是我走运，说不定就不用参加高考了。"

"你自己也是这么想的？"

"说实话，我也不知道，我就是觉得既然我爸妈能替我铺路，也没什么不好的，还省得我自己去操心。"褚让支起胳膊托着脑袋，侧身看向温辞，"姐，我听我妈说……你之前跟舅舅舅妈他们吵架了啊？"

"嗯。"

"就为了上学的事？"褚让虽然看着任性，但在人生大事上一向很听家里的话，所以也没办法理解温辞为什么要放弃一条已经平坦顺畅的路，去走一条不知道未来的路。

"不只是上学。"温辞说，"还有很多。"

人或者事。

"哎，值得吗？你看你现在那么辛苦，万一，我说万一要是没成功，岂不是白费功夫了。"

"值不值得不在于结果，而在于过程。"温辞说，"至少我努力过，即使结果不尽如人意，我也认了。"

褚让不懂，温辞也不想把自己的想法强加给她。

后来，温辞隐瞒了中暑这一段，把跟褚让的对话说给卫泯听："虽然我跟她说得不在意，但真想了一下，如果都那么努力了，还没有得到想要的结果，我……"

温辞想说还是会难过，还是会不甘，可又不想在当下就把结果想得那么糟糕，平白增加烦恼和压力。

她自我安慰道："算了，就像你说的，只要我还愿意尝试，我就不算失败，对吧？"

"当然。"卫泯意有所指道，"而且至少目前来看，有一个尝试已经快要成功了。"

温辞愣了两秒才意识到他话里的意思，笑着道："我以前怎么没发现你是这样的人啊。"

"我哪样？"

"反正不是我最开始以为的那样。算了，我还是不想那么多了，先好好准备考试再说。"温辞笑着跑开，"你也是，好好复习，可别再让你的英语老师和语文老师互相打擂台比谁更糟心了。"

他摆摆手："快走。"

温辞只觉得他又可爱又幼稚，朝他做了个鬼脸："走了。"

她小跑着往前，等到快转弯的地方，没忍住回头看了眼。卫泯依旧站在原地，头顶电线交织，他只是静静地站在那儿。

站在她一回头就能看得见的地方。

那一年安城的冬天来得特别早，还不到十二月份，已经陆陆续续下了好几场雪。

温辞偶然间发现她跟卫泯的生日挨得很近，都在一月份，只是一个在中旬，一个在月尾。

不过卫泯一向不过生日，那两天也刚好是期末考试，他没让温辞太往心里去，只说考完陪她过生日就好。

温辞说："我过生日也很简单的，只是跟父母家人一起吃顿饭，你也不要想着送我什么，答应我一个要求就行。"

"好。"他答应得很干脆。

"你都不问问是什么要求？万一是你做不到的怎么办？"

卫泯当时正在削铅笔，闻言抬头看了她一眼，很认真地说："我努力都能做到。"

温辞心里一暖，笑了笑说："生日那天，你再陪我去一趟寺里。"

她之前在网上看到别人说，如果在佛前许的愿灵验了，要在下一年再回去还愿。

卫泯说了声"好"，将削好的两支铅笔放进了她的笔袋里。

温辞生日那天正好是那一年的小年，也是回学校拿成绩单的日子。她去郑益海办公室的时候，其他几个班的班长正在那儿分书。

当时都是在高考成绩出来之前填报志愿，学校为了让学生心里更有数，提前购置了一批《高考报考指南》，让他们拿回去多研究研究。

温辞按班里人数捋出两大摞，刚走出办公室撞见卫泯从教室出来，他眼神一顿，撞了下杜康的胳膊。

他俩不愧是发小，随便一个动作都知道对方是什么意思，杜康笑着迎上来"要帮忙吗？"

温辞没客气："里面还有一摞。"

"那你这给他。"杜康说，"我拿剩下的。"

卫泯走过来，接过温辞手里的一摞，温辞又领着杜康去拿里面的，出来时，卫泯已经先上楼了。

杜康跟温辞并肩走在一起："你们等会儿是要去寺里吗？"

温辞："嗯。"

杜康点点头，看着温辞欲言又止，但最后还是什么都没问。

温辞上到了六楼，看到卫泯站在一班门口跟钱树他们说话，装得像模像样。

她跟他说了声"谢谢"，他说"不客气"。等杜康把书交给钱树，他跟着一块儿下楼了，擦肩而过的瞬间，温辞隐约瞧见他好像侧头看了她一眼。

她强忍着没回头去看他，跟钱树说："老郑说一人一本拿回去看，开学来报给他一个目标学校。"

钱树："行嘞，我这就去跟他们说。"

在学校折腾了大半上午，温辞赶过去跟卫泯会合时已经十点多了，她还记得过午不拜的习俗，大口喘着气问："来……来得及吗？"

卫泯之前怕时间太赶，提前去借了车。他取下挂在车把上的头盔戴到她脑袋上，安慰道："来得及，不用慌。"

温辞自己调整好了头盔，卫泯又从口袋里拿出一双手套递给她："这个天会有点儿冷。"

温辞戴好手套，卫泯笑着拨下她头盔上的护目镜："出发。"

车子只能到半山腰，剩下的路还是要步行走过去。

年前来寺里拜佛的人很多，大多是穿着朴素的老人，寺庙里回响着浅浅的佛乐。

温辞跟着卫泯走在人群里，依旧请了三炷香，走到正殿前，两人沉默地并肩站在香炉边。

佛香萦绕，烟雾缥缈。

起风了。

温辞侧头看向站在身旁的卫泯，他闭着眼，面容虔诚而平静。

她收回视线，也慢慢闭上了眼睛。

不问前尘，不寻来路，但求所愿，终盼灵验。

心中所念落下，四周一片阒寂。

风停了。

温辞睁开眼，佛香燃烧，火光若隐若现，卫泯不知何时走远了几步，停在浓厚的烟雾里。

一缕阳光拂落。

乌云遮天的荒原里，他是唯一的太阳。

二〇〇一年十一月，教育部正式宣布，从二〇〇三年起，高考由七月改为六月。

和温辞同一级的学生都是改期后的第一届考生。

那一年高考不再是酷暑，结束的那天还是个阴天，熟悉的铃声响起，老师安静地收着试卷。

等清点完毕，他们抬头望着台下一张张青涩而富有朝气的脸庞，不再是监考时沉默严肃的面孔，而是面带笑容地说了句："祝贺你们，毕业快乐。"

走出考场，每个人脸上带着笑。温辞走在欢呼的人群中，初夏的阴天，没有那么沉闷。

空气里沾着湿漉的水汽，预示着即将到来的暴雨。

它会冲洗过往的一切污浊，迎来最热烈的晴天。

温辞跟随大部队回了学校。校园里空了大半，却到处都是欢呼和尖叫，飞扬的试卷和书本像夏日里的一场雪。

她站在教学楼前，深深吸了一口气，闻到了校园里盛开的栀子香，闻到了纸墨的气息。

闻到了，从未有过的和即将到来的自由。

温辞突然很想见到卫泯，她奔跑在楼道里，耳边风声呼啸，这一年的所有走马观花似的在脑海飞速划过。

五层楼的距离，她只用了平时一半的时间。卫泯像是知道她会来，依旧站在过去熟悉的位置。

温辞踏上最后一级台阶，过去十八年好似一场逾期的旧梦。

直到这一刻，她才真正醒来。

他说："恭喜，毕业快乐。"

温辞回敬同样的祝福。

不知内情的同学只以为他们是化干戈为玉帛，因为一场毕业，前程往事恩怨纠葛都成了过眼云烟。

这一场"和解"，引来无数欢呼。

认识的不认识的，都相拥在一起。

卫泯站在人群里，紧紧抓住她的手，她眼也不眨地看着他："我来找你要答案了。"

一年前，也是和今天一样的傍晚，他忽然出现在她教室外，给她惊喜和意外，一年时间转瞬即过。

故事即将迎来结局。

"我说过的，只要你愿意尝试，我的答案永远是肯定的。"卫泯抬手用力地抱住了她，"我愿意陪你去验证你的尝试。"

少年的怀抱温暖而干净。

温辞眼眶倏地一热，她在当下的喜悦里突然提前体会到了即将到来的分别的酸涩和不舍。

她心无旁骛，同样用尽全力，只想牢牢记住这一刻拥抱的温度。

后来的很多年，温辞和卫泯拥抱过无数次，但再没有哪一次是让她如此记忆深刻。

记得所有的细节，记得他的每一次呼吸和心跳，也记得眼泪是难过，是不舍，是喜欢。

是十八岁，他们所有心动的瞬间。

十八岁，是人生的分水岭。

也是他们长大的信号灯。

158

这一年，高考依旧施行估分填志愿，八中每年都是集体估分，初夏的蝉鸣声里，温辞坐在安静的教室，一笔一画勾勾选选。

在分数表上写下最后一科成绩时，她紧张到手似乎都在发抖，131、142、144、266。

总分，683。

温辞猛地吐出一口气，等回过神，才发现手心里都是汗。

郑益海走过来看了眼分数，也没说什么，只是拍了拍她的肩膀，像是欣慰也像是恭喜。

超出预计的分数让接下来的一系列事情都显得格外顺利。

柳蕙和温远之虽然没有对温辞填报志愿多加阻拦，可她心里清楚这还远远不够。

十二年寒窗结束了，她的人生之号才刚刚吹响。

拿到录取通知书的那一天，安城下着暴雨，老城区的排水系统不好，温辞赶到安江巷的时候，巷子里地势较低的几户人家都正忙着往外赶水。

她一路小跑，等进院子时，出门才换的裤子跟鞋，都湿了大片，鞋边和裤脚全是污泥。

卫家的院子地势高，卫泯又在院子做了一个排水道，院子里还算安全，只是看到温辞，他好像很惊讶。

"怎么现在过来了？"他看到她一身狼狈，下意识一皱眉，"摔跤了？"

"没，巷口那边有点儿积水，不小心踩到了。"温辞撑的伞也没什么作用，肩膀也湿了一片。

常云英忙拉着她进屋："快快快，换身干净衣服先。"

家里没有女生穿的衣服，常云英找了自己没穿过几次的汗衫和长裤，说："先凑合着穿穿，这衣服脱下来晾干再穿。"

"谢谢奶奶。"温辞换上老人的衣服，对着衣柜上的镜子看了看，总觉得有些好笑。

温辞的上衣还是干净的，常云英拿了衣架晾到了外边，温辞自个儿抱着裤子走了出去。

卫泯正蹲在廊檐下刷温辞的鞋，听到动静回头看了眼，没忍住笑了："成年了，是要穿得成熟些。"

温辞一阵脸热："你烦不烦人。"

他实在是笑了好一会儿，才说："裤子放那儿，我等下一起刷，能水洗吗？"

"应该能的吧？"温辞平常在家不做家务事，也不懂这些。

"算了，你放着，我等下自己看。"卫泯说，"去屋里待着，外面风大，小心着凉了。"

温辞没立刻进去，蹲在他身旁："我今天收到录取通知书了。"

"恭喜啊，是准大学生了。"卫泯说，"什么时候开学？"

"八月底，你的通知书什么时候到？"

"估计还有一阵，二批的会晚几天。"卫泯今年高考超常发挥，估分出来后，在他们班主任周杉的建议下报了本地的一所公办二本大学。

分别在所难免。

温辞忽然安静了，耳边只剩淅沥雨声和鞋刷擦过鞋面的动静，她抱着膝盖，脑袋抵在上面。

一种难言的酸涩和慌乱渐渐涌上心头。

她看着同样沉默不语的卫泯，慢慢红了眼睛，又不想让他看出异样，起身说："好冷，我先进去了。"

"嗯。"

卫泯没有抬头，垂眸望着倒映在盆中的影子，眼前渐渐变得模糊，雨刮进了走廊，一滴滴砸进了盆中。

可细看，又好像不是雨。

整个暑假卫泯不是每天都有空，大多时候他在忙着兼职做暑期工，而温辞自从上次冒雨出门被温远问了几句之后，怕他们多心怀疑，也很少再去安江巷。

但也不是完全见不到面。

卫泯每周二和周六，会在固定时间骑车到温辞家楼下，趁着她下楼扔垃圾的工夫见一面。

虽然往往也说不上几句话，可就是这样短暂的一面，也胜过在电话里千言万语。

就这样到了八月末，温辞收到了 F 大的开学通知。

那一年还没有高铁，安城机场也还在建设中，从安城到沪市坐火车将近十多个小时，柳蕙和温远之不想在火车上受罪，索性提前两天自驾前往沪市。

临出发前一天，温辞借口出门找林皎，又去了趟安江巷。

那天也是个雨天，小雨淅淅沥沥的，她走在雨中，好似整座城市都充斥着离别前的哀愁。

卫泯早早地等在了巷口，撑着一把宽大的雨伞。温辞慢慢走近，收了伞站到他的伞下。

两人静静对视着，不舍与难过在雨夜里滋生。

温辞不想当着他面哭出来，故作轻松地说："听说沪市的雨比安城的雨还大，夏天热冬天冷，宿舍里还没有——"

话还未说完，卫泯忽然伸手抱住了她。

温辞的鼻尖撞进他怀里，熟悉的气息扑面而来，鼻子跟着一阵泛酸，眼泪瞬间掉了下来。

她哽咽着说："你干吗啊，我不想哭的。"

卫泯心里像是被狠狠揉了一把，又酸又胀："其实也没有很远，我每天都会给你打个电话，等有空了我就去找你。"

"那还是别浪费钱了，反正国庆也能见，还有元旦跟寒假。"温辞抬起头，"你在安城好好的，好好照顾自己，也要好好照顾奶奶，也要好好学习，不要在学校里混日子。"

她说什么，卫泯都说好。

说到最后，温辞也不知道还要说什么，才安静一会儿，又掉起了眼泪，卫泯怎么哄也没用。

但即使眼泪再多，也无法改变现状。

温辞迫切地希望能快点儿长大，希望时间能再快点儿，最好只是一眨眼的工夫，就到了她所期待的很久以后。

出发前往沪市那天，安城放晴了。

柳蕙和温远之虽然对温辞的决定无可奈何，但到底还是心疼女儿，到了学校几乎是事无巨细地替她安排好了一切。

来之前，温远之甚至托了好几层关系，联系到了温辞所在专业的系主任，本想安排一起吃顿饭，但温辞不想行使什么特权，便没答应这事。

温远之没说什么，倒是柳蕙不太高兴："学校和专业都是你自己选的，既然你想靠自己，那以后不管是吃苦还是流泪，都不要跟我们抱怨，是你先放弃了我们的庇护，你自己的选择你自己负责。"

"都这时候了，还说这些有用吗？"温远之拍了拍温辞的肩膀，"别听你妈妈的，在学校有什么事，一定要给家里打电话。"

温辞笑了笑，像什么也没发生："嗯，我知道的。"

虽然闹得有些不开心，但真到分别的时候，温辞还是不舍，温远之还没说几句话，她就忍不住掉了眼泪。

"有什么好哭的，快回去吧。"柳蕙说着坐进了车里，手在眼角抹了两下。

温远之给温辞擦了擦眼泪："好了，别哭了，国庆节爸爸开车来接你。"

温辞吸了吸鼻子："那你们回去的路上注意安全。"

"知道了，你快回去吧。"

温辞一步三回头，看到父母车子开远，又忍不住掉眼泪，回到宿舍时一双眼睛都快哭肿了。

她昨晚没在宿舍，跟另外三人都是只知道名字。

跟她同排床铺的室友王沐沐主动递了张纸巾过来："擦擦脸，你爸妈回去啦？"

"回去了，谢谢啊。"温辞坐着缓了会儿，也是这会儿工夫，她被其他几人拉过去聊天。

发现都不是难相处的人，她心里也安稳了许多。

中午四人一起去食堂吃的饭，吃完出来时，温辞口袋里的手机响了起来，是一串座机号。

"你们先走，我接个电话。"

温辞走到台阶下，刚一接通，整个人都愣住了，其他三个室友看到她的神情，都停下了脚步。

给她递纸巾的室友问了句："怎么了？"

"我……"温辞攥着手机，"我男朋友好像来了。"

其他三人全都露出了震惊的表情，个儿最高的马甜直接爆了句粗口。

于是乎，见男朋友突然就变成了集体活动，正巧温辞也不熟悉路，索性就答应了。

她压根儿没想到卫泯会来，之前那次见面时，他一点儿都没透露。

温辞这会儿是又惊又喜，等走到校门口，看见站在那儿的人，分明也才几天没见，却突然觉得隔了好久。

三个室友都是知分寸的人，没跟着走近，只是站在角落想看看到底长什么样儿。

温辞悄悄走近，可卫泯像是后边长了眼睛，在她准备扑过去时，他忽然转过了身。

她直接扑进了他怀里。

卫泯失笑："也才两三天没见吧。"

温辞还没说什么，听见身后传来的几声惊呼。她回头看了眼，见卫泯也往那边看，说了句："那是我室友。"

当下，温辞还处在惊喜降临的兴奋里，没注意到卫泯在她说完这句时，身体那一瞬的僵硬。

他问："要过去打招呼吗？"

温辞正想说"看你"，一回头却发现室友三人像干了什么坏事儿似的，一溜烟儿全跑了。

"现在……估计不用了。"她牵着卫泯，"你怎么来了？"

"提前熟悉一下路线，怕到时过来找你不认识路。"卫泯凑近了看她，"哭了？"

温辞没否认："我爸妈上午回去了。"

卫泯捏了捏她的手，没说什么。

他还有一个多星期才开学，陪着温辞在学校里走了一遍，熟悉了所有教学楼和食堂宿舍的位置。

"那我到时候要是找不到教室了，是不是可以给你打电话？"温辞说完才想到什么，顿了下又说，"算了，我还是努力记一记，万一你也在忙我就完蛋了。"

卫泯"嗯"了声："那再带你走一遍？"

"你来这一趟就打算在我们学校逛一天吗？"温辞有位室友是沪市本地人，昨晚给了她一份详细的游玩攻略，"我们出去玩吧？"

"好，你想去哪儿？"

温辞其实没有什么特别想去的地方，但一想到是和卫泯一起，无论远近，景色是否真的好看，似乎都没那么重要了。

那两天他们去了很多地方，看明珠塔，看黄浦江，逛老旧的巷子，历史悠久的街区，牵手走过大街小巷，在最美的夜色里相拥。

等到要分别的那天，温辞原本没想哭的，可当站在人来人往的车站时，还是没忍住掉了眼泪。

"不是说好了不哭的吗？"卫泯抹掉她眼角的泪水，"等国庆节放假，我去车站接你，带你去我们学校逛一逛。"

"好……"温辞吸了吸鼻子，"但我爸说要开车来接我。"

"那我到时候问问能不能坐车后备厢里来接你。"

温辞扑哧笑了："什么啊。"

他指腹蹭着她的脸颊，忽地俯身在她的额头上亲了一下："好了，快回去，我等你走了再检票进去。"

温辞想到送父母离开的画面，说："不要，我看着你进去，我再回去。"

卫泯拿她没辙："那我走了？"

164

"注意安全，到了给我打个电话。"温辞还抓着他的手，他挠了下她的手心才松开。

他一直没回头，温辞看着他的背影消失在人群里，深吸了口气才抑制住了又要掉下来的眼泪。

她转身离开。

卫泯坐上了返程的火车。

绿皮车在轨道上咣当咣当地行驶着，他看着窗外的高楼一点点儿消失在视野里，入目皆是荒原和隧道。

一夜疲惫，火车抵达熟悉的城市，一栋栋正在建造的高楼映入眼帘。

卫泯这一趟算上来回总共花了五天的时间，到家时杜康刚被常云英轰起来吃早餐。

杜康困得神志不清，看到卫泯进屋，还以为是在做梦，愣了两秒才回过神："你总算回来了。"

卫泯走之前托杜康照看常云英，杜康为了方便索性住了过来，天天一大早就被常云英喊起来。

"怎么样？沪市好玩吗？"杜康喝着稀饭，"你说你当时怎么不报那边的学校。"

卫泯看了杜康一眼。

杜康反应过来"哦哦"了两声："那你们就这么异地着，你一年下来要跑多少趟啊？"

卫泯没回答这个问题，说："快吃，吃完陪我去一趟二手市场。"

"你要买啥？"

"手机。"

"你这恋爱谈得，又花钱又费时间，万一……"杜康轻轻咳了声，"我不是打击你的积极性，也不是不看好你们，我就是说万一，你看现在你们离得那么远，一个电话又能解决什么问题，你就没想过，哪天会因为距离分手吗？"

卫泯神情一顿，他何止是想过。

从恋爱一开始，他每天都在练习着失恋。

/第七章/ ♥
我会一直一直喜欢你

温辞当初话说得满，可路痴的本质就像打上了烙印，根本无法摆脱。

军训一结束，因为几个室友的选修课各不相同，每周二她都要自个儿出门去上课。

这还不是关键。

关键是授课的老教授没有固定的上课教室，都是提前一天发邮件通知任课班长，再由班长转达给班里同学在哪间教室。

这对温辞来说绝对是一项艰难的挑战，才第二次上课她就在偌大的校园里迷路了。

头回上课的时候，班长通知得比较早，温辞还有时间出来熟悉路径，昨天班长临时有事，到了晚上十点多才通知。

那时都快到了宿舍熄灯的点，她也不好麻烦室友陪自己出门认一认路，只能问清了大概方位，但没想到还是迷路了。

其他室友早上也都有课，她不得已只能给卫泯打电话。

卫泯今早没课，但他看过温辞的课表，知道她今天上午有两节选修课，看到来电通知，他还以为出了什么事。

一接通，他便问："怎么了？"

温辞沮丧的声音隔着听筒传了过来："卫泯……我迷路了。"

"……"他当时和几个同学在外面等车，手机质量不是很好，一点儿也不隔音，同行几人扑哧全笑了。

卫泯怕温辞听见，忙捂住听筒往旁边走了几步："你在哪儿？"

温辞说了自己的位置，还说了上课的教室。

卫泯在脑海里回忆了一番，很快确定了她的方向，怕电话里说不清楚，他从包里翻出纸和笔，一边说一边画，最后借了同学的手机拍了张照片，用彩信给她发了过去。

阳康拿回自个儿的手机："女朋友啊？"

卫泯收起纸和笔，没否认。

阳康"啧"了一声，很是八卦："你女朋友也在安城？"

"不是，她在 F 大。"

这话一出，不只是阳康，连站在一旁的梁祁和俞任也都露出了震惊的表情。

梁祁笑："你小子真是深藏不露。"

卫泯一笑，没多说："车来了。"

阳康还不死心："什么时候带我们见见弟妹？"

"不见。"

俞任："为什么？"

卫泯走上前去排队："怕你们自卑。"

其他三人立马异口同声道："滚！"

卫泯懒得搭理他们，上车了还在给温辞发短信，问她找到教室没有。

温辞过了十多分钟才回。

温辞：找到了，好险，差点儿迟到。

卫泯：那你好好上课。

温辞没有再回。

她不是没有听到电话那头的笑声，只是卫泯没主动提，她也不想他做什么都事无巨细地问得那么清楚。

异地恋虽然拉远了彼此的距离，但也不是无时无刻都需要知道对方动向的理由。

卫泯有自己的事儿，温辞也有要忙的事儿，军训的时候联系还算频繁，等正式开课，两人都忙得脚不沾地。

温辞急切地想要做出成绩向父母证明自己羽翼渐丰，在学姐的引荐下，加入了 F 大的辩论社。

她每天在宿舍待的时间都不超过九小时，上完课要么泡在图书馆，要么去社团帮忙。

一晃，国庆长假到了。

温辞没让温远之开车来接，早早订了回程的火车票，从日出坐到天黑，才看见熟悉的建筑楼。

一出站，她就看见了等在那儿的卫泯。

不过一个月没见，温辞总觉得他变化很大。他好像瘦了，又好像长高了，依旧剪得很短的黑发，眉眼在夜色里显得格外冷峻凛然，却在看见她的一瞬间，露出了一抹柔软的笑意。

那股冷意也瞬间消散了。

温辞拖着行李站在原地，看着他一步步走近，直到脸上被捏了一下才回过神："卫泯。"

"嗯！"

她松开行李，一把抱住他："我好想你。"

卫泯先是一愣，随后更用力地抱住她，彼此的体温交融，变得愈加滚烫，抚平了两颗年轻躁动的心。

过了会儿，卫泯先松开手，揉了揉她的脑袋："饿了没？"

"还好，在火车上邻座的阿姨给了我一盒酸奶跟饼干。"温辞说，"我本来想自己买，但是钱包都放进行李箱里了。"

卫泯听完，屈指在她脑门儿上弹了下，严肃道："怎么一点儿警惕心都没有？"

温辞捂着额头看向他，不太明白是什么意思。

"蒋小伟都知道不能吃陌生人给的东西，万一是人贩子在里面加了东西，你想过后果没有？"卫泯又说，"还有，钱包和重要的东西一定要随身带着，不要放在行李箱里。火车上人多又杂，也没监控，万一人家顺手连你箱子都拿走怎么办？"

温辞不知道只是坐一次火车还有这么多隐藏的危险，顿时有些心有余悸："那我下次再坐火车注意点儿。"

"不只是坐火车，是以后不管到哪儿，自己都要多留个心眼儿。"卫泯叮嘱道，"就算是跟认识的人出门，也不要完全不管不顾，不怕一万，就怕万一，多听多看多留意，自己心里也好有个数。"

温辞不想这么久没见面，刚一见到就聊得这么严肃，故意耍着嘴皮："那我跟你出门，也要多留个心眼儿吗？"

"不然呢。"卫泯捏着她的脸，"小心我把你卖了。"

她故作害怕："那我还是赶快回家好了。"

卫泯笑着松开手："快走，快走。"

温辞却又不肯撒手，笑盈盈地看着他："你舍得把我卖了吗？"

卫泯盯着她看了几秒，扯着她的手，在手背上亲了一下："这么好看，我还是带回家吧。"

温辞乐出声，一路都紧紧牵着他的手。

她什么都跟他说。

——上课碰到的爆炸头男生，食堂吃错别人饭的可爱女孩儿，室友被搭讪的奇葩经历。

卫泯每个都听得很认真，偶尔也会吃惊和笑，好像也参与进了她的生活里。

等到温辞问他，他却无可所说，除了上课和兼职，再多的也就是打打篮球。他说："没有你的有趣。"

温辞却说："也挺好玩的啊。等哪天有空，我们去你学校逛逛？"

"好。"卫泯走到路边，拦了辆出租车，"走吧，送你回家。"

温辞坐进车里，等他放好行李也坐进来，才凑过去小声说："早知道还是跟我爸妈说我买的是晚一点儿的车票好了，这样我们就能多待一会儿了。"

"以后见面的机会还多，不急于这一会儿。"卫泯捏着她的手指，"你今天也奔波一天了，早点儿回去休息，明天也能见。"

"你假期没安排兼职吗？"

"嗯。"卫泯说，"所有的时间都留给你。"

"啊，那好可惜……"温辞说，"我可能要提前两天回去，我参加的辩论社八号那天跟别的学校有比赛，虽然是友谊赛，但也是我第一次参加比赛，我得提前回去准备。"

"没关系，那不是还有几天的时间可以见。"卫泯将着她的袖口，"你参加比赛的事跟你爸妈提过吗？"

"没。"温辞叹了口气，"他们本来就不是很满意我出去读书，我想比赛他们估计也不会感兴趣的。"

卫泯低头看了眼靠在怀里的人，指腹摩挲着她的手背，没再提这茬儿。

假期里，除了国庆当天家里要聚餐温辞不方便出门，余下几天，她几乎都跟卫泯待在一起。

返校前一天，温辞去了卫泯的学校，安城大学。

安城大学建校历史比较久，有几栋教学楼的墙皮都露在外面，校园里栽满了桂花树，花期将过，空气里只留有一抹淡淡的花香。

温辞和他牵手走在校园里，仍然无法适应即将到来的离别，她以为自己已经将情绪隐藏得很好，可细心的卫泯还是察觉出了不对劲儿。

回家的公交车上，卫泯凑近了问："怎么了？不舒服？"

"没有。"温辞说，"可能是想到过两天要比赛了，有点儿紧张。"

卫泯还看着她："真的？"

"我骗你做什么，我这几天紧张得都没睡好。"温辞靠到他的肩头，"我想眯一会儿。"

"睡吧。"卫泯调整了坐姿，以便她靠得更舒服些。

温辞闭着眼，困意也真的一点点儿涌了上来，恍惚里，她好似听见身边人叹了口气。

返校那天，温辞原先已经提前买了火车票，但柳蕙跟温远之说顺路要去锡城看朋友，最后一家人还是自驾去的沪市。

到了学校，温辞想替他们安排住处，柳蕙说不要她操心，她也怕哪儿惹了柳蕙不高兴，也就没多说。

晚上跟卫泯打电话时她还在说这事："总感觉我爸妈神神秘秘的，我都不知道他们在锡城还有朋友。"

"你爸妈对你的事也不是都清楚啊。"卫泯开解道，"别多想了，你好好准备比赛。"

"不行，我还是打个电话问问。"温辞给温远之打过去，仔细问了一遍不用自己安排什么才算彻底放心。

这次的辩论赛属于友谊赛，对方辩手同样也是大一新生。F大作为东道主，几个学长学姐提前一天组了个局，把大家拉到一起吃了顿饭。

饭桌上大家都说着友谊第一，比赛第二，可真到了比赛那天，个个都口若悬河，谁也不让谁。

第一场结束时，温辞猛地灌了大半瓶水，整个人快虚脱似的靠在椅背上，视线无意间落到台下，整个人都愣住了。

比赛因为是友谊赛，没采用售票形式入场，观众比较杂，有学生也有老师。

但温辞怎么也没想到会在台下看见柳蕙跟温远之，两人站在最边上，正一起低头在看温远之手中的相机。

她侧头跟一旁队友打了声招呼，起身快步走到台下："爸，妈。"

柳蕙跟温远之一同抬头。

温辞走近了问："你们怎么在这儿？"

温远之收起相机："你同学说你有比赛，想邀请我们又不好意思告诉我们，我跟你妈妈一商量，索性就瞒着你过来了。"

温辞听到"同学"，以为是卫泯，虽然有些不太敢相信，但这会儿也顾不上细想："我给你们找个位子吧。"

她说着要去找人，被温远之叫住了："不用了，我跟你妈妈站在这里刚好能拍到你。你的发言很精彩，爸爸都替你录下来了。"

温辞也说不上是意外还是惊喜，只觉得鼻子有些酸："我不是故意不跟你们说的，我是……"

温远之拍了拍她的肩膀："好了，我们不是来了吗？你下一场是不是要开始了？快回去准备吧，不用管我跟你妈妈。"

柳蕙也说："好好准备，你刚刚有一段发言就不是很严谨，要不是对方也是新手，肯定会被抓着攻击。"

温辞点点头："我知道了，谢谢爸爸妈妈，那我去了。"

那一场比赛，F大最终以微弱的分差获胜。

按照惯例，F大辩论社要请客吃饭，温辞不好拒绝，想着跟温远之和柳蕙说一声，但没想到等她去找的时候，他们人已经不在那儿了。

温辞找到教学楼外也没看见他们，打了电话过去，是温远之接的："我跟你妈妈准备回安城了，你跟你同学他们好好庆祝庆祝。"

他最后说了句："小辞，你真的长大了。"

温辞眼眶跟着一热，喉咙像塞着一团棉花，除了喊爸妈，也说不出其他的话来。

温远之笑："好了好了，都多大的人，还动不动就哭鼻子，小心被你同学看见笑话。"

温辞不知道他们这算不算真的认同了自己的选择，只是在这一刻，她不再对父母的关心和过问感到抵触。

她叮嘱他们开车注意安全，站在原地整理好情绪才给卫泯打了通电话。

电话接得很快，卫泯的声音一如既往的温柔，只是背景音有些嘈杂。他很轻地喊她："温辞？"

温辞也是到这一刻才发现，他们的每一次通话，他的第一句总是带着试探的语气喊她的名字。

生怕接电话的人不是她一样。

"是我。"温辞一颗心飘忽不定，"是你跟我爸妈说了我比赛的事情吗？"

他"嗯"了声："我找了你宿舍长，让她跟你父母说的。我想你应该还是想他们去的，也想让你父母看到你是真的优秀。"

温辞还没来得及说什么，只听见电话那头一道甜甜的女声："卫泯，你在跟谁打电话？"

温辞站在秋日的冷风里，莫名打了个冷战，她听见卫泯回答对方："我女朋友。"

很快，温辞听到那边变得安静，静到似乎能听见他的呼吸声，她小声问："你在外面吗？"

"嗯，班级聚餐。"

温辞垂下眼帘："你以前不是不喜欢参加这种集体活动吗？"

"被阳康他们骗过来的。"卫泯想到什么，"阳康是我同学，这学期我们在一起做兼职。"

一通电话，温辞接收了许多过去不知道的信息："我发现我好像都不怎么了解你的大学生活，你的同学、你的新朋友，我都不知道。"

卫泯沉默了几秒，说："等你下次再放假回来，我介绍他们给你认识。"

"好啊。"温辞踩着脚边的枯叶，忽然问，"卫泯，你会一直喜欢我吗？"

"会。"他回答得很坚定。

"那这就够了。"温辞看着手腕上的红绳说，"你的同学、朋友都不重要，只要你还喜欢我，那就够了。"

温辞不是喜好猜忌的人，认定了的事情便不会再去多想，卫泯说会，那她就信他会。

她依旧照常忙着自己的事情，在晚上和他通半个小时的电话，没有很多甜言蜜语，也没有鸡飞狗跳。

虽然平淡，却给人一种已经在一起了很多年的温馨。

同宿舍的室友也从一开始的羡慕发狂酸进化到了习以为常，甚至有时也会在他们通话的时候故意打趣开玩笑。

后来的一次闲聊，温辞才知道她们最初是不好看这段恋情的。

异地的远距离，隔着电话毫无作用的安慰，还有他们之间可能会越来越大的差距，都会成为彼此之间的阻力。

可没想到，一个冬天过去了，他们还在一起。

一年也过去了，他们也依然还在一起。

不看好的言论逐渐变为祝福，大一暑假离校前的最后一次夜聊，室友们还说要当他们婚礼的伴娘。

温辞跟着她们一起笑，看着手机里卫泯刚刚发来的短信，也没想到异地的第一年，就这么无波无澜地结束了。

暑假回到安城，温辞才知道卫泯跟几个同学合伙弄了个小公司，明面上挂着的大头是做资本运作，说白了其实就是帮别人炒股。

她不懂其中的门路，也怕他们碰了不该碰，旁敲侧击问了也做股票投资这一行的大伯，知道是安全的才放心。

卫泯忙事业，温辞也没闲着，她放假前报名了安城省台的自费实习生，回来顺利通过面试后，也开始了早出晚归。

很忙的时候，也不是每天都能见面，但电话从来没断过。

夏天最热的时候，安城总喜欢下雨，温辞在省台附近发现一家苍蝇馆子，专卖凉面。

有时深夜，她和卫泯并肩坐在宅小的店里，墙上挂着一台老旧的电视机，放着这一年时兴的港剧。

她囫囵吃完一碗面，大喊老板再来一碗。

卫泯拿着纸巾擦掉她嘴角的油渍，她侧过头和他在明亮光线里对视一眼，总会忍不住笑出来。

他也跟着笑，仅是一年，眉目已初露成熟。

温辞以前总想着要快快长大，可在这一刻又希望时光能慢一些，留住他们珍贵的、为数不多的青涩时光。

那一年的夏天依旧短暂，假期也短暂，温辞结束了实习回到沪市，新的一学期，课业猛地增加了很多。

大约是暑假里的忙碌已经养成了习惯，开学月余，她跟卫泯加起来的通话时长都没有过去一周的多。

温辞起初没觉得有什么，直到有一次，王沐沐在宿舍跟男朋友打电话吵架，哭着说要分手。

当时她们都在，见王沐沐情绪激动，三人忙停下了手里的事情围了过来去。

宿舍长拿了一包纸塞给王沐沐，问了句："怎么了？下午出去不是还挺好的吗？"

王沐沐擦着眼泪鼻涕哽咽着说："高邑他就是个浑蛋，他前段时间根本就不是在忙着搞什么设计大赛，他就是在网吧打游戏，还带妹！"

高邑是隔壁 T 大的，比她们高一届，去年圣诞节，两人在一场联谊会上一见钟情，没几天就坠入了爱河。

王沐沐说他根本不是真的喜欢自己，从来不带自己见他的朋友，也不会在公开场合发两人的合照。

听到这儿，温辞想到什么："去年的元旦的时候，他不是还在校内网发了你跟他的合照吗？"

王沐沐一听更来气了："那是他分组发的！"

温辞："……"

"他就是个渣男！"王沐沐哭号道，"亏我一开始还说他体贴，我忙起来顾不上回他的消息和电话都不生气，就连别的男生一大早接了他打给我的电话都不吃醋，还安慰我说他相信我，他相信个屁！我在他那里就是个备胎！谁会为一个备胎吃醋啊！"

温辞听着听着，忽然想到了卫泯，但也不是把他往坏了想，只是隐隐觉得哪里有些不对劲儿。

她回想起两人在一起的这一路似乎都格外顺利。

她说喜欢，他便也说喜欢。

她说要去远方，他也说好，说"我会一直待在你能看得见的地方"。

就好像她说什么，他都能接受，都能做到。

这样也是喜欢吗？但如果不是喜欢，谁又能做到这个份儿上？

可这样的喜欢，是不是有一天她说分手，他也能毫无怨言地接受？

温辞终于意识到那些一直以来被她忽视的细节，卫泯的任予任取，时而的沉默，所谓的理解。

是喜欢，也是无望的喜欢。

就是从这一天起，她在面对卫泯时忽然像变了一个人，患得患失，敏感多疑，但无论她再怎么无理取闹，卫泯都像一个可以容纳她所有坏情绪的无底洞。

可这些都不是温辞想要的。

她希望他在这段感情里能做一个有情绪的人，可以生气，可以吃醋，可以像她一样无理取闹。

温辞努力过、试探过，可卫泯依然还是卫泯，对她温柔，对她包容，像没有脾气的机器人。

她没有办法了。

国庆节前一天，温辞给卫泯发了一条短信，说自己学校有事不回去了。

卫泯那天一直待在交易大厅看股，看到短信已经是傍晚。他站在股市的大门口，身旁熙熙攘攘吵闹不绝，心里却是一片荒芜。

按照暑假的计划，他们原本是要在这个长假里外出旅游一趟。

卫泯盯着那条短信看了许久，摁着键盘打出两个字，却又很快删掉，点开那串号码拨了电话过去。

电话没人接，他也只打了一遍，回了条短信：*知道了，好好照顾自己。*

假期里，卫泯基本都待在那间只有几平方米的地下室，这半年股市行情好，他们也赚了一些，打算明年搬到上边去。

晚上一圈人在一块儿吃饭，卫泯叫了杜康过来。杜康高中毕业后念了技校，现在也在跟着他们一起做。阳康给了杜康一个行政主管的名头，包揽小破公司的大小杂事儿。

一整个晚上，卫泯都不停在看手机，俞任戳了下杜康："你哥跟温辞吵架了？"

"不知道啊。"杜康也在纳闷儿，"他之前还说这个国庆要出去几天，让我帮忙照看一下奶奶。"

阳康也凑过来："那你没问问温辞？"

"谁敢啊。"杜康出了个馊主意，"要不，灌醉他问问？"

梁祁拍板："老板，再来两箱啤酒！"

卫泯抬头望了眼桌上："这不还有没喝完的？"

"这哪够啊。"

梁祁说着就要跟卫泯喝，卫泯起初还应着，慢慢意识到不对劲儿，手盖在杯口："故意灌我呢？"

阳康："哪有，这不是过节高兴嘛，这一桌又只有你一个人能喝，我们不跟你喝跟谁喝？"

卫泯"啧"了一声，看了眼手机，没见温辞回短信，主动发了一条报备的短信，又重新倒了杯酒。

他到底是能喝，一桌人都醉得差不多了，他还能起身去结账，回来挨个儿在耳边喊了声："醒醒，走了。"

卫泯叫上还算清醒的杜康，把俞任他们仨送回宿舍，才坐公交车回了安江巷。

杜康怕喝了酒回去挨揍，非要跟着卫泯回去，两人走在巷子里，时而传来几声狗吠。

进了小院，卫泯打了盆凉水放在井边。

杜康冲过去洗了把脸，人也清醒了，躺在一旁的凉椅上："你之前不是说放假要跟温辞出去走走吗，怎么又不去了？"

"她没回来。"卫泯跟着躺在旁边一张凉椅上。

"吵架了啊？"

"没。"卫泯望着天，明月皎皎，他轻声说，"她学校有事。"

杜康醉意又上来了，看什么都有些恍惚，索性闭着眼说："还以为你们吵架了。"

他兀自笑了声："我都没想到你俩会在一起这么久，你们不会打算毕业就结婚吧？"

夜晚很安静。

杜康也不知道是自己醉了，还是困了，没听见卫泯的回答，又睁眼看了过来。

卫泯不知道什么时候起身坐了起来，胳膊垂在膝盖上，整个上半身都弓着，脊背是一道笔直的线。

"杜康。"

"嗯？"

"你觉得我们会结婚吗？"

"啊？"杜康醉得糊涂了，"我们怎么结婚，我是男的。"

"……"

"哦。"杜康反应过来，"你跟温辞，当然会啊，难道你不想跟她结婚吗？"

卫泯没有回答，杜康整个人一惊，突然清醒了几分："你不会……"

"想过。"卫泯摸出烟跟打火机，点着了却没动作，火光在黑夜里燃烧着，"我跟温辞，你觉得我们合适吗？"

"挺合适的啊。"

话虽是这么说，可真要杜康去细说，他除了想到两个人样貌的适配，其他的家世、学历等等，好像都完全是两个世界的人。

杜康慢慢坐起来，椅子咯吱咯吱地响："那既然这样，你当初为什么还要在一起？"

是啊。

为什么呢？

卫泯想到当初选择在一起的初衷，除了喜欢，还有她说的那一句尝试。

不管是好奇，还是心血来潮。

只要她愿意尝试。

他也愿意尽他所能，让她做那个成功的人。

可他的喜欢和她的尝试就像天平上的砝码，相处越久，喜欢的砝码越来越多，他也渐渐沦陷。

他没有想过彼此的未来吗？

当然有。

只是每一次都不是什么好结果。

他也不敢再想，只想过好当下，在有限的时间里，用尽全力地去喜欢，即使将来她不再喜欢，也不愿意再尝试。

他的喜欢也不会变。

国庆那两天，卫泯跟温辞的联系并不多，往往一通电话也说不了几分钟，杜康是眼看着他一天比一天沉默。

那晚醉酒后的聊天，杜康不是完全没印象。

他也没见过哪个人谈恋爱，从一开始就抱着分手的念头，却还是用尽全力地去喜欢。

要不是怕挨揍，他都想问一句"这不是有病吗"。

卫泯知道杜康在想什么，但也懒得解释，全身心投入工作里，只是一闲下来总会盯着手机看。

傍晚，手机一响。

阳康三人纷纷从电脑前抬起头，看着卫泯跟变了个人似的拿起手机，全都竖着耳朵在听。

卫泯拿起桌上的资料朝三人丢过去，一边"嗯嗯"着，一边汇报今天做了什么，这阵子他们的对话都是这样。

聊不到几句，温辞说要挂，卫泯喊了她一声，又不知道说什么，最后也只是一句"好好照顾自己"。

电话挂断前那一秒，卫泯听见那边的背景音，像是医院里的叫号，没等细听，听筒里只剩下一阵嘟嘟声。

他没再打过去，煎熬了几天的内心在这一刻像是被彻底击垮，起身拿起外套就往外走。

阳康问："去哪儿？"

"沪市。"他头也不回，地下室薄薄的一扇门在穿堂风里吱呀晃动着。

火车上的十多个小时，卫泯几乎一夜没睡。温辞这段时间的情绪变化，他不是没有察觉，只是他不知道怎么问，也不敢问。

明明从一开始就做好了这样的准备，可真当这一天要来时，他还是会害怕，会不舍。

火车咣当咣当地进站。

卫泯随着拥挤的人流挤进繁华的都市里，天光破晓，一夜的灯红酒绿停歇，高楼大厦在晨光里闪烁着耀眼的光芒。

他抬手在额前挡了挡，循着记忆去乘车，等站在熟悉的校门口却又不敢进去了。

他在做什么？

是想来验证什么吗？

卫泯一颗心像被捏紧了，站在原地猛地深呼吸几次，掏出手机给温辞打了电话。

他不想这样畏畏缩缩，像个小人一样躲在阴暗角落揣测什么。

这对她不公平，也不尊重。

温辞接到卫泯的电话，还以为是在做梦，国庆节王沐沐突发肠胃炎，她跟几个室友这几天轮番在医院照顾，都没怎么好好休息。

她不敢耽搁，一路小跑过去，不管之前在电话里怎么装冷淡和不在意，可真当见到面的时候，那些伪装就全都不攻而破了。

温辞径直扑进他怀里，秋风里的拥抱格外温暖。她不知道卫泯为什么突然来沪市，但来总比不来好。

抱了好一会儿，她松开手，认认真真盯着他看了起来。

他瘦了。

也成熟了。

上大学后，卫泯就不怎么再留短了，始终是一头不长不短的黑发，衬得眉目格外英俊温柔。

卫泯坐了一夜车，知道自己看起来应该很狼狈，下意识摸了摸脸问："怎么了？"

温辞摇头："没事儿，你怎么突然来找我了？"

"昨天给你打电话，听见你好像在医院，担心你是不是不舒服。"

"不是我，是王沐沐，她肠胃炎，我当时在医院帮她办出院手续。"温辞看着他，"你就因为这个才来找我的？"

卫泯犹豫了下，还是点了点头。

温辞心里说不上是什么滋味，总感觉这么多天自己好像白忙活了，但也没立刻说什么，只道："走吧，我先带你去吃点儿东西。你订住的地方了吗？"

卫泯来得着急，自然是什么也没准备："还没，等晚点儿再看也行。"

温辞怀疑地看着他："你不会还想跟之前一样，去肯德基坐一夜吧？"

来沪市读书一年半，温辞不是每个节假日都有空回去，除了之前开学，卫泯中途也来看过她一次。

那天晚上，他们在校外吃完饭，卫泯还跟之前一样先送她回宿舍，再回自己住的地方。

当时宿舍楼下还有不少难舍难分的小情侣，温辞还在紧张卫泯会不会做什么，他已经先松开了她的手，催着她赶紧上楼。

温辞也挺奇怪的，恋爱这么久，除了当初确定关系的那个吻，卫泯几乎很少对她做出什么亲密动作，顶多就是牵牵手亲亲额头。

用王沐沐的话来说，不是他不行，就是她没魅力。

温辞没把王沐沐的话往心里去，可仔细想想也觉得奇怪，那天看着卫泯走了之后，她突发奇想地跟了上去。

结果才发现他根本没去住什么酒店旅馆，而是打算在肯德基里待一夜。

后来温辞说什么也不让卫泯再来沪市看她，来了也都是提前找好住的地方，就怕他瞒着自己去什么犄角旮旯的地方凑合。

卫泯这趟是来得突然，也没想其他的，就想着见一面，都没想过会留下来过夜。

"那吃完我们先去找酒店。"温辞牵着他，"也不知道这个时间好不好订，还是国庆周呢，房价都比平时要贵。"

卫泯一向是听她的："好，没事儿，我带了钱。"

"有钱也不是这么用的啊。"温辞按着他的手背，"你要是早点儿跟我说你过来，我就帮你提前跟马甜她对象借一下宿舍了。"

卫泯看着她为钱精打细算的模样，心里一阵难受。他轻声道："那我下次提前跟你说。"

"算了，还是我放假回去看你吧。"温辞说，"你这一趟趟跑不耽误工作的时间吗？"

"不耽误。"

温辞笑着牵住他的手，一吃完早餐就忙着去校外找住的地方。她问："你打算待多久啊？"

"一天吧，明天回去，公司还有事。"

"刚刚是谁说的不耽误。"温辞往他腰上截了一下，"你失忆了吗？"

卫泯半边身子都麻了一下，捉住她的手，也没再乱逛，随便进了家还开着门的旅馆："八号早上有课，明天不回去，后天赶不及了。"

温辞轻哼，没再为难他，看着他开好房间，她也没说要回去，跟着上了楼。

旅馆挺破的，但收拾得还算干净，房间里墙皮泛着黄，床铺倒是雪白干净，只是气味不太好闻。

卫泯拉开窗帘，开了窗户，回头看着坐在床边东看西看的温辞，犹豫几秒，还是没说什么，走到床边坐下了。

温辞感觉到床榻往下陷了陷，转头看着他。

卫泯没有回避她的视线，屋内的光影伴随着窗帘的起伏变得晃动，他牵住了她的手，却没其他的动作了。

温辞垂眸看了看两人纠缠在一起的手指，又抬头看着他的眼睛，突然不想再这么轻飘飘地试探下去了："卫泯。"

"嗯？"

"我打算今年寒假回去跟我爸妈说我谈恋爱了。"

卫泯其实没有太大的神情反应，只是他们还牵着手，又离得太近了，温辞明显感觉到他整个人都僵了起来。

她看着卫泯，心跳陡然加快："我想把你正式介绍给他们认识。"

卫泯心跳空了一拍，像走在悬崖边一脚踩空了，后背一阵发凉，他无意识地蜷缩起手指，指尖却在触碰到她手背的刹那轻轻颤动了一下。

风从窗口吹进来。

他看上去像很冷，抿了抿唇角，松开时却没多少血色，脑袋正在艰难地思考着，却找不出一个合适的回答。

温辞慢慢松开了他的手，他下意识往前捉了捉，这次却捉了个空，连带着心也空了。

他不知道是因为紧张，还是什么，无意识吞咽着，喉结不停上下滚动，半晌才挤出一句："你想好了吗？"

温辞失笑，脸上却没多少笑意："什么叫我想好了吗？难道你想一直这样跟我偷偷摸摸地谈恋爱，见个面都要找各种借口，父母家人都不知道你的存在，你愿意这样吗？"

卫泯摇了摇头，却不知道该怎么说。

温辞看着他，心里很难受，却还是继续说道："你跟我谈恋爱，难道只是在跟我玩玩？"

"不是。"卫泯飞快地否认道。

"那你是觉得我是在跟你玩玩？"

"不是。"他依旧否认，而后很轻地眨了下眼睛，看着她的时候，透着无措和无奈。

温辞心里都快拧成一股绳了。

她和他静静地对视着，很认真地说："卫泯，我之前没有问过你，是觉得没有必要，可我觉得，我好像弄错了什么。"

"什么？"

"虽然当初是我先招惹你的，可主动权最后还是在你手里不是吗？"温辞说，"你说喜欢，我才会选择在一起，可我从来没有问过你为什么，好像从一开始，你就对我特别纵容。"

卫泯看了她几秒,垂眸说起常云英的事。温辞听完沉默了会儿,问:"所以你跟我在一起,是在报答我?"

"不是。"卫泯神情很严肃,"当然不是。"

温辞很轻地松了口气:"卫泯,你喜欢我吗?"

"喜欢。"他没有很多的赘述,"很喜欢。"

"所以你喜欢我,却不相信我也是一样在喜欢你是吗?"温辞看着他,"你为什么来沪市?是因为这段时间我对你冷淡、不在意,你想来看看我是不是不喜欢你了是吗?"

卫泯动了动唇,却一个字也说不出来。良久,他颓然地垂下脑袋:"我没什么优点,就一张脸。"

温辞气笑了,说:"……这时候还不忘夸自己,你怎么那么自恋?"

"没有,我是认真的。"卫泯说得有些艰难,"说难听点儿,除了脸我一无是处。"

温辞没忍住抬手揍了他一下:"你这么贬低自己,只会显得我眼光很差。"

卫泯忙捉住她的手说不差,可除了这个,他也不知道还能再说些什么。

温辞这回没有再抽回手,只是静静地问:"你想跟我分手吗?"

他想过,可没办法,还是不舍。

"不想。"卫泯摇着头,情感逐渐吞噬理智,声音颤抖不止,"一点儿也不想。"

"我喜欢谁是我的自由,是你说的,只要我愿意尝试,就不算失败。我不是在尝试喜欢你,我会一直一直一直喜欢你。"温辞有种终于说开了的释然和踏实,"你有多喜欢我,我就有多喜欢你。"

卫泯看着她,心口情绪难言,只觉得眼眶一阵发热,拽着她的手俯身用力抱紧了。

他声音很低,还有些哑:"我知道。"

温辞原先还在心疼他,但转念想到他一直这么想自己,顿时又有些恼火,猛地起身推开他。

卫泯还没什么反应,她忽地扑过来掐住他的脸,他后背没着力点,扶着她胳膊往后一倒，脑袋重重砸在枕头上。

温辞使劲在他脸上掐了两下，恶狠狠道："你知道个屁！"

她下了狠劲儿，卫泯却一点儿都没挣扎，只是牢牢把人圈在怀里，小声道："对不起。"

温辞还想说什么，可一对上他那双漆黑的眼眸，就什么都忘了。

他抬手将她垂落在他脸侧的长发撩到耳后，柔软的指腹不经意间碰到了她的耳朵，她的心跳忽地变快了。

卫泯却没做什么，只是抱着她的手紧了紧。

温辞趴在他怀里，耳边是他的心跳声，忽然觉得这样也挺好的，有一种天长地久的错觉。

话虽然彻底说开了，可温辞对卫泯还是不够放心，总怕他多想，还喜欢时不时故意找碴儿，去激他。但卫泯好像真的对她没有什么脾气，从来不会生气，也不会先挂她的电话。

几个室友一边羡慕，一边出不正经的主意。

那年寒假回安城，温辞大部分时间都跟卫泯待在一起。

一天午后，她在阁楼晒着太阳睡午觉。忽然听见一阵熟悉的铃声，她迷迷糊糊地睁开眼，卫泯已经拿着手机坐在床边："电话。"

温辞一边嘟囔，一边接过手机贴在耳边，听到电话那头是室友马甜的声音，她忽然抬眸看了卫泯一眼。

他被看得疑惑，轻扬了下眉。

温辞轻轻咳了声，裹着被子侧过身，起初还只是轻轻"嗯"着，后来大约是电话那边问她在哪儿。

她说："我在朋友家。"

说完，温辞装作不经意间转过来，看到卫泯没什么表情地坐在床边，在马甜的怂恿下，继续添油加醋道："是很好的朋友。"

卫泯淡淡地笑了下，很"风雨欲来"的感觉。

温辞还没见过他这个样子，跟马甜又说了两句便把电话挂了。她挠了挠脸说："你不是还有工作要忙吗？"

"不急。"他慢条斯理地卷着衣袖。

温辞心一紧："你……要干吗？"

"处理点儿家事。"卫泯看出她想躲，猛地隔着被子抓着她的小腿，整个人倏地靠了过去，"朋友？"

温辞被他困在身下，动弹不得，只是无辜地眨了眨眼，"啊……"

"还是很好的朋友？"卫泯气笑了，扯下她用来遮脸的被子，慢慢俯身靠近，"你跟朋友都是这么相处的？"

"我就是顺口一说——唔！"温辞猛地推了他一下，拿手摸着唇角，"你属狗的啊！"

卫泯捉着她的手腕按在枕头边，俯身和她鼻尖蹭着鼻尖，几秒后，他低头轻轻舔了下她唇角的伤口。

温辞脑袋"嗡"的一声，感觉浑身一麻，手脚都在发软。

卫泯慢慢松开她的手，一点点儿吮吸着她的唇瓣，又咬又啃，一点儿章法都没有，满是青涩的味道。

可温辞还是不受控制地轻颤了下，她呜咽着，被迫接纳他的试探、他的横冲直撞……他的绵绵情意。

温辞躺在被褥里，只觉得越来越热，像是要在这冬日里发了场高烧，浑身都发软发烫。

"卫泯……"她喘息着。被迫侧过头，他滚烫的唇落在她耳侧，一点点儿顺着往下，落在她的颈间。

那根跳动的脉搏，像诱人的鱼饵，引他上钩。

被褥不知道什么时候被挤到了一旁，冷风从窗口的细缝里吹进来，他的体温却热得惊人。

温辞眼眶潮红，脸颊也透着潋滟暧昧的粉，忍不住发出一声叫人脸红心跳的低吟。

像是一声警报。

卫泯停了下来，喘着粗气看着躺在身下的人，浑身都在叫嚣着继续，他却突然拉过被子重新盖到她身上，隔着被子又低头亲了亲她的唇。

他指腹拨开黏在她脸侧额角的湿发，说话时唇瓣还贴着她的唇："都这样了，还是朋友吗？"

温辞骨头都快酥了，听了这句跟恼羞成怒似的，猛地推开他，拉过被子整个人都藏了进去。

卫泯痴痴地笑，偏要跟她作对，想要去扯被子，温辞不依，就这么跟他闹了起来。

到底是力量悬殊，卫泯闹到最后干脆直接躺了进去，把人紧紧箍在怀里："好了好了，不闹，陪我睡一会儿。"

温辞后背贴着他的胸膛，彼此交换着体温。她捉住他的手，捏捏他的手指，戳戳他的手背。

她看到他手心里的掌纹，除了事业线，家庭和生命那两条都被一条细纹断开了。

温辞拿手指搓了搓。

卫泯合掌包裹住她的手，贴着她的耳边问："怎么了？"

温辞转过来面朝着他，想了想还是没说。她伸手搂住他，脸贴着在他怀里："我打算过了除夕就跟我爸妈说我们的事，这段时间我总来找你，他们可能猜到什么了。"

卫泯"嗯"了声："都听你的。"

温辞沉默了会儿，忽然叫了他一声："卫泯。"

"嗯？"

"你害怕吗？"

他没说怕不怕，只是搂紧了她："不管怎么样，我一直都在。"

温辞其实想好了，等过了除夕找个不出门的时间，跟父母开诚布公地谈一次，她总要说的，拖一天还是一年都没有意义。

可她没想到这一天会来得那么突然。

那天是除夕，温礼带了女朋友回来吃年夜饭，一大家子人都围着他们嘘寒问暖。

回去的路上，柳蕙和温远之都还在聊这件事，聊到他们是大学同学时，柳蕙忽然问了句："小辞，你在学校谈恋爱了吗？"

温辞当时还有些昏昏欲睡，一听这话倏地清醒了。她看着柳蕙试探的目光，抿了下唇，狠下心说："谈了，不过不是我们学校的。"

柳蕙好像早猜到了，一点儿也没意外："哦，那他是哪个学校的，也在沪市读书吗？"

温辞统统否认，择了个最合适的回答："不是，他是我们本地人，在本地读大学。"

柳蕙看着像是松了口气："那你们现在是异地？"

"嗯。"

温远之见空插了句："怎么认识的啊？是高中同学吗？"

温辞回答："是一个高中，但不在一个班。"

柳蕙问："他叫什么？"

"卫泯，护卫的卫，良心未泯的泯。"

柳蕙觉得这名字有几分耳熟，只是一时没想起来到底在哪儿听过。

温远之在一旁夸道："名字不错。"

温辞说："他妈妈起的。"

虽然他们看起来好像对她谈恋爱这事的反应都不是很大，温辞却没轻松多少。

她知道事情不会这么简单的，柳蕙和温远之会向郑益海打探卫泯是谁、他的家庭背景、他的成绩为人、他在哪儿读书。

郑益海一向不喜欢卫泯，温辞都能猜到他会怎么说，她不想失去主动权，索性在到家之后先跟柳蕙和温远之坦白了。

说的还是她早前想好的那些，只是时间提前了。

这一次，柳蕙没有像过去一样大发雷霆，但温辞能听出来她在强压怒气："你非要去沪市读书是不是因为他，是不是他教唆你的？"

"不是，我去沪市读书是为了自己，如果我真为了他，那我为什么不留

188

在安城读书。"

"你还有理了！"这句话像引线，彻底将柳蕙惹火了，"你是什么家庭，他是什么家庭？谁知道他跟你在一起安的什么心，一个从小跟着奶奶——"

在这一刻，柳蕙忽然福至心灵，看着温辞瞪大了双眼，冷声问道："他奶奶叫什么？"

温辞猜到她想起来了，却也不敢隐瞒："常云英。"

"好啊。"柳蕙冷笑道，"难怪治疗了那么久说转院就转院了，是觉得已经把你抓在手里，就有机会进到我们家了吗？"

"不是！奶奶没有这么想。"

柳蕙大怒："谁是你奶奶！"

温辞没再争辩，这件事怎么说都是她理亏，她认错，却也不肯认输。

"我知道你们没办法接受卫泯，可我喜欢他，将来也会跟他在一起，他也没有你们想的那么差。"

她还说了很多，说过去他们对自己自以为很好的包容和理解，说她为什么一定要去沪市要去 F 大。

说她的痛苦和难熬。

也说为什么是卫泯。

"他跟所有人都不一样，没人理解我为什么要放弃一条看起来已经很好的路，非要踩着荆棘和泥泞去闯一条未知的路，可他知道，他知道自由对我来说意味着什么。"温辞说，"你们是对我很好，说宠溺也不为过，从生活到学业，你们都事无巨细，可你们想过那是我要的吗？"

她拿出过去这一年多在大学获取的各种奖金和成绩单，试图用实绩去说服他们。

"和卫泯在一起之后，我也没有让恋爱耽误我自己，甚至我现在在你们眼里看起来这么优秀，也有他的一部分原因。"

柳蕙逐渐冷静下来，可能是那一沓成绩单无法忽视，也可能是他们终于意识到女儿不再是他们放在温室里精心培育的花朵。

她不再需要他们定时定量浇水施肥，也拥有了独自成长、承受风雨的能力。

父母突如其来地沉默起来，也让温辞有一瞬的心酸和难过，她的成长，代价却是父母的老去。

她没再说什么，只想求一个机会，求一个给她证明的机会。

柳蕙却始终没松口，她像是已经筋疲力尽："你长大了，翅膀硬了，我们是管不着你了。"

温辞还想说什么，柳蕙摆摆手，抹着眼角回了卧室不愿意再听她的任何话。

温辞看向始终沉默着坐在一旁的温远之，他不像柳蕙那么激动，却也是被伤透了心。

他说："小辞，你选择他的时候，考虑过我跟你妈妈的想法吗？"

温辞哑然。

"你想过的，但一想'只要我坚持，爸爸妈妈肯定会同意的'，就没那么在意我们的想法了，对吗？"

"不是的。"温辞说，"爸爸，如果我不在意你跟妈妈的想法，我不会选择不告诉你们我谈恋爱了，我本来想过了除夕就跟你们说的。"

"说了，然后呢？我跟你妈妈不同意，你会选择分手吗？"

温辞僵硬地站在那儿。

这像个死题。

"算了，我知道现在叫你们分手，你肯定不会同意，到头来还要怨恨我跟你妈妈。可是小辞，谈恋爱不是生活。"温远之语重心长道，"他现在说喜欢你，可五年十年后呢？你之前还说要留在沪市读研，那他呢？他肯定要留在安城照顾奶奶，你们只能继续异地，聚少离多的感情又能坚持多久？

"到时你还在读书，他已经参加了工作，你们悬殊的家庭、学历，接触到的人和事，在那时都会成为你们的分歧，你有想过这些吗？"

温辞当然想过，可她也不想对父亲说空话说大话，未来的事确实谁也说不清，但在当下，她相信卫泯。

她只是需要时间去证明她的选择没有错。

温辞也没有隐瞒卫泯自己父母对他的态度，在假期结束离开安城之前，她跟卫泯在车站见了除夕之后的第一面。

　　见不到面的时候，她有太多太多的话想说，可要分别的时候却什么都说不出来。

　　那天她问卫泯害不害怕，其实自己也很怕，怕赌输，怕喜欢错人。

　　卫泯也没有说太多花言巧语哄她开心，只是握着她的手，一遍遍地说自己会努力。

　　温辞看着他的眼睛，忍不住在想是不是自己太自私了，如果她放手，他是不是会过得轻松些。

　　可她舍不得。

　　太舍不得了。

/ 第八章 / ♥
谢谢你爱我

回到沪市后，温辞的生活跟过去没什么区别，她和卫泯还是每天一个电话，几分钟里说完一天发生的事情。

卫泯这一学期似乎很忙也很累，经常打着打着就睡着了，但他往往都睡不沉，醒了会再给温辞回个电话。

这通电话也说不了很长时间，温辞催着他去休息，但电话结束，她也不知道卫泯是不是真的休息了。

温辞从没对卫泯说过要他停下的话，这很难，有一个人停下，都会走不到终点。

她是个倔强的人，没有尝试过的事情，当下也不会放弃，即使结果可能并不尽如人意。

温辞相信卫泯，也愿意为了他去赌那个万一。

大二最后这一学期过得很快，临近期末的时候，温辞忙着复习，和卫泯联系得断断续续。

一天傍晚，她忽然接到卫泯的电话。因为还不到平时通电话的时间，接通的时候她还很意外："怎么这个时间给我打电话了？"

那头的背景音很乱，一阵阵汽笛声交叠。

卫泯的声音夹在其中有些模糊，温辞第一遍没听清："你说什么？"

"我在你学校门口。"他重复道，"你出来一下，有事儿找你。不是什么大事儿，你慢点儿走。"

温辞没听过他这么讲话，一颗心提着，也不敢慢点儿走，一路小跑到校门口，看到他站在那儿。

"卫泯！"她跑到他面前，一把抓住他的胳膊，弓着腰在大喘着气，"出……出什么事了？"

卫泯拍着她的后背："不是说了不是什么大事儿，干吗这么着急。"

"不是什么大事儿你怎么会来沪市找我？"温辞看着他，总觉得他神色有些奇怪，"到底怎么了？"

他神情不太自然："这学期我们专业有个比我小一届的女生一直在追我。"

温辞气笑了："你千里迢迢跑来沪市，就为了跟我说这个事儿？你信不信我揍你了？"

"不是。"卫泯牵住她的手，"她追我，我没同意，但她一直都不肯放弃。"

温辞急了："你没跟她说你有女朋友了？"

"说了，可她不信。"卫泯搭着她的肩膀，把她转了个方向，"她说一直没见过你，非要让我带她来见你。"

温辞看到站在不远处的女生，有些哭笑不得："所以你真的就带她来找我？车票不要钱啊？"

卫泯大约是没处理过这么棘手的事，加上对方又是女生，打不得骂不得，他满脸生无可恋："那不然我也不知道该怎么办了。"

"你傻啊，给我打电话不行吗？再不行，等我放假再见不行吗？"

"我没想那么多。"卫泯叹了口气，"她这下该信了吧。"

温辞好笑道："那她要还是真不信怎么办？"

卫泯还真没想过，当时对方只是那么一提，他想着正好能见温辞一面，也顺便把这事解决了。

他问："那怎么办？"

"还能怎么办？"温辞朝他钩钩手，示意他靠近，"再不行我也没办法了。"

卫泯跟着就凑近了，她一仰头，亲在他的脸侧，道："去吧，去跟她说清楚。"

她问："你是今天回去吗？"

卫泯摇头："我们专业期末考试已经考完了，我过两天回去也行。"

"那你送她去车站，我等你回来一起吃晚饭。"

"她不是跟我一起来的。"卫泯说，"她跟她父母来沪市旅游，我送她回酒店吧。"

"也行。"温辞站在原地看着卫泯朝那女生走近。

她不想掺和进去，一直没过去。直到看见女生忽然抬手给了卫泯一巴掌，她才没忍住说了句："喂！你怎么打人呢！"

女生愤愤地看着两人，一转头跑了。

温辞冲到卫泯面前，看到他脸侧的红印，真是气不打一处来："什么人啊。"

"没事，不疼。"卫泯捉住她的手，"先吃饭去吧。"

"那她怎么办？"

"晚点儿我给她父母打个电话问问。"来之前，卫泯怕有什么意外，想办法弄到了女生父母的手机号码，"不管怎么说，她也已经成年了，该为自己的行为负责了。"

温辞也懒得管她了，说："算了，我先带你去处理下脸。"

卫泯在那女生动手的时候已经躲了下，脸上的红印是被那女生的指甲刮出来的，温辞拿药水抹了抹。

她仔细想想，又觉得有点儿好笑，没忍住笑了。

卫泯往她的腰上掐了一下："笑什么？"

温辞不怕痒，也没躲，垂眸看着他："笑你傻啊，怎么别人一说，就把人带到我面前来了。"

"是我想来见你了。"卫泯伸手搂住她，"你什么时候放暑假？"

"还有一两个星期。"温辞推着他的脑袋，"哎呀，快挪开，药水全蹭我衣服上去了。"

他不依不饶，干脆直接贴着她的脸蹭了蹭。温辞躲不开，又笑又嚷，最后喘着气躺在他的身下。

194

"卫泯。"

"嗯？"

她没再说，抬手钩着他的脖颈往下一压，仰头吻了过去。

卫泯很快反客为主，一点儿缝隙也不留，连她的喘息声都被他吞没。

很快。

很快。

一切都像是水到渠成。

温柔又缱绻。

他低头吻过来，温辞在合眼的瞬间，看见从他眼角滑落的一滴水珠，只是有些分不清那到底是汗还是泪。

卫泯在沪市待了三天，温辞也没全跟他厮混在旅馆，不睡觉的时候都在写试卷看书。

有一次她扭头看见坐在身旁的人，忽然想到了高三那一年，很多时候都是这样。

他永远都待在她能看见的地方。

温辞想到这儿，没忍住凑过去亲了他一下。卫泯笑着往后躲："还要不要复习了？"

她干脆坐到他怀里："别动，让我看看你的脸。"

被划破的地方已经结痂了，一道深色的长痕。

她脸上的担心太明显，卫泯侧头亲在她的指尖上："没事了，等你回去估计都看不见了。"

温辞指尖一麻，强词夺理道："你还让不让我复习了？"

卫泯笑了，起了坏心，凑近她耳侧，故意说了句荤话。

温辞耳朵立马红了起来，可偏偏又不是他的对手，闹到最后还是被他任予任求。

夜幕降临。

房间里水声停了下来。

卫泯抱着温辞从浴室里出来，挨到床榻的那一秒，昏昏欲睡的温辞突然想起这几天的混乱。

真是太罪恶了。

她想。

卫泯搂着她躺了下来，见她闭着眼不说话，低头问了句："睡着了？"

温辞迷迷糊糊应了声。

"那睡吧。"卫泯关了灯，贴近她耳侧说了三个字。

温辞起初没反应过来，等到房间暗了下来，她忽然睁开眼，声音还有些哑："你刚刚说什么？"

"没说什么。"

"你说了。"

卫泯低笑："我说什么了？"

"'我爱你'。"

他收紧胳膊，低头亲了亲她的额头："我也爱你。"

温辞这才意识到自己上当了，忍不住踢了他一脚，控诉道："这你也要占我便宜？"

"不算占便宜。"卫泯说，"是我想听。"

温辞故意道："听什么？"

他顺着她的意思，低声重复道："我爱你。"

温辞笑了："我也爱你。"

卫泯摸着她的脸。这几天，他好像特别喜欢这个动作，似乎有些爱不释手："谢谢。"

温辞已经困了，迷迷糊糊应着："什么？"

他说："谢谢你爱我。"

谢谢你爱我。

谢谢你来到我的世界。

曾经那轮遥不可及的月亮。

如今终于——

稳落于他的心尖。

那年暑假，温辞依旧回了安城。

去年她是自费进的省台实习，今年她拿到系里教授的推荐信，直接进了省台实习。虽说依旧没有工资，但实习两个月下来，多多少少也会有一些补贴。

月末的时候，温辞拿着为数不多的补贴跟之前存下来的奖学金，给柳蕙和温远之一人买了件礼物。

他们吃穿都不缺，收到礼物时，柳蕙还在念叨温辞浪费钱，可她的喜欢是真的，高兴也是真的。

柳蕙拿着那条算不上顶好的丝巾翻来覆去地看，温远之也在一旁拆着他的礼物。

这是最近几个月来，一家人少有的温馨时刻。

温辞看着父母脸上的笑和发间夹杂着的白发，识趣地没有提起卫泯，也没提和卫泯的任何事情。

可不提，不代表着它就不存在了。

柳蕙将丝巾收拾好放回盒子里，装作不经意提起："对了小辞，你还记得你读幼儿园时的园长叶阿姨吗？"

温辞点点头："记得，怎么了？"

"也没什么事，前两天她来医院检查我们又碰上了。"柳蕙笑道，"听说她儿子也在沪市读书，我想着等你什么时候有空，介绍你们认识认识，以后过年回来也好有个伴儿。"

"认识可以。"温辞知道柳蕙藏着什么心思，索性把话说得很死，"但我有男朋友了，当朋友来往没关系，至于其他的，我也会跟他说清楚。"

柳蕙当即冷了脸，把礼盒往茶几上一扔，说："你一定要跟他在一起是吗？"

"是。"

"那你就当没我这个妈妈好了。"柳蕙也把话说得很死，"只要我还在，我就不会同意你嫁给他。"

"为什么呢？"温辞有一瞬的疑惑，"他的家庭也不是他能选择的，他已经比很多人都优秀了，只是需要你们给他一点儿时间而已。"

"他需要我们给他时间，这个时间你知道要多久？五年还是十年？难道要我们就这么陪你空等着？"柳蕙看着温辞，"我们生你养你，不是为了让你去'扶贫'的。"

温辞无可争辩。

时间是最难证明的假设。

她也不知道卫泯还要多久才能达到父母认可的高度，也不知道自己能坚持多长时间。

但只要他不说放弃，她也绝不会松手。

就当她是自私。

可爱本身不就是自私的吗？

她也只是想尽力留住想要的。

仅此而已。

和父母的一次次不了了之，温辞没有全部都跟卫泯提过，这个暑假不只是她在努力，他也一样在努力。

那天她去安江巷给常云英送东西，正巧碰上卫泯喝得烂醉被杜康扛回来。常云英见怪不怪地抱怨道："又喝这么多，别年纪轻轻就把胃喝坏了。"

温辞这才知道整个暑假，他为了能多拉些单子，几乎都在外面跑业务，好几次都是这么回来的。

她拿着热毛巾替他擦脸。

他晕乎乎地还以为是旁人，抓住她的手不让动，等看清了又笑眯眯地说："是你啊。"

温辞又心疼又好笑："那你还以为是谁？"

"不知道……"他难受地皱起眉，整张脸又红又烫，嘴里一直嘟囔着温辞听不懂的数字。过了会儿，他又像是清醒了，一双漆黑的眸就那么直勾勾地看着她。

温辞坐在床边："看什么？"

"宝贝。"

那是他第一次这么叫，温辞像被定在那儿，被他钩起手指才回过神。她红着脸嗔道："你乱叫什么？"

"不喜欢吗？"卫泯像是有些苦恼，"电视里都这么叫的。"

温辞笑了："喜欢。"

她靠在他怀里："卫泯。"

"嗯……"

她想问"你是不是很累"，可答案是显而易见的，她便没再说什么，趴在那儿静静听着他的心跳声。

卫泯很快睡着了。

温辞替他盖好被子，又将风扇和窗户都打开，点好了蚊香才下楼。

常云英在院子里洗衣服，温辞走过去。

常云英问了句："那小子睡着了？"

"睡了。"温辞搬了板凳要过去帮忙。

"你别弄，我这一会儿就洗完了。"常云英问，"你爸妈是不是知道了你跟卫泯谈恋爱的事儿？"

温辞点头。

"不同意吧？"

温辞还是点头，又说："我会努力让他们同意的，我知道卫泯是很好的人。"

"哎。"常云英说，"其实高二那年，我看着你跟卫泯走得近，以为他瞎胡闹招惹你不学好，还动手打了他一巴掌。我当时就想你跟他差距那么大，你妈妈又帮过我们家，要是他真招惹你了，我想我以后要怎么面对柳主任啊，可是卫泯跟我说是我想多了。其实我知道他心里在想什么，只是我也心疼他，我就想着他为我苦了那么久，他本来朋友就不多，难得跟你处得来，我也就当他说的是实话。但是你们毕业之后，卫泯又跟我说你俩在一起了，我是天天又愁又没有办法，也实在没脸去面对你妈妈，我看着你俩越谈越久，也动过劝卫泯放弃的心思，有一回我就提了一句，你猜他跟我说什么？"

"什么？"

"他说舍不得。"常云英停下动作，胳膊搭在膝头上，指尖的水一滴滴掉进盆里，她出神地望着院子里的一角，声音有些迷惘，"那么大个人了，还和小时候一样，哭着跟我说他舍不得，我想，那我能怎么办呢？"

温辞抱着腿蹲在一旁，心里一阵泛酸。

"我劝他放弃，说你们不合适，可他说要试试，他说小时候那么难都过来了，现在日子已经越过越好了，怎么能在这时候放弃。"常云英抬手抹了下眼角，"他长大这么大，大部分时间都在为了我，我又怎么能拦着他，可我又不知道怎么面对柳主任，索性就叫他给我转了院，我对你妈妈，是真的没脸见她。"

"奶奶，您别这么想，我跟卫泯是我们两个人的选择，能不能走下去也要看我们自己的造化。"温辞违心地安慰道，"我妈妈也没有那么想您。"

"是吗？"常云英轻叹，"有没有都是我们做得不对了。"

她说："卫泯其实是个很好很好的孩子，我记得他以前读书一直都是班里最好的，可后来为了照顾我，落下了太多的课，又留了级，成绩慢慢地就跟不上去了，是我拖累他了。"

"不是这样的，奶奶。"温辞急切道，"如果没有您，卫泯这十几年就要一个人长大，是有您在，他才有了一个完整的童年，才有了家。"

常云英没有再说什么，只是抓着温辞的手："我知道卫泯还不够那么好，你再给他点儿时间好不好？"

"我会的，其实他已经很好很好了。"温辞眼眶酸涩，"我也会和他一起努力，以后我们一起照顾您。"

"我啊，是半截儿身子都进土里的人了。"常云英轻笑，"算了，不说这么晦气的话了，你是不是还要回家，早点儿回去，别让你爸妈担心。"

温辞说不着急，陪着常云英洗完衣服，又在院子里晾好。临走前，常云英还不放心，一直送她到巷子口。

温辞走几步一回头，常云英始终站在那儿，朝她摆手："快回吧。"

温辞看着老人小小的身影，想到儿时早逝的外婆，一阵鼻酸眼热："奶奶，您早点儿回去。"

老人笑着摆了摆手。

她越走越远，那道佝偻的身影也渐渐模糊在视野里。

当时的温辞怎么也想不到。

这会是她和常云英见的最后一面。

那时，沪市已经是冬天了。

温辞在一个傍晚忽然接到卫泯的电话，她以为他又搞什么突然袭击，接通电话时还带着笑："你怎么……"

可电话那头的话语声却将她的笑意击溃。

卫泯的声音很平静，静到像是掀不起任何波澜。

他说，奶奶走了。

温辞突然很想笑。

她想说怎么可能，奶奶上周还跟她通电话，说要等她回去给她拿新的围脖和手套。

温辞紧握着手机，还没开口，眼泪已经先落了下来，心口一阵窒息般刺痛，叫她喘不上来气。

她想起那个夏夜和常云英的对话，原来那时，已经是告别了吗？

温辞心头大恸，忘了自己是怎么回到宿舍，又是怎么跟辅导员请的假，等回过神的时候，已经坐上了返程的火车。

那一夜，她几乎没有合过眼。

跟着人流一出站，温辞便看见早早等在车站外的杜康，她走近了，看到他通红的眼眶，心底那一丝侥幸彻底被击溃。

她站在寒风里，声音都在发颤："奶奶怎么……"失控的眼泪盖过了哽咽的声音。

杜康深吸了口气，搓着脸说："是在睡梦里突然犯了脑梗，医生说没怎么受罪。"

没受罪。

已经是最大的安慰了。

温辞的声音颤抖不止："卫泯呢？"

"在家。"杜康努力克制情绪，"走吧，我先带你回去。"

卫家的亲戚不多，同常云英一个辈分的亲戚大多都在近几年已经离世了，剩下的小辈也不常来往。

前来祭拜的人并不多。

院子里搭了一个小棚，不大的堂屋被清出一片地方放着租来的冰棺，哀乐奏响。

整片天地好似都笼罩着一层沉重的悲伤。

温辞走近了，看到跪在冰棺旁的卫泯。她不敢踏进去，也不敢看躺在那里的人。

可卫泯只有她了。

她拖着沉重的脚步迈进屋里，纸钱燃烧的气味萦绕在空气里，常云英的气息被彻底覆盖了。

卫泯听到动静抬起头，唇瓣干涩发白，嗓音沙哑："你来了。"

温辞的喉咙像被什么堵着，蹲在他面前，咬着牙想说些什么，可眼泪却先掉了下来。

她想安慰卫泯，可他看起来比她还冷静，没有失声痛哭，也没有一蹶不振，像一汪沉寂的海。

他熟练地操办着常云英的丧事，迎来送往，叫人挑不出一点儿错处。

可他越是这样，温辞越是担心，她宁愿他失控，哪怕是发脾气，也好过现在的粉饰太平。

他把苦都埋在了心里。

常云英火化那天，是个大晴天。

温辞一路跟着卫泯，看他沉默地跟常云英告别，站在火化间外一言不发地盯着墙上闪烁的名字。

"卫泯……"她走到他身旁，轻轻地牵住他的手。

卫泯侧头看着她，更用力地回握住："我没事。"

温辞张了张嘴，欲言又止。

后面的事情都是卫泯提前安排好的，骨灰盒选了最好的一个。他将奶奶和母亲一起葬在了乡下。

忙完这一切，一行人又回到家里。

院子里搭的棚已经拆了，花圈和哀乐也都撤了，卫泯走到石桌旁，温辞和杜康他们都站在原地静静看着他。

这几天，他很少开口说话，这会儿只是站在那儿，已经叫人忍不住一阵心酸。

温辞走过去，手碰到他的胳膊，感觉到他整个人都在发抖。她鼻尖一酸，咬着牙说："要不要睡一会儿？这几天你都没有好好睡过一觉。"

卫泯看着她，视线有些恍惚，过了会儿，才落到她脸上："好，我好像是有点儿困。"

"嗯，那我陪你去睡一会儿。"

进了屋，他却不要上楼，要睡在常云英的屋子里，温辞都依着他，可常云英的床榻已经被收拾干净了。

空荡荡的，只剩一块木板。

温辞看着房里其他的摆设，总是想起常云英在屋里忙活的身影，忍着鼻酸说："那你先坐会儿，我去楼上给你拿被子。"

卫泯说"好"，等她抱着被子再下来时，他人已经脱了鞋躺到了床上，蜷缩的身影看起来孤单又落寞。

温辞喉咙哽着，几次吞咽才发出声音："卫泯，你先起来好不好，我把被子铺好你再睡。"

他没有动作，只是执拗地躺在那儿，声音很疲惫："我就睡一会儿，没事儿的。"

温辞没办法，只能把被子给他盖好，蹲在床侧握紧他的手："好，你睡，我在这里陪你。"

卫泯看着她，她熬了几个大夜的眼眶通红，他张唇想说些什么，可大约是太累了，很快又闭上了眼睛。

温辞蹲在那儿，低着头捂着嘴巴，将哽咽和哭泣都偷偷咽了回去，她几次深呼吸，等到卫泯彻底睡熟了，才从屋里出去。

杜康和阳康、俞任他们几人都还站在院子里抽烟，见她出来，纷纷都把烟给灭了。

杜康问："怎么样，睡了没？"

温辞点点头。

阳康松了口气："能睡着就行。"

他们是请了假过来的，这会儿没什么事就都先回了学校，只剩杜康留了下来。杜康也没待太久，临走前说："我回家睡觉，要是有事就给我打电话，我随时过来。"

温辞说好，等他走了，又在院子里站了会儿，却觉得不管看到哪儿好像都能想到过去常云英站在那儿做过什么又说过什么。

她心里难受，深吸了口气进到屋里。听见里面传来动静，她快步走了进去。

见卫泯已经醒了，她走过去问："怎么醒了？"

卫泯很轻地笑了下："床板有些硬。"

温辞看着他这个样子，心里不是滋味，却也只能顺着他的话："那不在这里睡了，我陪你到楼上歇一会儿？"

"不睡了，有点儿饿。他们人呢？都回去了？"

"嗯，俞任他们走了有一会儿了，杜康刚走。"温辞说，"你想吃什么，我给你做。"

卫泯拉着她："你会吗？"

"我可以学。"温辞说，"你在旁边教我。"

卫泯没说什么，温辞拉着他进了厨房，先从开火学起，老式的煤气灶总是打不着，要用火机点一下。

他在一旁点着了，看着蹿起的火苗，忽然说："奶奶之前跟我说了很多次不好打火，我说买一个新的，她又不乐意。"

温辞一愣，说："奶奶……也是想省点儿。"

204

"是啊，省点儿，一辈子都那么省。"卫泯看着挂在墙边的围裙，那已经很旧了，上边还打着许多的补丁。

奶奶总说还能用，缝缝补补又三年。

她还说要看他结婚生子，给他做一辈子的饭。

可她食言了。

跳动的火焰烧断了卫泯的最后一丝坚强，他看着温辞，紧咬着牙根，整个人都在发抖。

他通红的眼眶里溢满了泪水，顺着脸颊滚落下来。

温辞的心像是被人狠狠搓了一把，又酸又闷。她说不出任何安慰的话，只能紧紧抱着他。

他滚烫的泪水全都掉进了她的颈窝。

爱人间的感同身受，在这一刻发挥得淋漓尽致。

卫泯半夜发起了高烧，温辞被他滚烫的温度吓得不轻，他稀里糊涂地安慰说没事儿。

温辞哪敢真的信没事儿，换好衣服下楼找了退烧药和温度计，忙活了一整夜，到天亮才趴在床边睡了会儿。

卫泯这一觉睡得很沉，还做了一个很长的梦。

他梦到小时候开家长会，别人都有爸爸妈妈，只有他跟着奶奶长大，回家后他哭着吵着要去找妈妈。

常云英没有办法，带他回了乡下，他们一前一后走在那条长长的田埂上。

小小年纪的卫泯满心欢喜，以为走到头就能见到妈妈，可常云英却将他带到一个小土堆前，告诉他妈妈就在里面。

小卫泯不相信，又哭又闹，说常云英骗人。

常云英也哭，她那么小的身板却哭得那样大声，空旷的田野间，回响着祖孙俩此起彼伏的哭声。

后来小卫泯哭得累了，趴在常云英的背上还在小声啜泣着，一声一声喊着奶奶。

常云英一瘸一拐地走在田埂上，说妈妈去了天上，等以后奶奶也要去那个地方，问他一个人长大害不害怕。

小卫泯搂紧了她的脖子，说怕，说奶奶不要走，他愿意跟着奶奶长大，只要奶奶长命百岁。

常云英又笑了，说好，说要一辈子都陪着他。

在梦里，卫泯又回到那片田野，他走在那条长长的田埂上，前头是一道步履蹒跚的身影。

她没像以前那样一边走，一边回头等他。

她一个人越走越快。

大雾弥漫。

卫泯渐渐看不清前方的路，跌跌撞撞往前跑，嘴里还不停喊着奶奶。

路走到了尽头。

雾散了。

眼前是两座小小的坟。

是一场噩梦吧。

醒来就好了。

醒来就什么都没发生过。

像是忽然清醒，卫泯睁开眼，阁楼的窗帘半拉着，大片阳光晒进来，照到的地方像是在发光。

他躺在床上，手脚都酸软，太阳穴一涨一涨地疼，楼下传来熟悉的声响，隐约还听见了常云英的声音。

卫泯揉着脑袋，翻身下床，跌跌撞撞往门口走。

在楼梯上看见摆在墙角桌上的那张黑白照片，他整个人都定在原地。

不是梦吗？

卫泯头快要裂开似的疼，整个人跌坐在楼梯上。温辞听到动静从屋外跑进来："卫泯！"

杜康紧随其后也跑了进来。

他明明醒着，却又好像在梦里。直到被温辞抓住胳膊，卫泯才从恍惚里回过神："我没事。"

温辞不放心地看着他："你怎么起来了？"

卫泯耳边嗡嗡的，撑着栏杆站起来，抿了抿唇说："饿醒了。"

杜康忙说："厨房有粥，我去盛。"

温辞手贴了下他的额头："还有点儿烧，等会儿喝完粥再吃点儿药。"

"好。"卫泯没什么力气地被她推回楼上，又躺在床上，由着她将被子盖得严严实实。

他只是笑："这样我怎么喝粥？"

"我喂你。"温辞坐在床边，静静看着他，而后忽然抬手盖住他的眼睛，"不想笑就不要笑了。"

"嗯……"他抓着她的手，"辛苦你了。"

"我们之间还要说这种话吗？"温辞挠了挠他的手心，"再说我就揍你。"

他笑了笑，没再说话。

杜康将粥端上来，没站在那儿当电灯泡，借口有事先回去了。

卫泯说饿是借口，也没吃太多。

温辞下楼倒了一杯水，拿了药看着他吃完："要不要再睡会儿？"

他掀开半边被子："你也睡一会儿，都有黑眼圈了，昨晚是不是没睡好？"

温辞没提昨晚，只是听话地脱了鞋躺进去："想要我陪你睡，你就直说啊，还用找这种借口。"

卫泯也没否认，从后边紧紧抱着她："你请假回来的？"

"嗯，请了一周。"温辞摸着他的手背，"上午阳康他们也来了，不过那会儿你还在睡，他们就没让喊你。"

"是吗？我一点儿动静都没听见。"

"你睡得跟猪一样，你还会踢被子你知道吗？"温辞翻过身面朝着他，"我都没见过这么会踢被子的人。"

他很轻地笑着："你污蔑我吧，我睡觉很乖的。"

"乖个鬼。"温辞说，"等找机会我给你录下来。"

"好啊。"

温辞看着他："对了，上次你带来学校找我那女生，这学期还来找你了吗？"

卫泯摇头："她在校内网发了些东西，我让阳康他们带人去堵了她几天，后来她就删了，还发了动态跟我道歉，我就没再管。"

"她发了什么？"

"也没什么，就是些造谣的话。"

温辞皱眉："她怎么这样啊。"

卫泯不是很在意："没事，都过去了。"

"嗯，都过去了，都会好的。"温辞眼睛有些红了，"你也要快点儿好起来，知道吗？"

他眼睫轻颤，把人搂紧了，从喉咙里挤出一声："嗯。"

一场高烧结束，安城彻底进入了冬天。

温辞离开的那天，天空已经隐隐有了落雪的预兆，她和卫泯在车站分开。她说："我进站了，你好好睡觉，好好吃饭。"

他还牵着她的手："好。"

"不要太想我。"

"不好。"

温辞笑："那就一点点想我好了，我很快回来。"

卫泯缓缓松开手："好。"

她又抓住他的胳膊往前一扯，踮起脚亲在他的唇角上。她看着他的眼睛说："还有我，我会一直爱你。"

卫泯一怔，感觉鼻尖一凉。

爱与雪都是突然降临的。

他在这个寒冬里见到了雪，也尝到了爱的万般滋味，失去的一切无法挽回，可当下——

还有爱。

还有她。

208

他也会爱她，是天赋，也是本能。

温辞回了沪市没几天，卫泯忽然说他搬到了学校宿舍，她知道他是怕睹物思人，也没说什么。

那一阵子，她跟卫泯的联系比大一那会儿还要频繁，连室友都忍不住打趣他们的热恋期怎么过不去了。

"是啊，我们一辈子都在热恋。"虽然话是这么说，可温辞心里还是很心疼，卫泯这样黏人，无非是在害怕失去。

常云英的突然离开，让他没了安全感，他害怕拥有的都会离开，只能握得更紧。

温辞思来想去，决心在寒假回去的时候跟父母再谈一次，想从他们这里给卫泯吃一颗定心丸。

可柳蕙和温远之的态度还是一如往常的坚定。

"不可能。"柳蕙已经疲于再跟温辞吵出什么结果，她只是一遍遍重复，"你们要谈恋爱，谈多久，我们管不着，但要结婚我们还是那句话，我们不会同意。你也别想着带他回来吃年夜饭，到时候你伯父姑姑他们问起来，你不嫌丢人，我跟你爸还嫌丢人。"

"你们都没有见过他，怎么能靠一个人的家庭去判断他好与不好呢？"温辞说，"他很孝顺，也很努力，他一个人把他奶奶照顾得那么好，如果他要是出生在我们这样的家庭，他不一定就会比我差。"

"可他就是没有生在我们这样的家庭，这是他的命。"柳蕙知道温辞没有说假话。给常云英治病的这些年，她不是没看到卫泯的孝顺和努力，可她同样也看见了这个家庭的清贫与困苦。

做父母的都是将心比心，自然也不愿意自己的女儿再去吃这样的苦。

"你愿意把人家奶奶当成亲奶奶来看待那是你的事，你要给她养老还是送终，我看我跟你爸现在也是管不着了。"

"是，是管不着了。"温辞在柳蕙的怒火到来之前，又一盆水浇了上去，"他奶奶已经走了。"

柳蕙和温远之皆是一愣。

温远之问："什么时候的事？"

"三个月前。"温辞叹了口气，"爸、妈，卫泯他就没有一点儿好吗？还是说你们觉得我的眼光有那么差？"

温远之说："小辞，结婚没有谈恋爱那么简单，不是说几句我爱你你爱我就能活下去的，结婚是柴米油盐酱醋茶，没有经济基础的爱情是走不长远的。"

"那当年你跟我妈结婚的时候，不也是什么都没有吗？"温辞说，"你们不也是从这个阶段过来的吗？"

"可你知道这条路有多难走吗？我们吃过一遍的苦，怎么还能眼睁睁看着你再吃一遍？"柳蕙叹气，"罢了，我们也不想再跟你吵什么，你要这个机会，我给你，但年夜饭不行，年前年后你随便选一天。"

温辞没想到柳蕙会是先松口的那个，强忍着兴奋点头说好，又说："谢谢妈妈。"

她迫不及待想跟卫泯分享这个好消息，却又怕惹柳蕙跟温远之不高兴，一直等到两人都午睡了才出门。

寒假里，卫泯又从学校搬了回来，他把常云英的房间收拾干净，直接睡在了一楼。

听到温辞在院子里跟蒋小伟说话，他推开窗户。温辞抬起头，笑着喊了声："卫泯！"

他直接坐在窗台边，也是笑着的："碰上什么好事儿了？"

"你绝对想不到的好事儿。"温辞跑到他面前，"我爸妈想跟你一起吃顿饭，年前年后都行。"

话音刚落，坐在窗台边的人忽然摔了下去。

"卫泯！"温辞吓了一跳，急匆匆跑进屋里，看到他揉着脑袋站起身，没忍住笑了，"你干吗啊？"

卫泯自觉丢人，手挡着脸不让她看："你刚刚说的是真的？"

"当然，我骗你做什么？"她走近了，靠着桌沿看他额头上的红印，"你

210

这样我可不敢带你去见我爸妈了。"

"我哪样了？"卫泯把人拉到腿上坐着，像是还有些难以置信，"你爸妈愿意跟我一起吃饭？"

"嗯。"

"年前年后都可以？"

温辞又点头。

他"哦"了声，过了会儿又问了一遍："真的愿意跟我一起吃饭？"

"真的真的真的。"温辞捏着他的脸，"你再问我替你回绝了啊。"

"不问了不问了。"卫泯搂着她，"那年前吃吧。"

温辞没想到他还挺主动，笑道："不再多几天缓缓？"

"不了。"卫泯闷声说，"乡下有习俗，家里有人去世，过年不能去别人家拜年。"

温辞没想到这茬儿，很自然地又想起常云英。

她想到前两年过年，她总要想办法偷溜出来，急匆匆跑到这里，吃一顿饺子再赶回去。

"你今年过年……"

卫泯像是知道她在想什么："在杜康家。我说不去了，杜婶差点儿拿扫帚抽我一顿。"

温辞笑了，指腹碰了碰他磕红的那一块："卫泯。"

"嗯？"

"你有没有想过，万一以后我们不在一起了会是什么样子？"

"想过。"他说，"但我想的是有你的以后，是我们一直在一起的以后。"

温辞看着他，他还是那个样子，温柔又认真，好像说什么都胸有成竹，依旧让她心动。

"那我们一起努力，走到我们想要的以后。"

他牵着她的手，在阳光里十指紧扣："好。"

和卫泯商量好时间，温辞又回去跟父母提了一下，柳蕙和温远之已经做了很大的让步，她也不敢再提别的要求。

之后的几天，她也没再出门。

到了二十八那天，温辞一早给卫泯打了电话，问他什么时候出门，他说很快。

温辞叮嘱他注意安全，到了给她打电话，她下楼去接他。

卫泯都说好。

温辞也没跟他说很久，放下手机的时候看到外面的太阳，她走近打开窗户，一阵冷风吹了进来。

她忍不住打了个冷战。

太阳出来了。

但冬天还是冬天。

那天卫泯失约了。

温辞想了很多种可能，他迷路了，他出意外了，甚至都准备打电话报警的时候，他忽然发来一条短信。

说不来了。

温辞电话打过去，那边一直占线，她想问为什么，不是一直都在等着这一天吗，为什么机会到了却又不抓住？

可是他没给她这个机会。

温辞看着父母眼中的了然和讽刺，看着桌上热过一遍又一遍的饭菜，愤怒和失望接二连三地涌上心头。

她甚至想不到什么合适的借口去解释他这一次的失约。

他不来，柳蕙反而乐在其中，给了她最后的体面，没有冷嘲热讽，也没有多问原因。

就好像他们从一开始就并不在意卫泯会不会来。

他来与不来，结果都是一样的。

饭桌上只剩碗碟触碰的声响，叮里当啷的，温辞听得一阵心烦意乱，强撑着平静："爸，妈，我吃好了，你们慢慢吃，我出门一趟。"

她要去哪儿不言而喻，温远之和柳蕙都没有多问，只是温远之在她出门前叮嘱了句："注意安全，早点儿回来。"

"知道了。"

温辞出了门，早前还出着太阳的天不知道什么时候又阴了下来，北风凛冽呼啸。

她直接打车去了安江巷。

院子里还和往常一样，家家忙着各自的事儿，温辞走到里面，卫泯家的门上挂着一把锁。

他不在家。

蒋小伟跑过来说："卫泯哥哥一早就出门啦，他没跟你说吗？"

温辞摸了摸他的脑袋："那你知道他去哪儿了吗？"

"不知道，反正他接了个电话就走了。"

温辞想到她早上给他打的那个电话，那会儿不是说要出门了吗，为什么又不来了。

她没在院子里多留，去找了杜康。

杜康也是什么都不知道："他今天不是要去你家吃饭吗？没去？不可能啊，他昨天还过来买了果篮。"

温辞心里又堵又闷，她也想知道到底是为什么，到底什么事能让他这么不声不响地就联系不上了。

她第一次觉得这样无可奈何："算了，如果你见到他，让他给我回个电话。不管怎么样，我都想先听听他的解释。"

"行，我见到他一定跟他说。"杜康见她脸色不好，又安慰道，"他肯定没事儿的，你也别太担心了。"

"嗯。"

温辞回了家。

柳蕙和温远之没有对她的行踪多过问什么，也没有问她有没有见到卫泯，又聊了什么。

温辞庆幸父母在这一刻的不管不顾，因为如果真的问了，她也不知道答案是什么。

她回到房间继续给卫泯打电话，占线成了无人接听。

她接着给他发短信，一条两条，无数条。

可全都像石沉大海，没有一点儿音信。

温辞的心也跟着那块石头一样渐渐沉了底，她开始担心他是不是出了什么意外。

是车祸，还是被人绑架了？

温辞止不住地胡思乱想，惊吓加上白天受了凉，半夜忽然发起了低烧，迷迷糊糊中还抓着手机不松。

柳蕙跟温远之被她吓得不轻，说什么也不许她再出门。温辞那一整个新年都是在浑浑噩噩的昏睡中度过的。

到了初三那天，温辞的烧才完全退下去。

她醒了第一件事就是去找手机，柳蕙看着又气又心疼，恨铁不成钢地把手机扔给了她："我看你是没了爱情就活不下去了！"

"妈……"温辞久病刚愈，嗓音还有些沙哑，"我只是担心卫泯。我了解他是什么样的人，不会做出这么不负责任的事，他肯定是碰上——"

"我管不着他碰上什么事了，我只看到我的女儿为了他病成这个样子，他却连一个电话都没有！"柳蕙指着她，"你打，你现在就打，我看你今天能不能打通他的电话！"

温辞没办法，也是真的着急，当着柳蕙的面拨通了卫泯的电话，依旧还是关机。

柳蕙冷笑了声。

温辞放下手机没再说什么，只是抬头望向了窗外，除夕夜的那场雪下到今天还没停。

柳蕙沉默地拿了药和水进来，温辞吃完又觉得困倦，趁着还清醒，给杜康打了电话。

铃声响了一阵，一直无人接听。

药效渐渐上来了，她攥着手机睡了过去。

再醒来，是被电话吵醒的。

温辞迷迷糊糊当中感觉柳蕙走了进来，从她手里拿过了手机，她跟着睁开眼，柳蕙看了她一眼，把手机递了过来。

杜康的电话。

温辞的心跳突然快了起来，伸手去接手机的时候竟还有些发软，柳蕙看不过去，接通了递到她耳边。

那头杜康的声音很清晰，清晰到无奈和疲惫都能听得出来："温辞，你能不能来一趟巷子，卫泯的情况有点儿不好。"

温辞眼前黑了一瞬，她下意识抓住柳蕙的手腕，急切地问："他、他怎么了？"

"他爸爸去世了。"杜康说，"就是二十八那天的事，他爸爸早上在监狱突然犯了心脏病，送到医院人就已经不行了。"

温辞闭了闭眼，声音都抖了起来："……我现在过来。"

电话没有开免提，柳蕙也听得清楚。

挂断之后，柳蕙看着女儿近乎哀求的目光，心里很难受，却也说不出任何拒绝的话："我们开车送你过去。"

"外面还在下雪，你们开车不安全。"温辞下床换好衣服，"我自己过去，我晚上……可能不回来了。"

柳蕙看着温辞还有些苍白的脸，不想让她还要分神担心他们，没再强求："那你路上注意安全，到了跟我们说一声。"

"好。"温辞走到门口，看着柳蕙担心的神情，忽然倾身抱了抱柳蕙，"妈，谢谢您。"

柳蕙身体一僵，但很快又软了下来，伸手在她的后背拍了拍："去吧，好好安慰他。"

"嗯。"

温辞下楼的时候又接到了杜康的电话，他已经在来接她的路上，因为离得不远，她在保安室只待了一会儿就看见了他。

两人见了面，都有些难言的沉默。

最后还是温辞先问道："卫泯怎么样了？"

"从昨天回来就一直待在屋里不出来，谁敲门都不应。"杜康叹了口气，

"我也是真没办法了，才给你打的电话。"

温辞感受到冬日里大片的凛冽和寒冷，几乎要落泪了："他爸爸怎么突然……"

"是突发性心脏病。"杜康说，"卫叔叔的身体一直都不太好，之前知道常奶奶去世之后又生了场病，加上年纪大了，生活环境也比不上外面，一发病就已经来不及了。"

"是遗传性心脏病吗？"

"不是，卫叔叔跟常奶奶的情况不一样，是早年劳累导致的心肌炎，之后各种小病小灾的也没当回事，情况就越来越严重了。"

温辞松了口气，望着街头巷尾的白雪，没再问了。

到了安江巷，处处充斥着新年的气息，温辞走进院子，蒋小伟要过来跟她说什么，被杜康拦住了："小伟乖，姐姐有事要做，杜康哥哥陪你玩。"

杜康看着温辞："去吧。"

温辞深吸了口气，不知道是不是久病之后的后遗症，她手脚都有些发软，踩在地上都没有实感。

屋里还是之前的样子，只是墙角的桌子上多了一张黑白照片，上面是一张和卫泯很相像的面孔。

温辞没有多看，走近角落的屋子，抬手敲了敲门："卫泯。"

屋里安安静静的，无人回应。

"对不起，我来晚了。"温辞看着紧闭的房门，"你开门让我进去好不好，我们都很担心你。"

依旧无人回应。

温辞站在门口说了很多，可卫泯好像什么都听不见，房门始终紧锁着，屋里也没有任何的动静。

那两天里，他在屋里不吃不喝，温辞就陪在外面同样不吃不喝。

初五那天早上，杜康过来送水和吃的。看着温辞执拗的样子，他叹了口气道："不吃东西，好歹喝点儿水，不然没等他先扛不住，你就先倒了。"

温辞还是摇头。

杜康又气又着急："卫泯，你再不出来我就找人来撬门了啊，你到时候别怪我不讲理。

"你不管自己，好歹关心一下温辞，她还生着病呢。"

杜康一边骂，一边还真找人来撬锁了，一个人能多少天不吃不喝？他真怕卫泯在里面出了什么事儿。

温辞听着杜康骂骂咧咧的声音，眼前一阵阵发晕。她手撑门站起来，正要再敲门。

门忽然从里打开了。

卫泯一脸憔悴，胡子拉碴地站在门后。

他说："我以为在做梦。"

这几天，他一直昏昏沉沉地睡着，总是梦到去医院见父亲的画面，对于卫建民，他是陌生的。

可对于父亲，他是期盼着、渴望着的。

卫泯曾经不止一次地想过父亲出来后的场景，可他怎么也没想到和父亲第一次见面会是在冰冷的太平间。

父亲蒙着白布躺在那里，真像是梦里的画面。

温辞几乎在卫泯开口的一瞬间眼泪就流了下来，她摸着他的脸，说："不是梦，我就在这儿。"

卫泯眼神还恍惚，温辞拉了拉他的手，他弯腰把她抱了起来。

几天没吃没喝让他的动作有些吃力，只是幸好床离得不远，两个人重重摔在床上。

温辞看着他，指尖忍不住颤抖："卫泯，你不要怕，我就在这儿，我会一直陪着你。"

他急促地呼吸着，像是为了验证什么，低头亲了下来，可很快眼泪也跟着落了下来。

一滴接着一滴，落在她的脸侧，落在两人的亲吻里。

卫泯被悲伤的浪潮彻底击溃。

他没什么力气地倒了下来，脑袋埋在她的颈侧，不停地流着泪，炙热的泪像烙铁一样深深地印在了温辞的心尖。

她摸着他的头发，拍着他的后背，眼泪一行接着一行地顺着眼角滑落。

"宝贝。"卫泯想要控制住情绪，可是极致的难过和委屈还是让他忍不住哽咽道，"我没有爸爸了。"

温辞心里一阵发酸和心疼，她急切地想要安慰他，却一时着急说岔了："你还有我，以后我就是你爸爸。"

"……"

"不是，我爸爸就是你爸爸。"

卫泯抬起头，一张脸已经完全跟"英俊"两字沾不上边儿，大约是因为她的话想笑，可眼泪还是止不住。

他喊："爸爸。"

"……"

温辞破涕为笑，擦着他眼角的泪水："卫泯。"

"嗯？"

她看着他，很认真地说："我们结婚吧。卫泯，我想嫁给你，想和你有一个家。"

卫泯也看着她。

温辞在他眼中看见一个小小的自己，就好像这么多年，他的眼中只有她，也只看得见她。

只是卫泯没有答应她的"求婚"。

他拉着她坐起来。

温辞盘腿坐在床边，看着卫泯单膝跪在自己面前，他握着她的手，像许下诺言那样的郑重和虔诚。

他说："再等我两年，我一定娶你。"

温辞流泪不止，哽咽着说"好"。

她是没有办法拒绝卫泯的。

他就像她的神明，她心甘情愿为他臣服。

他的"等"让她对未知的以后充满了期盼。

/ 第九章 / ♥
我不会两手空空来娶你

　　奶奶和父亲接连地离世，让卫泯在一夕之间成了孤儿，他没了可以依靠的底气。

　　他像在一夜之间长大了。

　　温辞看在眼里，除了心疼别无他想，她尽可能地陪在他身边。

　　深夜，卫泯从噩梦中惊醒，看到睡在身旁的温辞，不敢吵醒她，只能悄悄攥紧她的手。

　　温辞向来浅眠，和他在黑夜里对视着，十指紧扣还不够，要紧紧相拥，体温和呼吸都紧紧纠缠。

　　"卫泯。"

　　"嗯？"

　　"我在的。"她一遍遍地重复，"我一直都在的。"

　　卫泯闭着眼，眼泪还是忍不住。他不是爱哭的人，小时候跌倒了也不会流泪，可人在被爱着时总是脆弱的。

　　他用尽全力，想要留住相爱的片刻和爱的人："我知道，我只是很想……很想他们。"

　　温辞心口一痛，眼泪瞬间涌了出来。她说不出任何安慰的话，只能更加用力地抱着他。

　　这个冬天漫长而寒冷，岁月里静静流淌着无法忘记的难过和不得不接受的分离。

临开学前，温辞向父母解释了卫泯那天的缺席。

死亡叫人动容和不忍，更何况他们已经为人父为人母，经历得更多，也更能体会生离死别的痛。

柳蕙的态度没了之前的强硬。

她想到那个笑容和蔼的老人，每次见了她总要笑眯眯地喊一声"柳主任"，老人家信她敬她。

她不是没动过恻隐之心，后来甚至松口让温辞在元宵节带着卫泯到家里来吃饭。

元宵，元宵。

是比除夕拥有更多团圆寓意的佳节。

那些年，少年孤零零一个人的模样，柳蕙在医院见过太多回，到底还是于心不忍。

元宵那天，卫泯早早提着大包小包到了温家，温辞接到电话下楼去接他时，他紧张到在冬天里也热出了一身汗。

温辞笑他大惊小怪，但也提前给他打了预防针："我爸妈可能没那么好说话，但你放心，不管他们说什么，我始终都是跟你站在同一条战线的。"

卫泯也不想她因为自己跟父母闹得太僵，反过来安慰她："没事儿，不管你爸妈说什么，都有他们的道理，我能理解。"

"那说我们不合适也有道理啊？"温辞打趣道，"就算是要我们分手你也能理解？"

卫泯点头："能理解。"

温辞气笑了。

他很快又说："理解是一回事儿，怎么做又是一回事儿，就算再难，我也不会放弃的。"

温辞到底还是心疼他，抬手抹掉他额角的汗："好了，先上楼。"

到了楼上，她掏着钥匙说："你别紧张到一进门就喊爸妈啊，那到时我爸妈要赶你出门，我可帮不了你。"

卫泯本来已经快做好心理建设了，被她这么一说，忽然又开始紧张，抿着唇不说话。

温辞真是又想笑又担心，磨蹭了半天才把门打开。

柳蕙和温远之一个在厨房一个客厅，听到开门声，纷纷起身迎了出来。柳蕙跟卫泯不算第一次见面，对他脸色也还好，招呼了声："来了啊。"

卫泯一见到她下意识想喊"柳主任"，话都快说出口了，才拐了个弯喊了声"阿姨"，又管温远之叫"叔叔"。

大约是过节又想到他家里的事，柳蕙和温远之对卫泯始终都是和颜悦色的，也没盘问他家里的情况。

倒是温远之问了句他大学毕业后准备做什么。

温辞嘴快，先替卫泯把话接了过来："他现在跟同学开了个公司，做股票这一块的。"

柳蕙看了她一眼："你爸又没问你。"

温辞耸了耸肩，窝在一旁不再吭声，扭头看向坐在单人沙发上的卫泯，朝他递了个放心的眼色。

卫泯也道："是跟朋友弄了个小公司。"

温远之问："那是以后都打算继续做这个了？"

"没有，在考虑往实业方向转。"卫泯聊起公司规划，不似先前那么紧张了，"单做股票风险比较大，只是最近几年行情比较好，大部分人手上都有资金能周旋运作，但后期等到市场饱和了，像我们这样的小公司很容易就被其他大公司合并或者挤掉了。"

温远之听了还算认同："往实业好，有具体方向了吗？"

"现在还在考察，没有完全定下来。"卫泯解释了公司的架构，算不上多正式，只是挂了营业执照，不算违规运营，但至于其他的，还有很长的路要走。

温远之点点头，看了柳蕙一眼，其实在卫泯来之前，他们准备了很多要说的话，想劝他知难而退。

可真当见到了人，也许是教养，也许是其他的，他们一句不好听的话都没有说。

卫泯看起来年纪不大，可对未来有明确的规划，谈吐也成熟，没有温远之想象中的市侩和轻浮。

柳蕙也不知道要怎么开口，对于卫泯，她接触过很多次，以前是病人家属，对他更多的是同情。

现在身份变了，同情能成为认可的理由吗？

她也说不好。

中午做饭时，温远之对柳蕙说再等等，现在两人浓情蜜意，可将来的事儿谁也说不准。

也许不用他们多说，到那时他们可能也分开了。

可在饭桌上，柳蕙看着卫泯对温辞的细心和体贴，一颗心却是沉了又沉，时间真的能成为他们分开的理由吗？

那一顿饭，平常不怎么说话的温辞成了活跃气氛的那个，说了很多学校里的趣事，却很少提起跟卫泯的事情。

她没有像推销产品那样向父母细数卫泯的优点，也没有强求父母在这一刻就给出准信儿。

她只是像她之前说的那样，只求一个机会，为她，也是为卫泯。

可柳蕙和温远之看得很清楚——

女儿爱吃的不爱吃的卫泯都知道，细心到连丸子里的葱碎也要挑出来。

女儿吃不完夹给他的，他也不见分毫的忌讳，全都吃了下去。

他们互相看一眼，就知道对方要什么，要说什么，不要说什么，默契得像在一起生活了许多年。

柳蕙和温远之彼此对视一眼，那种默契感他们太熟悉了。

那天他们事先准备好的话，最后却一个字都没说。

送走人后，柳蕙红着眼对温远之说："我们要怎么办？现在让他们分开，只怕会要了小辞的命。"

她一遍遍问温远之，记得前不久温辞生病吗？那一场持续了几天的低烧，温辞在病中还在唤着他的名字。

爱到深处，连梦里都是他。

温远之也没办法，他的女儿，他自以为很了解，可当初她无声的反抗，早就在告诉他们，她想要的，她一定会得到。

哪怕是粉身碎骨。

夫妻俩无声地对望着。

是担忧，担心女儿爱得太深，盈满则溢，伤及自身。

是恐惧，怕女儿识人不清，爱错人走错路，没有回头的机会。

可他们的女儿为爱做勇士。

他们也只能为爱妥协。

元宵过后，温辞照常回了沪市。但可能在这年冬天经历了太多的分离，那一学期她回安城的次数比过去要频繁许多。

柳蕙和温远之只以为她越大越恋家，没事儿还打趣她早知道当年就该留在安城读书。

每当这时候，温辞总是笑着，说自己长大了，总要独自经历风雨，不可能一辈子都躲在他们的羽翼之下。

终有一天，他们也会老去，而那时她也早已成长为可以替父母遮挡风雨的大人。

温辞总是回来，跟卫泯见面的时间也多了。卫泯知道温辞频繁回安城不仅是恋家，还有担心和害怕。

——怕自己不在身边，父母有个什么风吹草动都不知道。

卫泯不想让她有后顾之忧，经常隔几个周末都会去一趟温家。他也不想让两位长辈有什么负担，每次都只是拎一些水果，或者从菜市场带一些骨头和母鸡。

起初，柳蕙和温远之都没提过留他下来吃饭的话。

直到那年端午，温辞因为学校有事没能赶回来，卫泯挑了个下午去温家送粽子。

当时柳蕙不在家，温远之接了粽子之后，卫泯正准备走，温远之忽然叫住他："进来喝杯茶吧，天这么热。"

卫泯有些没想到，当即愣了下。温远之笑问："是还有事儿吗，要有事儿我就不留你了。"

"没事儿。"卫泯傻傻地说，"有事儿喝杯茶也来得及。"

温远之这会儿才觉得他还像个孩子，拎着粽子先进了屋："小辞她妈妈今天加班，我正愁晚上吃什么呢，这粽子是你自己包的？"

卫泯点头"嗯"了声，看着还有些拘谨。

温远之让他坐在沙发上，笑道："只有我们爷儿俩在家，就别这么紧张了，都来多少趟了。"

卫泯挠了下脑袋："也没来几次。"

"进来坐是没几次。"温远之一想，这才第二回，难怪紧张了，也不开他的玩笑了。

那天，温远之还留了卫泯在家吃饭，只不过饭是卫泯做的。饭桌上，温远之趁着柳蕙不在拿出了自己私藏的酒。

酒不醉人，可卫泯从小区里出来还觉得有些晕乎乎的，他站在马路边给温辞打电话，说温远之让他进门了，还给他喝了茶，他做了饭，他俩还吃了酒。

温辞当即笑道："那你完蛋啦。我妈是不让我爸喝酒的，你敢趁她不在带我爸喝酒，小心她找你算账。"

卫泯这一晚上都不太踏实，听了她的话顿时有些慌："那我现在回去，让叔叔把酒藏起来。"

温辞觉得他笨得可爱："骗你的。只是留你吃顿饭而已，你就这么高兴啊？"

"当然。"卫泯眼前恍惚，干脆坐在路边的石墩上，"不只是吃顿饭那么简单的意义。"

温辞知道他这段时间的用心，有些心疼："累不累啊？"

"不累。"卫泯笑起来，"只要想到离娶你的目标又近了一步，我就一点都不累。"

大三的暑假，温辞因为考研留在学校复习，只在八月末回安城待了一周左右的时间。

考研是一早定下来的事，但三个室友对于她继续留在沪市的打算很意外。这三年里感情经历最丰富的王沐沐最先说道："七年的聚少离多，你知道这对感情来说是多大的挑战吗？"

她之前谈了个其他区学校的男朋友，一周见三四面都不够，恨不得时时刻刻都黏在一起。后来分手也是因为男生大四实习了，两人的话题骤然减少。

他不懂她在学校里的难过，她也不理解他在工作上的苦闷，每次都会大吵一架，感情越吵越淡。

她们问温辞不担心吗。

温辞一时有些答不上来，她从未想过距离会成为她跟卫泯之间的问题。后来回安城，她还跟卫泯聊了这件事。

"你不觉得我们在一起的时间远比我们见不到面的时间要少很多吗？"她掰着手指算，"好像加起来都没有一整年。"

"有那么少吗？"卫泯推开手边的鼠标和键盘，把人捞到怀里坐着，"你是在担心什么？"

"我不是担心，只是想到我们的热恋期就这样过去了，有些吃亏。"

"过去了吗？"卫泯捏着她的手，低头在她的手背上亲了一下，"我怎么觉得我一直在热恋呢。"

温辞笑了出来，捧着他的脸揉了揉："你现在怎么这么会说话，是不是瞒着我偷看什么写给女孩子的八百句情话书了？"

"我还用看这种书？"卫泯捉着她的手按在心脏的位置，"我是认真的，虽然现在在一起的时间很少，可我们不是还有很长的以后吗？"

掌心下心脏跳动的频率异常清晰。

就好像她只要再用点儿力，就能穿破那层薄薄的皮肤，触摸到他那颗滚烫炙热的心。

温辞指尖轻颤，直勾勾地看着他，渐渐地，好似自己的心跳声也和他在同一个频率上。

她不再胡思乱想，反倒开始胡搅蛮缠："那万一我要是在沪市遇见了更好的人，你怎么办？"

卫泯的声音有些轻："我不会拦着你去奔赴更好的人。"

他说得自然，像是很早就做好了这样的准备，也预想过这种可能。温辞没想到两个人都经历了那么多，他还会有这种念头，顿时好心情都没了。她掐着他的脖子威胁道："再给你一次回答的机会。"

卫泯仰着头一边咳一边笑："骗你的。"

他勾住她手腕上的红绳："你甩不掉我了，你要是对我始乱终弃，我就——"

"就怎么样？"

"去把你绑回来，再找个谁也找不到我们的地方，一辈子困着你。"卫泯说，"我这辈子就缠上你了。"

"这还差不多。"温辞靠在他怀里，脑袋在他的颈侧拱了拱，"其实我也是骗你的。"

"什么？"

"不会再有了。"她闭着眼，听着他的心跳声，低语道，"不会再有比你更好的人了。"

"好巧啊。"卫泯下巴蹭着她的脑袋说，"我也是。"

温辞说："难怪我们天生一对。"

他应和："是哦。"

两人相视一笑。

即使当下还不知道未来会发生什么，可他们依旧对有彼此相伴的以后充满了期待。

开学后，温辞全身心忙着备考，柳蕙知道她压力大，国庆放假跟温远之特意开车到沪市去看她。

一家人去邻近的水乡城镇玩了两天，晚上温辞在酒店给卫泯打电话，被柳蕙无意间听见了。

温辞随便跟卫泯说了两句便把电话挂了。柳蕙看了她一眼，问："是你让他没事儿到家里来的？"

温辞当即否认："没有，我一开始都不知道，还是爸爸有一次跟我提了我才知道的。"

柳蕙听了也没说什么，温辞现在有点儿猜不透她的心思，后来等他们回去，她还问卫泯有没有再去家里。

卫泯说："这几天还没去，我以为他们会在沪市多陪你几天，等过了假我再去。"

"那你去了之后跟我说一声。"

"怎么了？"卫泯当时还在外面跟客户吃饭，以为是出了什么事儿，忙说，"我等会儿送完客户就过去看看。"

"不用，没什么事儿，我就是那么一说。"温辞说，"你先忙你的，我也去复习了。"

"好。"

挂了电话，卫泯在那儿站着散了散酒味，心里总觉得是有什么事儿，等吃完送走客户直接去了温家。

他到的时候已经是下午三点多了，小区门口的保安虽然眼熟他，但按照规定每次都要让他登记一下。

可那天保安没让他登记，还说以后都不用登记了，是温老师特意跟他们交代的。

卫泯担忧的情绪散了些，摸出烟盒给保安递了一根烟："谢谢。温老师今天在家吗？"

"应该在，我一直没见他的车出去呢。"

卫泯又跟保安随便聊了两句才进的小区。可到了楼上，他敲门却没人应，等了十几分钟也没见有人来开门。

他心里觉得奇怪，但好在之前有留过温远之的号码，站在门口拨通了温远之的手机。

隔着一层木门，隐约还能听见屋里响起的手机铃声。卫泯一边拨电话一边敲门："叔叔您在家吗？"

屋里还是没人应。

卫泯先下了楼，去了保安室又问了一遍。确定温远之没有出门后，他心里莫名有些发慌，也没敢耽搁，又给柳蕙打了通电话。

可柳蕙一直没接，卫泯怕温远之一个人在家里出了什么事，便跟保安说："能麻烦您跟我上楼一趟吗？"

"没问题。"保安看卫泯神色紧张，还顺手带了开锁的工具。

到了楼上，卫泯又打了一遍温远之的手机和家里的电话，都只听见铃声响，不见有人应。

卫泯不停拍着门板，那声响就算是睡觉的人也能听见，可屋里一直静悄悄的，一点儿动静都没有。

恰好这时候柳蕙回了电话过来，卫泯一跟她说完这边的情况，她立马道："电话别挂，让保安快开门。"

卫泯冲保安说："开吧。"

"好嘞！好嘞！"

保安也是利索的人，三下五除二开了门。卫泯一进屋里就听见浴室里传来的水声，他忙跑了过去。

温远之趴在地上一动不动，地上是一摊积水，漂着淡淡的红色。

"叔叔！"

卫泯想起来电话还没挂，忙道："阿姨，叔叔摔倒了，应该哪里有出血，现在已经昏迷了！"

"我马上让医院派救护车过来。"柳蕙冷静道，"卫泯，你先听我说，检查一下他的脉搏，如果心跳停了，你先做心肺复苏。家里客厅的茶几底下有一个紧急医用箱，如果心跳恢复后出血很严重，你先帮他简单做一下止血。记住，原地去处理就行，千万不要随便搬动他的身体。"

"好，我知道了。"卫泯把手机放到一旁，按照柳蕙的远程指示一步一步去做。

保安也赶忙出去叫人。

很快，住在同小区里的其他医生先救护车一步赶了过来，对温远之做了更进一步的检查和处理。

卫泯拿起手机，整个人像刚从水里捞出来的。他靠着一旁的柜子，垂头说："阿姨，有医生过来了，您放心，叔叔他不会有事的。"

"好。"听筒里安静了许久，柳蕙才又开口，但声音已经没了先前的镇定和冷静，带着几分哽咽，"谢谢。"

卫泯说没事儿，又安慰了几句，直到救护车到了才挂掉电话。

卫泯跟着救护车一起去了医院，温远之直接被送进了急救室，一直到天黑才转入留观病房。

留观病房需要二十四小时陪护，柳蕙当晚还有一台手术，没办法临时换人，最后是卫泯留了下来。

柳蕙看着卫泯，欲言又止。

卫泯宽慰道："您别多有负担，我也不会拿这事跟您邀功，就当我是雇来的护工就成。"

"阿姨没有这个意思。"柳蕙无奈叹气，"算了，今晚就辛苦你了，等下了手术我再过来看看。"

卫泯点点头，目送她走了出去，又转眼看向躺在病床上的温远之，温远之的伤在额头靠近右边太阳穴的那一侧。

他大约是摔倒的时候磕到了洗手池的台面，脑震荡加失血过多，情况算不上特别严重，但也不是很乐观。

病房里还有另外一床病人，家属坐在一旁暗自流泪。

卫泯摸遍了全身也没找到一张纸巾，正要出去的时候见对方自个儿从口袋里掏出一小卷餐巾纸，他又坐了回去，视线落到床头的心电仪上，盯着发了会儿愣。

直到搁在口袋里的手机嗡嗡响动起来，卫泯才回过神。

见是温辞打来的电话，他起身进了卫生间，关门时特意留了道缝隙，刚好可以看见温远之的病床。

温辞也是打不通父母的电话觉得奇怪才给卫泯打的电话，卫泯听了之后，说："可能都在忙，你别太担心了，都是大人了，难道还能出什么事儿吗？"

"就是那么大的人了突然联系不上了才让人担心。"温辞叹了口气，"不知道怎么了，我这一下午都心神不宁的。"

卫泯看了眼门外说："你是不是压力太大了？"

"也有这个可能，本来还想跟我爸聊聊，他也不知道在做什么，半天都不接电话。"

"估计是睡觉了，你看现在都几点了。"卫泯说，"我明天过去看看，你不要太担心了。"

"嗯，你忙完了？"

卫泯本来还想陪温辞多聊会儿，又怕聊太久被她听出什么，只好说还没。温辞也没在意和多想，还叮嘱他早点儿休息。

挂了电话，卫泯又回到病床边坐着。

柳蕙到凌晨才出手术室，过来时想起来一件事，低声说："小辞给你打电话了吗？"

卫泯点了点头："不过我没跟她说叔叔的事。"

"没说是对的，她还有两个多月就要考试了，就别让她跟着瞎担心了。"柳蕙说完，忍不住又叹了口气。

儿女不在身旁，父母永远都是报喜不报忧，总觉得远水解不了近渴，说了也只是平添担心。

卫泯知道柳蕙的苦心，也顺着她的意思瞒了下来，温远之没出院那阵，都是他在医院帮忙照料。

每次温辞问起，卫泯也都是说挺好的，完了又跟温远之开玩笑道："这要是后边被发现了，叔叔您可千万要帮我说话啊。"

温远之乐呵呵地笑："一定一定。"

都说久病床前无孝子，可卫泯一连半个月照顾下来一句怨言也没有，柳蕙请的护工都没他细心。

起初护工不知道，见他喊温远之"叔叔"还以为是侄子，某天闲聊还夸了他一句，说没见过侄子能做到这份儿上的。

温远之摆手道："那可不是侄子。"

护工"啊"了声，一时分不清了。

卫泯在一旁倒水分药，面上看着没什么，心里却是很紧张，几次都拿错了药。

温远之拍了拍桌子："你这是打算让我一次吃三天的药量啊？"

卫泯低头一看，险些闹了个脸红，转瞬又听到温远之说："我侄子是前两天来看我的那个，这是我女儿的男朋友，我未来女婿。"

他猛地抬起头，看着温远之没说话。

温远之也看着他："怎么我说得不对啊？"

卫泯眼眶一热，摇着头，话都说不出来。

"你这孩子，我就说你分个药分得不对，怎么还要哭了。"温远之将他多分的药放回药瓶里，笑着说，"再放回去就是了。"

他含混"嗯"了声，藏住了声音里的哽咽，怕眼眶红得太厉害，侧头望向了窗外。

窗外云开雾散，阳光耀眼璀璨。

是个难得的晴天。

温远之十一月才出院。

他额头旁的伤口不深，但冬天伤口愈合得慢，拖拖拉拉很久才掉痂，留下一块很明显的印子。

人年纪大了，皮肤新陈代谢能力很差，温远之抹了很多淡疤的药都没能彻底抹掉那道疤。

后来温辞元旦回安城，一眼就看出了不对劲儿："爸，您怎么在家里还要戴帽子？"

温远之下意识摸了下额头："年纪大了，怕冷。"

"是吗？"温辞走近了，看出温远之的躲闪，又发现他明显剃短的头发，神情突然变得很严肃，"你们是不是有什么事瞒着我啊？"

柳蕙在一旁说：“我就说了没用。”

温辞看着他们：“到底怎么了？”

“也不是什么大事儿。”温远之摘下了帽子，额头旁的那道疤也跟着露了出来，“我之前洗澡的时候摔了一跤，不小心磕到了脑袋，留了个印子怕吓到你。”

温辞几乎是看到那道疤的一瞬间眼眶就红了起来，无论温远之怎么说，她的眼泪还是一行接一行地流不停。

她拿手碰了碰：“疼不疼啊？”

“早就不疼了，爸都是多大的人，怎么还会怕疼。”温远之安慰道，“不想跟你说，是怕你一时回不来又跟着担心，这不是给你添麻烦吗？”

“我是你们的女儿，你们的事儿怎么能叫添麻烦呢？”

温远之笑叹：“都过去了。”

时间是过去了。

可温辞看到他们脸上越来越多的皱纹，看到他们发间一簇一簇的白发，心里还是一阵难受。

父母在，人生尚有来处。

那是她第一次对去远方的决定起了后悔的念头，甚至还想过要不就不读研了，反正以后也都是要回来的。

早一点儿晚一点儿，或许也没什么区别。

“怎么会没区别？”柳蕙说，“你一直想考省台，可省台的每年招的本科生只占招收比例的1%，且都是需要有留学背景的，你一个只有国内本科学历的人怎么跟人家争？”

温辞没想到柳蕙还去了解过这个，一时有些愣神。

柳蕙也意识到自己说了什么，又板起脸说：“自己做过的决定就不要后悔，我们是你的父母，不是你的负担，你只要对自己的人生负责就够了。我们要不要你养老，那也是以后的事情，起码现在，我跟你爸爸还能对自己做的每个选择负责，不需要你操心什么。”

温辞知道柳蕙是刀子嘴豆腐心，也不去戳穿那层纸，小声说：“我知道了，我也会对我的人生每个选择负责。"

她旁敲侧击地说："不管是事业还是家庭，我都会坚持下去。"

柳蕙面不改色道："那是你的事儿。"

温辞更奇怪了，她以为柳蕙还会像以前那样说些反对的话，可柳蕙没给她多问的机会，起身进了厨房。

她又看向温远之。

"你妈不让说我住院的事，我估计卫泯也什么都没跟你提过。"温远之说，"他之前三天两头地往家里跑，这次也是他发现不对劲儿及时把我送到了医院，我住院那段时间，也都是他在医院帮忙。日久见人心，我跟你妈又不是铁石心肠，但爸爸丑话放在前头，他要是以后没混出个人样儿，我们还是不会答应你嫁给他的。"

温辞没想到才一年的时间，卫泯就已经做到了这个地步。她红着眼眶说"谢谢爸爸"，又跑去厨房抱了柳蕙一下："谢谢妈妈。"

柳蕙故作嫌弃："哎呀，别耽误我做饭。"

温辞笑着松开手，说了句不在家里吃饭了，拎着包就往外跑，柳蕙问一句都没来得及。

温远之摇头失笑："真是女大不中留啊。"

柳蕙说："还不都是你惯的。"

夫妻俩你一句我一句，都笑了。

温辞从家里出来，直接拦车去了卫泯的公司。

他们学校大四上学期就能出来实习，阳康靠着给人盖实习章的招聘福利，将原来只有五个人的公司扩招到了十个人。

卫泯在学校附近租了间最便宜的办公室，狭小的格子间里塞满了桌椅板凳，也塞满了青春年少的热血和理想。

温辞到的时候，公司只有卫泯和阳康在，两人是公司的主心骨，平时就差没睡在公司了。

见她进来，阳康打趣道："哟，领导这是来查岗还是视察工作啊？"

温辞看了眼卫泯，他懒洋洋地坐在桌后，唇角挂着一抹笑，看着并不打算帮她解围。

她索性也就那么说了："查他的岗，视察你的工作。"

"啧，单身狗没活路啊。"阳康从桌边起身，"行了，你们聊，我也得赶回去吃晚饭了。"

温辞问："不留下来一起吃？"

"跟你们还用吃饭？"阳康抓起钥匙和手机，"狗粮都够吃我三天三夜了。"

"……"

阳康一走，格子间里又静了下来，卫泯起身问："怎么现在过来了，不是说晚上要在家里吃饭？"

他走到温辞面前，拉着她又回到办公桌旁坐下，胳膊圈着她的腰，下巴搭到她的肩膀上，呼吸都喷洒在她的颈侧："怎么不说话？"

温辞侧头看他："卫泯。"

"嗯？"

"谢谢你。"

他忽然笑了，整个人往后一靠："干吗突然谢我？"

"谢谢你照顾我爸爸。"虽然温远之说得那么轻巧那么不在意，可温辞心里清楚，当时的情况一定远没有他说的那样轻松。

她鼻子有点儿酸："没有你，我都不知道现在会是什么样儿了。"

"不用谢我，说起来还是你的功劳。"卫泯有一下没一下地捏着她的腰，"还记得你国庆给我打的那个电话吗？你问我最近有没有去你家。"

温辞点了点头。

卫泯说："那天跟你说完之后，我总是觉得你是有什么事儿，就顺便过去了一趟。"

温辞抹了下眼睛，深吸了口气说："真的没什么事儿，是我妈问我是不是我让你没事儿去我家看看的，我说不是，她也没说信还是不信，我有点儿担心她会不会以后不让你去了。"

"所以你看，其实还是你救了你爸爸。"卫泯抬手蹭了蹭她的脸，"我只是刚好去了。"

温辞听到他这么说，还是觉得庆幸又后怕："幸好你去了。"

卫泯轻笑："我们要在这个问题上聊一下午吗？不管我是去了还是没去，如果可以选择，我宁愿叔叔没有发生这样的事儿。"

温辞当然也想父母都平平安安的，只是现在她离得那么远，他们总是报喜不报忧。

她一想到这儿，就忍不住掉眼泪。

卫泯由着她发泄了会儿情绪才说："再哭下去，长城都要倒了。"

温辞哭笑了："你又没被埋在长城里。"

"那要不我现在去埋一下让你哭倒试试？"

"你神经病啊。"温辞埋头，报复性地把眼泪全擦到他的 T 恤上，"我可不是孟姜女，没那么大毅力。"

"那要是我真没了——唔。"

温辞捂住他的嘴巴，恶狠狠道："不许你胡说。"

他无辜地眨了眨眼，在她的手心亲了下，才攥着她的手腕摩挲着说："好，不说了。"

温辞也没把手抽回来。

卫泯看了她几秒，忽然扯着她的手腕把她拉下来，仰头吻了上去，力道很轻地试探着。

温辞没躲，反而还主动迎了上去，他的手换了位置，扣着她的后颈，指腹揉捏着耳后那一处。

亲吻的力道有些深。

静谧的冬日，空气里光影拂动，暧昧的声息不轻不重地回响在狭窄的格子间里。

温辞觉得他太凶了，仰着头躲开，却被他咬住脉搏，她忍不住溢出一声自己听着都脸红耳热的呻吟。

卫泯贴着她的颈侧向上啄吻，最后又咬住她的唇，像是为这一场高潮迭起的演奏做一个完美的收尾。

亲吻结束时，他们额头相抵，急促的气息纠缠着。余韵淡去，卫泯抬手安静地扣起她被他解开的衣服。

温辞烧得耳根烫红，却又不得不说："扣错了。"

"嗯？"卫泯低声，嗓音格外勾人。

她抿唇拍开他的胳膊，准备自己扣上。

他的眼神逐渐变得火热，温辞装作看不见，扣好后她想起身离开，又被他捉住手腕牢牢困在怀里。

温辞无奈对上他的视线："干吗啊？"

卫泯靠近了，看到她颈侧的红印，低头又亲了一下。他慢慢贴近她的耳侧，低声说："下次想看你自己解。"

解什么？

温辞愣了一秒，忽地意识到他话里的意思，猛地抬手胡乱捏着他的脸："变态！"

卫泯闷声笑，胸腔跟着颤动。在温辞的暴力压制下，他也没敢再说什么荤话，捉住她的手问："你就这么跑出来，你爸妈没意见？"

温辞像防色狼似的，一边扣着外套的扣子，一边跟他聊起父母的态度："我妈好像没之前那么反对我们了。"

卫泯看了几秒，手突然伸了过来，被她一巴掌拍了回去："做什么！"

"我能做什么？"卫泯无奈地笑，"你没看见你都扣错了吗？"

温辞低头一看："……"

卫泯替她解开了，又一颗一颗扣好，才接上她之前的话："我知道。"

"知道什么？"

"你爸妈的态度。"卫泯一本正经地看着她，"你才多大，刚说完的话转眼就忘了。"

"你信不信我揍你！"温辞拿拳头抵着他的脸，对上他漆黑的眸，一颗心忽然就静了下来，"卫泯。"

"嗯？"

温辞有很多话想说，可到最后只是问了一句："你什么时候来娶我啊？"

"很快。"卫泯看着她，忽然说，"走，带你去个地方。"

"现在？"

"嗯。"

从公司出来时，天已经快黑了。

温辞坐在出租车后排，看着车从大街小巷开过，琳琅满目的街市，万家灯火映入眼帘。

她牵着卫泯的手："你到底要带我去哪儿啊？"

"到了你就知道了。"卫泯一路都很沉默，跟她一起望着窗外的繁华。

直到车子停下，他才说："到了。"

温辞看着窗外，入眼都是荒芜的空地和几栋烂尾楼。

她跟着卫泯走到高处的平地，视野里只有很远的地方才有零星的几盏灯，冷风呼啸。

眼前一片荒凉。

"这块地空了很多年了，几年前有开发商想在这里建酒店，但因为款项的原因项目烂尾了，后来安城的交通线发展将这块地划了出去，这里就成了块没什么油水可捞的荒地，我们正在争取这块地的开发权。"卫泯看着温辞，眼里有野心也有爱意，"你只管往前走，我在这里为你建王国。"

温辞鼻子倏然一酸，胸腔鼓胀的情绪像潮水一样将她包裹，眼前好似不再是荒原。

她仿佛已经提前看见了卫泯为她建造的王国，而他站在王国的最高处，虔诚地对她说爱她。

风声模糊了他的声音，却没有模糊他的爱意——

"我不会两手空空来娶你。"

二〇〇七年夏天，温辞大学毕业。

毕业意味分别，但温辞宿舍四人保研的保研，考研的考研，全都留在了F大，按王沐沐的话来说就是还要继续在一块儿互相折腾三年。

吃的自然也不是散伙饭，拍完毕业大合照，四个人在食堂里随便凑合了一顿，便拖着行李各回各家了。

温辞回到安城没几天，在学校没吃上的散伙饭倒是跟着卫泯他们宿舍一起吃了一顿。

当初他们一起创业的四人里，只有离家远的俞任因为父母身体原因，不得不回到老家那边工作。

离别总是掺杂着哀愁。

四年下来，他们已经不仅仅是同学那么简单的情谊，是一起拼搏的搭档，也是患难的兄弟。

更是那些年横冲直撞、鲁莽懵懂的青春见证者。

男儿有泪不轻弹。

那也是温辞第一次知道几个大男生也能哭成这样，泣不成声地抱在一起，嘴里号着"是一辈子的好兄弟"。

还好是在包厢，怎么哭怎么闹都没人管。

她看了眼坐在身旁的卫泯，今天从吃饭起，他的情绪都是淡淡的，笑容很少，也不怎么说话。

这会儿，他看着还抱在一起的阳康和俞任，抿着唇一言不发。

温辞在桌底牵住了他的手，他扭头看了过来，脸颊带着酒精熏出来的浅红，眼眶也是红的。

他低声问："怎么了？"

温辞摇头，只是捏了捏他的手指。

卫泯反握住她的手搁到肚子上，整个人背靠着椅背。温辞通过相牵的手体会到他翻涌的情绪，低头深深叹了口气。

天下无不散之筵席。

俞任的老家在鲁城，他本来买了当天晚上的火车票，后来阳康喝多了吵着非要送他回家，还说要去爬泰山。

临时买票已经来不及了。

卫泯在火车站附近租了辆面包车，把喝多了阳康和梁祁塞到后排，一行人来了场说走就走的旅行。

温辞在车上给父母打电话汇报行程，卫泯也有些喝多了，靠着她的肩膀蹭了蹭。

他柔软的头发扫在她的颈间，带着一点儿痒。

她挂掉电话，忍不住揉了揉他的脑袋，手感果然舒服。趁他不清醒，她又多抓了两下。

俞任扭头想说什么，看见她的动作，欲言又止。

温辞脸一热，默默收回了手，俞任却忽然也伸手来揉了卫泯的脑袋一把："好不容易抓着机会，我也来试试在老虎头上动土是什么感觉。"

温辞笑了声："怎么样？"

"确实挺不错。"

"唯二"清醒的两人就着这个话题聊了起来，时不时还揉两下卫泯的脑袋。

俞任还想最后来过把瘾的时候，一直睡着的人突然出声："你们当我死了吗？"

他吓得把手立马缩了回去。

温辞困在里面进退两难，伸手替卫泯顺了顺头发，装糊涂道："什么？你是不是做噩梦了？"

卫泯扶着额抬起头："真当我什么都没听见啊。"

"头疼？"温辞从包里翻出水，"蜂蜜水，要喝点儿吗？"

"怎么还装了蜂蜜水？"卫泯接过去拧开了。

"问饭店要的。"温辞又看向一旁，"俞任，你要喝点儿吗？我还拿了杯子。"

俞任看着像睡着了，没应。

"睡着了啊？"温辞诧异，"说睡就睡。"

卫泯哼笑："装死呢。"

他抬脚踢过去。

俞任差点儿跳起来："什么？怎么了，发生什么了？"

他一连三问，看着跟真像在睡梦里被突然惊醒了一样："我怎么在这儿？我不应该在火车上吗？"

卫泯也跟他胡说："这就是火车。"

俞任装不下去了，失笑："每次我装睡谁都能骗过，唯独骗不过你，眼那么精。"

"我还不知道你。"

"是啊，整个宿舍就你最细心了。"俞任笑了会儿，又觉得难过，沉默了一会儿，忽然歪头靠到杜康身上，倒像是真睡着了。

温辞问："他睡了？"

"嗯。"卫泯侧头看她，"不困吗？还有好几个小时才到地方。"

"睡吧。"温辞打了个哈欠，靠着他的肩膀。窗外夜色模糊，零星的亮光一闪而过。

她慢慢闭上了眼睛。

再睁眼，已经快到地方了，阳康和梁祁酒也醒得差不多，顶着两双肿胀的眼并肩坐在后排，一脸出神。

温辞戳戳卫泯："他们怎么了？"

卫泯笑道："不相信就这么出门了，自我怀疑中呢。"

温辞也跟着笑了。

等到泰山脚下的客栈，已经是晚上了。他们打算夜爬上去看日出，各自回屋补了会儿精神，出门前又吃了顿饭。

这里是俞任的老家，他作为向导领着众人走到红门，那里是夜爬上山的起点，入口处还有人在拍照。

他们六人站在山门前，花钱拍了张合照。

快门按下的瞬间，卫泯在人群里碰了下温辞的手，她扭头看过去，他忽然吻了过来。

相机将一切定格。

三秒后，另外四人叫着跳开了，阳康大叫："我直接从山顶跳下来算了。"

卫泯牵着温辞走在前头，慢悠悠道："你先爬到山顶再说。"

"那比一下？"阳康撸起袖子，率先快步往前，"最后到山顶的人要当众喊一声他是孙子！"

杜康和梁祁见状也跟着追了过去，剩下俞任看着牵着手的小情侣，轻轻"啧"了声："老谋深算的狗东西。"

卫泯："……"

看着俞任也走了，温辞笑道："你故意激他们的啊？"

"嗯，那么多人，叽叽喳喳的。"卫泯看着她，"多点儿单独相处的时间不好吗？"

"好啊，当然好啊。"温辞说，"只是你要当孙子了怎么办？"

"那你帮帮我，别让我当最后一个。"卫泯笑着，"他们不敢为难你。"

温辞"嘁"了声："俞任真没骂错人啊。"

卫泯晃着她的手，放轻了声音："那你帮不帮啊？"

美色误人，温辞立马说："帮帮帮。"

卫泯笑了起来，抬手刮下了她的手背："出发。"

他们循着上山的路线走走停停，夜晚凉风阵阵，偶尔一抬头，繁星朗月高挂天边。

爬到中天门，温辞看见等在那儿的阳康几人，走过去跟他们会合了，阳康也意识到了卫泯的意图，之后说什么都要六个人一起。

卫泯也懒得管他，自顾自地拉着温辞的手，旁若无人地秀着恩爱。

后半程的时候，温辞有些跟不上了，卫泯陪她走在后边，她喝了口水说："你有没有听过'泰山奶奶'的传说？"

"什么？"

"他们说不合适的情侣爬了泰山之后都会分开，因为泰山奶奶'扶正缘，去孽缘'。"温辞看着他，"你怕不怕？"

卫泯接过她的水喝了一口，拧着瓶盖说："不怕。"

后来到山顶，日出东方，太阳从山峦的一侧缓缓升起，澄澈的金光遍布山间，山风呼啸。

温辞靠在卫泯怀里，侧头和他对视。

他眼中也有一缕淡淡的光，风吹乱她的发，有几缕碰到了他的眉眼，像温柔的手一点点儿滑落。

卫泯抬手将她的长发别到她耳后。

风声依旧，爱意依旧。

他说："除了死亡，没人能将我们分开。"

生死有命，天命难违。

可谁也没想到，这竟会一语成谶。

从泰山回来后，温辞依旧去了省台实习，四年下来，她跟台里不少老人都待熟了。

有资历老的领导笑话她，说带她的老师换了一茬儿又一茬儿，到头来她还是个实习生。

温辞笑着应下所有打趣。按部就班地工作，日复一日地生活，曾经厌倦的波澜不惊，她如今也能从中寻得惊喜。

大学毕业后，温辞身边许多人都进入了人生的另一个新阶段，从象牙塔迈入社会，有人在职场摸爬滚打，有人喜结连理。

那年国庆，她还收到一张老同学的喜帖。

新娘是温辞高中时的好朋友林皎，而新郎也不是陌生人，是当初与林皎吵吵闹闹多年，一起长大的青梅竹马杨峥。

高中毕业后，温辞和林皎都忙于学业，见面的次数不多，靠着电话和短信也将这段关系维系了下来。

婚礼那天，她和林皎的一位大学室友都是伴娘。

新娘丢捧花的环节，林皎将手捧花分成两份送给了她们："希望我的幸福也能延续给你们。"

温辞笑着说"会的"，转头望向台下。

卫泯一身西装革履地站在人群里，以往垂在额前的黑发被梳了上去，露出了额头，眉眼更显英俊成熟。

算起来，这还是温辞第一次见到他穿得这么正式，整场婚礼她忍不住看了他几次。

她拿着捧花下台，被杨峥起哄求婚。

242

卫泯手里还拿着温辞的外套和手提包，想空出手来接花，温辞却先他一步说："卫泯，你愿不愿意娶我？"

起哄声更多了。

卫泯耳根红了，眼尾也有了红意。

他在一片起哄声里接过捧花，看着同样红着脸的温辞，坚定地重复道："愿意，我愿意。"

温辞笑着扑进他怀里，在他耳边低语："下一次，我等你正式的求婚。"

卫泯说好，说很快了。

二〇〇八年，一场经济浪潮席卷国内，那一天股市大崩盘，各行各业都进入萧条期。

后来阳康曾数次庆幸，他们抓住了股市的最后一波高潮退了出来，又抓住了政府对住房保障体系建设的改革机会，针对安城当下中小型住房奇缺，开发商忽视众多低收入者对本市中小户型以及中低档次的普通商品房需求的现状，及时从对商品住宅投资转做经济适用房和廉租房的投资。

一步接一步，竟分毫未走错。

年末，通过层层审批和竞选，卫泯他们成功拿到了安城远郊那块地的国有土地使用证。

建筑规划和开发已经是蓄势待发。

公司将庆功宴定在那一年的最后一天，寓意"清过往，迎新年"。

正当众人都在忙着庆祝之时，阳康和梁祁突然发现联系不上卫泯了，打了好几个电话都是关机。

梁祁说："给温辞打。她昨天回来了，说不定两人在一块儿呢。"

温辞接到电话也是什么都不知道，她拿上外套跟温远之打了声招呼就出了门："去家里找过了吗？"

"还没。"阳康说，"正准备你这边没有，就过去看看了。"

"那我们到他家会合。"

"行，要顺路接你吗？"

温辞笑道："你们那儿还顺路吗？都过半个安城了，我自己打车过去，到了再说。"

"成。"

温辞离得近些，比他们要早二十多分钟到，在院子门口碰见已经上高中的蒋小伟。

他长大了，没了小时候的软糯可爱，却也出落得清俊高挑，见了温辞还是喊"姐姐"。

温辞应了声，问："见过你卫泯哥哥吗？"

"早上好像看他出门去了。"蒋小伟站起来，比温辞高出半个头，"去哪儿我就不知道了。"

温辞进去家里看了一圈。

几年的光景，老屋一如往昔。

她走到挂在墙上的三张照片前，看着卫泯不曾谋面的父母，看着依旧和蔼的常云英。

温辞轻轻唤了声："奶奶。"

屋外，阳康和梁祁也走了进来，三人分别给三位长辈上了香。温辞忽然说："我知道他在哪儿了。"

阳康和梁祁也没问，大约也猜出来了。

去找卫泯的那一路上，他们都没怎么开口，出租车开到村口停了下来，只能步行进去。

冬日的田野荒凉广袤。

温辞循着记忆走在田埂上，阳康和梁祁跟在后边，一直到看见坐在坟前的卫泯才停下。

梁祁说："我们就不过去了。"

温辞点了点头，一个人走上前。卫泯听到声响抬头看了眼，哑声问："你怎么来了？"

"阳康他们找不到你，担心你出什么事儿。"温辞蹲在他面前，握住他的手，一片冰凉。

她搓了搓他的手："不冷吗？"

"还好。"卫泯垂眸，"我跟奶奶说，我现在有能力带她去做手术了。"

温辞鼻子一酸，安慰道："奶奶会听见的。"

"只差一点儿。"卫泯看着她，眼泪就那么直落落地掉了下来，他哽咽着重复，"只差一点儿就等到了。"

"奶奶都知道的，你已经很努力了。"温辞鼻子酸得不行，还没说几句，眼睛里也噙满了泪。

她倾身抱住他，一遍遍地说："她不会怪你的，你这么优秀，奶奶只会为你高兴。"

卫泯整个人都趴在她的肩上，身体带着轻颤，几乎说不出话来，滚烫的眼泪顺着落在她的颈侧。

温辞的心尖也像被这温度烫到，又酸又疼，她用尽全力地抱着他，手轻轻拍着他的手背。

起风了。

坟前的纸钱灰烬被风吹得扬起，随风飘向了远方。

卫泯渐渐平静下来，望着那些在空中飘荡的灰烬，忽然深深地吐出一口气，扶着温辞从地上站了起来。

他站在常云英的坟前，紧紧握住温辞的手，声音里还带着浓浓的哭腔："奶奶，您都看见了对吗？"

风声未停，那些飞扬的灰烬依旧在空中飘荡。

卫泯突然笑了，抬手抹了下眼角，笃定道："我知道您肯定看见了，我们现在过得很好，您可以放心了。"

温辞攥紧他的手，也说道："奶奶，您放心，我会一直陪着卫泯的，我会好好照顾他。"

卫泯轻滚着喉结，指腹贴着她的手背蹭了蹭，深吸了口气说："走吧，回去了。"

"嗯。"温辞看着他，"我们回家。"

他神情一顿，眼眶还是红的，眼里有些许水光，抿了抿唇，颤声说："好，我们回家。"

阳康和梁祁一直等在不远处，见到两人过来才从地上站起来。

阳康跺着脚问："能走了吗？再待下去我俩快冻成冰棍儿了。"

卫泯轻笑："走走走。"

梁祁说："可快点儿吧，一整个公司的人都在等我们呢。"

"你这话说得——"阳康轻轻"啧"了一声，"好像我们公司有多少人一样。"

"现在是没有，那以后可说不定了啊。"梁祁撞了下卫泯的肩膀，"是吧，卫总？"

"卫总？"温辞笑着看了眼卫泯，又问，"那你们不也是'总'吗？"

"没错，阳总。"阳康指着自己，又指指梁祁，"梁总。人家是三个臭皮匠顶一个诸葛亮，我们是三个诸葛亮。"

"你要点儿脸行吗？"卫泯牵着温辞走到前边，"少听他们吹牛。"

温辞挽着他的胳膊，笑眯眯道："卫总。"

卫泯看着她，也笑了。

回去之后，温辞跟着卫泯去参加了他们公司的庆祝会。资金有限，宴会办得不算多盛大，但依旧热闹欢腾。

零点将至，所有人都站在窗前，望向对面的高楼大厦，耀眼斑斓的光映在格子间的玻璃窗上。

映在每个人的眼中。

温辞望着卫泯出神的侧脸，伸手牵住了他的手。卫泯回头对上她的视线，弯唇笑了笑，又望向身边的搭档和伙伴。

他没有振臂高呼，也没有激情高昂，只是很认真地看着众人，语气平静到好像这是注定会发生的事情。

"明年，我们也会搬进那栋楼里。"

零点到了。

窗外焰火闪烁，有情人相拥在窗前，所有人都在欢呼。

这一年，他们依旧挤在狭小的格子间里，可希望的种子却在这里萌芽，只等来年破土而出。

春节前夕，温辞又参加了一场婚礼，是堂哥温礼的，他与女朋友恋爱长跑多年，终于决定在今年敲定终身大事。

这几年家里的年夜饭，温辞与堂嫂边语多有来往，寒假回到安城的时候还陪她去了婚纱。

那已经是最后一次，只用试一下尺寸，款式是一早就确定好的。

店里的工作人员在替边语调整头纱的位置，她看向站在一旁的温辞，忽然道："你要不要也试试婚纱，反正也是早晚的事情了。"

温辞笑着说："也没有那么早。"

"哎呀，这来都来了，我这还有好一会儿呢，你等着也无聊。"边语不等温辞拒绝，已经安排人去替她拿婚纱了。

温辞只好跟着工作人员进了一旁的试衣间。婚纱繁重，穿起来有些麻烦，她在里面折腾了好久。

中间几次抬头看到镜子里的人，她都有些说不上来的感觉。

"好了，很漂亮呀，这件很适合你。"工作人员系好她背后的带子，拉开一旁的围帘。

炽白的灯光落下来，衬得镜中人肤白如雪。

温辞还在低头看裙摆上的光，一闪一闪的，像夏夜的星星，镜子里忽然出现一道黑色的身影。

她也没有回头，在镜子里和他对视，问了句："好看吗？"

卫泯看得入神，站在那儿半天都没说话，温辞回头叫了他一声，他才回过神说："好看。"

那模样惹得一旁的工作人员都笑了。

温辞也跟着笑，提着裙子转过来看着他，问："是我好看，还是婚纱好看？"

他走近两步，视线始终一寸不落地看着她。温辞被他看得有些脸热，小声道："跟你说话呢。"

　　卫泯喉结滑动，站在她面前的时候才低头看了看婚纱，很快又抬起头和她对视："你好看。"

　　温辞抿唇笑了下，跟他抱怨："婚纱好重。"

　　"那我们结婚不穿婚纱了。"卫泯说，"你想穿什么就穿什么。"

　　"那可不行。只有一次的婚礼，我一定要漂漂亮亮的。"温辞的胳膊搭到他的肩上，双手交叠放在他颈后，眼睛亮晶晶的，对未来充满了期待，"我要穿最好看的婚纱。"

　　"好，都听你的。"卫泯摸了摸她露在外面的胳膊，"冷不冷？"

　　"有暖气啊，一点儿也不冷。"

　　"那……"他攥着她的胳膊，牵着她的手，指腹有意无意地在她的无名指上摩挲着，"我们今年冬天就结婚好不好？"

　　温辞一怔，没想到他会说起这个，下意识抬眼看向还站在一旁的工作人员，好在对方正在低头看手机，并未注意到他们在说什么。可尽管这样，她还是忍不住红了脸："你这是在跟我求婚吗？"

　　"不算，这只是一个邀请。"卫泯顺势问道，"你想要什么样的求婚？"

　　温辞看着他："你这样说，我会觉得不管我提什么要求你都能办到。"

　　"能。"卫泯说，"只要你愿意嫁给我。"

　　"那我要十克拉的大钻戒，还要好多好多的玫瑰花，求婚的地点要选在安城最漂亮的地方。"

　　卫泯眼也不眨地说"好"。

　　温辞看着他的眼睛。

　　对视了几秒，她看到卫泯的眼眶渐渐红了，她鼻子倏然一酸，轻声说："骗你的，只要是你就够了，其他的都不重要。"

　　卫泯却摇头说："重要的。"

　　温辞没在这个问题上多纠结，笑盈盈看着他："那你打算什么时候跟我求婚？"

　　卫泯唇瓣一动，倏地又一抿，说："保密。"

　　卫泯说保密，温辞当真是一点儿风声都没探到，几次旁敲侧击想问一问，都被他搪塞了回来。

后来她就不问了，毕竟保持期待感也是惊喜的一部分。

过了年，温辞又回了沪市。她研究生读得不算难，导师、同门都对她多有照拂。

很多时候，她回想这一路走来，似乎都格外顺利。

三月份，沪市春暖花开，卫泯在一个周末来了趟沪市，温辞当时以为他是来求婚的，紧张兮兮了一整天。

可卫泯好像真的只是出差顺路来见她的，陪她去逛了商场，在书店泡了一下午。

晚饭是在酒店吃的。

不过那个时间也算不上晚饭了，她浑身酸软地裹着被子靠在他怀里，两人坐在落地窗前。

卫泯一勺一勺地喂她吃粥。

温辞望着窗外的夜色，不知不觉露出一点儿春色，他放下手里的粥，俯身又亲了下来。

她整个人一颤，裹紧了被子："干什么？"

卫泯靠近她耳侧说了一个字，温辞耳根一热，还没来得及拒绝，又被压在窗前吻了一遍又一遍。

那天一直到半夜温辞才回到床上，几乎是沾床就睡，露在外面的肩头全是吻痕。

卫泯靠过来贴着她的肩侧亲了一下，正要顺着将她胳膊从被子扯出来。她忽然挣扎了下，闭着眼，可怜兮兮地说："不要了……"

卫泯真是觉得好笑，捏着她的鼻尖，小声说："你把我当什么人啊。"

温辞困得神志不清，也不记得自己答了什么，只记得后来半梦半醒间，他好像往她的手指上套了什么。

她想睁开眼，眼皮却又千斤重，最后直接睡了过去，一直到第二天中午才醒。

醒来时，卫泯正坐在床边，靠着床头在看手机，温辞一有动作他就放下手机贴了过来。

"睡好了？"

温辞嘟囔着，抬手揉了揉眼睛，忽然想起什么，定睛看了看，手上什么都没有。

她放下手看着卫泯。

他被她看得奇怪："怎么了？"

温辞又看了看手，只以为是做梦，抬手搂住了他："没什么，你今天几点的车票？"

"还没买，等会儿陪你吃个午饭，到车站再买。"卫泯摸了摸她的脸，"还是说你想叫东西到房间来吃？"

温辞一听这话立马就清醒了，忙推开他说："出去吃，现在就出去。"

"……"

这一面见完，卫泯又忙了起来。直到温辞快放暑假了，他好像才变得没那么忙，一天几个电话的问她什么时候回安城。

可能是女人天生的第六感，温辞隐隐约约地觉得卫泯会在暑假跟她求婚。

她一边在电话里装作不在意地说"快了"，一边又在宿舍群里问学校什么时候放暑假。

后来暑假如期而至，但温辞回去之后，卫泯每天早出晚归，一点儿没有求婚的迹象。

眼见着夏天都快结束了，他还没什么动静，温辞以为是自己判断失误，见面的时候也很少去想这事儿。

八月的最后一天，卫泯提前忙完了，来家里接她去吃饭。温辞出门前犹豫了几秒，还是回房间换了条裙子。

见了面才知道晚上是公司聚餐，温辞心中的小泡泡被戳破了。虽然谈不上失望，可一想到每次都悬着心在约会，她就有些气不过，没忍住伸手打了他一下。

"嗯？"卫泯被打蒙了，侧头看着她，"怎么了，我哪儿又惹你不高兴了？"

温辞看着他的样子，还是那么帅，简单的衬衫加西裤也被他穿出不一样的气质。

她想到身边许多进入职场之后身材走样的男同学，忽然就不生气了，抱住他的胳膊说："有灰啊，我替你拍拍。"

卫泯挑了挑眉，自然是不信她的话，但秉着"女朋友说什么就是什么"的原则也没多问。

他随手从口袋里摸出一个 U 盘递过去："刚从公司过来，随手把 U 盘装出来了，放你包里吧，我怕掉了。"

"行。"温辞接过 U 盘装好。卫泯习惯性地接过她的包拿在手里，又空出手来牵她。

温辞按了按他的手背说："那你记得晚上走之前提醒我把 U 盘给你。"

"好。"

晚上是在卫泯公司附近吃的饭。过去半年多，公司又加入了许多新人，幸运的是当初的人都还在。

聚餐免不了要喝酒，温辞很少干涉卫泯在应酬方面的事，更何况这是朋友在一块儿，她由着他喝了个尽兴。

只是酒醉时，他在人声鼎沸里总要牢牢抓着她的手才算放心。

温辞被他捉着右手，不方便吃东西，哄了半天才让他松开换了左手，嘴里还念叨着："下次不会再让你喝这么多了。"

卫泯只是笑，指尖在她的手心挠了挠。温辞见不得他这个样子，太容易招她心软了。

她对他，向来没有什么原则。

散场的时候，卫泯还算清醒，送走众人，温辞和他手牵着手走在街头，夏日的晚风吹动她的裙摆。

她挽着他的胳膊说，希望一辈子都能这样牵着他的手走下去。

可她没想到。

他们的一辈子会那么短。

/第十章/ ♥
死后的第二十年

那晚温辞陪着卫泯歇在安江巷的旧屋，毕业后除了加班留宿在公司，他基本都还是住在这里。

半夜，卫泯口渴醒过一回，摸黑坐起来，借着一缕月光看到放在床头的一杯水。他回头看了眼还在睡着的温辞，端起水喝完又躺回去，伸手将睡在一旁的人揽进怀里。

温辞嘀咕了一声，他用指腹蹭着她的脸颊，又贴过去亲了亲。突然想起什么，他轻手轻脚下了床，从柜子里拿出一样东西。

是一个戒指盒。

卫泯取出盒子里的戒指，足克拉的钻石在夜色中闪烁着耀眼的光，他缓步走到床边，单膝跪在那儿举着戒指在心里默念了一遍之前想好的内容。

念完，卫泯停了一会儿。他看着已经睡熟的温辞，小心翼翼地将戒指套到她的无名指上。

尺寸刚刚好。

卫泯松了口气，慢吞吞将戒指摘下来，重新放回盒子藏进了柜子里，关门的时候不小心弄出了一声响。

他心跳顿时空了一拍。

温辞也被这动静惊醒，下意识喊了声："卫泯？"

他急匆匆回到床边："没事儿，我不小心踢到柜子了。"

她嘟囔着："你小心点儿。"

"知道了，睡吧。"卫泯重新躺回去。

温辞下意识将胳膊搭到他怀里，声音还带着睡意："桌子上有蜂蜜水，你渴了可以喝。"

"喝过了。"卫泯亲亲她的额头，"晚安。"

"嗯……"

第二天温辞睡醒的时候，身边已经没人了，床头放着一杯水，底下压着一张字条：

公司有事先回去了，早餐在厨房，记得吃。我爱你。

温辞笑他留个字条还这么肉麻，可说归说，最后还是将那张字条收好放进了包里。

吃完早餐时间已经不早了，温辞出门打车回了自己家，温远之和柳蕙都不在家。

她重新洗了个澡，去了书房处理工作，中途还给卫泯打了通电话，见没人接以为他在忙，又发了条短信说没什么事。

卫泯直到傍晚才回了电话说下午一直在开会，又问："对了宝贝，你现在有没有空？"

"有啊，怎么了？"

"昨天放在你包里的U盘，我早上出门太着急忘记拿了。"卫泯说，"你帮我送过来，晚上顺便跟阳康他们一起吃个饭。"

"行。"温辞笑着说，"不是昨晚才吃过，怎么今天又吃，你们三个就是这么当领导的吗？"

卫泯八卦道："阳康可能要介绍他的女朋友给我们认识。"

"真的啊？"温辞来了兴致，"你要U盘要得急吗，不急的话，我想先化个妆再过来。"

"不急，你先收拾，等下我把地址发给你。"

"好哦。"

温辞眼看时间也不早了，当即放下了手里的工作开始捯饬自己，她在化妆的间隙收到了卫泯发来的地址。

是一处小区。

她以为卫泯在带客户看房，也没多在意，收拾完翻出昨天背的包，边走边给温远之发了条短信，说晚上不回来吃饭了。

温远之回了个"好"。

从楼道出来时，温辞看见了天边连绵的火烧云，绚烂的色彩塞满了天空，像打翻了的颜料盘。

她在空气里闻到了夏日余留的气息，充斥在已经到来的秋日里，是一种难以形容的味道。

温辞对着天空拍了张照片发给卫泯。

温辞：我出发啦。

卫泯：注意安全。

过了会儿，大约是图片发送成功，他又回了一条：天空很好看，晚点儿见。

温辞：晚点儿见。

那天一路上都很顺利，明明是晚高峰的点儿，温辞却一路畅通，连一个红灯都没等过。

到了小区门口，天已经有些黑了。温辞看到悬挂在门口的横幅，才知道那是刚交房没多久的新楼。

旁边的保安迎了过来："请问是温小姐吗？"

温辞点点头，他又说："卫总跟我们打了招呼，说您来了之后，叫我带您过去。"

"不用麻烦了，我自己过去也可以。"

保安看了她一眼，欲言又止："卫总说怕您迷路。"

"……"

温辞想揍人了，强撑着笑："多谢。"

"您客气了。"

温辞跟着保安进了小区，其间保安似乎是怕她多问什么，一直走在前头，时不时再回头看一眼。

等到了九号栋的楼下，他才说："卫总在九〇一号房，他说您到了直接上去就行，我就不送您了。"

"好，谢谢您。"温辞站在那儿往上数到九楼的位置，嘀咕了一声，也没多想直接走了进去。

到了楼上，温辞看着半掩着的门，怕突然进去打扰他工作，站在那儿给他发了条短信。

温辞：我到九楼了。

离得近，周围又很安静，温辞听到屋里传来收到短信的提示音，很轻的一下，之后又静了。

没几秒，她手机跟着响动了一声。

卫泯：进来吧。

温辞将手机放进包里，推门的一刹那，她忽然福至心灵，猛地想到什么。

伴随着门开，她看见屋里的地板上铺满了玫瑰花瓣，客厅的落地窗上还用玫瑰花瓣贴了一圈爱心，在爱心中间是她和卫泯的合照。

而在窗户外隔得很远很远的地方，是正在建造的工地大楼，那是卫泯的事业王国。

温辞断掉的反应弧终于连接上信号，她双手掩面，看向站在窗边的卫泯，眼泪跟着流了下来。

整间屋子都透露出只属于卫泯的浪漫氛围，温辞甚至还在桌上看见三种不同颜色的喇叭花。

温辞有一些庆幸他贴在玻璃上的花用的是玫瑰，不然她可能会跟他翻脸。

卫泯今天穿得很正式，黑西装白衬衫，皮鞋擦得发亮，他手捧着玫瑰花走到温辞面前，单膝跪了下去。

他看着温辞，尽管过去练习过很多遍，可到了这一刻，依旧紧张到整个人都在发抖，连花瓣也跟着颤动。

卫泯喉结滚动，却只说出一个字："我……"

温辞想要笑，可眼泪怎么也控制不住。她知道卫泯不会说什么甜言蜜语，也知道他想说什么。

她只是流着泪、静静地看着他。

像是一种鼓励。

卫泯深吸了口气，重新开口道："当初答应你的两年我没能做到，但娶你这件事一直是我的人生目标。"

他举起玫瑰花，温辞在花朵中间看见一个敞开的戒指盒，只是盒子里放着的不是她想象中的钻石戒指，而是一枚钥匙。

她不舍得让他跪太久，拿起钥匙，哽咽着问："人家求婚都是戒指，你这儿为什么是钥匙啊？"

"你说过的，你想和我有个家。"卫泯仍旧跪在地上，从口袋里掏出他的第二份真心，"你说想要在安城最漂亮的地方被求婚，我翻遍了地图也不知道哪里是安城最漂亮的地方，所以就选在了我们的家。"

他看着温辞，拿出戒指，眼睛慢慢红了起来，轻滚了下喉结说："宝贝，你愿不愿意嫁给我？"

足克的钻石戒指在昏暗的光影里仍旧散着璀璨的光芒，却都远不及卫泯眼里期盼的光。

温辞一辈子都没有办法拒绝卫泯。

她抱着玫瑰花，眼泪一行接一行地掉在花瓣上，依旧哽咽道："我愿意。"

卫泯像是才稍微松了口气，眼中泪光闪烁，他牵着她的手，将那枚钻石戒指戴了上去。

他还跪在地上，仰头看着她，神情郑重而温柔："我爱你。"

温辞的眼泪从进入这间房开始就没停过，她在泪眼蒙眬里同样也说了声："我爱你。"

卫泯攥紧了她的手，起身用力抱住了她，滚烫的泪落在她的颈间。

他哑声说了句："谢谢你嫁给我。"

温辞还没来得及说话，耳边忽然传来一阵欢呼，杜康和梁祁从角落里窜出来，拿着花炮朝半空中一拧。

"嘭"的一声，屋里落下许多彩色的碎片。

温辞在一片欢呼声里看见了许多人，林皎、她的三位室友，还有卫泯公司里的伙伴，甚至还看见了温远之和柳蕙。

她的眼泪更是怎么也止不住了："爸爸……妈妈……"

柳蕙的眼眶也有些红，她笑着擦掉女儿的眼泪，叹道："是高兴的事情，不要哭。"

卫泯还牵着温辞的手，温远之看了他一眼说："是他邀请我们过来，还说我们不来你就不愿意嫁给他，我看你倒是没这么难答应。"

温辞破涕为笑，看了卫泯一眼，不太好意思地说："爸爸，您不要开我的玩笑了。"

她知道这些年为了让柳蕙和温远之松口，卫泯在她不知道的地方对他们说了很多，也做了很多。

这一路说容易也不容易。

温辞想到这儿，更加用力地牵住了卫泯的手，卫泯像是察觉到她的心绪，也一样紧紧牵着她的手。

像十八岁那年的拥抱一样。

他们都在用尽全力记住这一刻，这相爱的一刻。

求婚后，卫泯和温辞跟柳蕙和温远之商量了一下，将婚期定在了这一年的最后一天。

之后的事情，基本都没要温辞费心。

卫泯几乎一手操办了所有事情，连柳蕙和温远之都不怎么找她沟通家里的备彩细节和客人清单。

温辞乐得自在，安心在沪市准备考试。国庆节卫泯到沪市与她会合，两人一起去了荷兰。

去荷兰拍婚纱照是卫泯的决定。大学的时候温辞曾经在杂志上看到一对明星夫妇在荷兰拍的婚纱照，跟卫泯说将来也要去那边拍婚纱照。

当初只是一句玩笑话，温辞没想到他真放在了心上，在酒店办理入住的时候，她挽着他的胳膊，撒娇道："破费啦，卫总。"

卫泯拿着房卡，意味深长地看了她一眼，说："会赚回来的。"

温辞心思不在这里，当下也只当他是字面意思并未往心里去。

直到晚上跟在这边的摄影团队见过面回到酒店后，她才知道这赚，是怎么个赚法。

夜深人静时，房间里淋漓的水声格外清晰。

温辞仰着头，呼吸都被掠夺。

她不合时宜地想着，这岂止是赚回来了，简直是赚翻了。

……

水雾附着在玻璃上，清晰地勾勒着一抹横冲直撞的春色。

夜半时分，水声渐渐停了下来，玻璃门拉开，雾气夹杂着一抹难掩情欲。

温辞躺到床上的那一刻，看着一脸神清气爽的卫泯，气哄哄道："婚纱照我不拍了。"

卫泯轻笑了声，挑起她脸侧一缕长发在手中打着卷玩："现在不拍，是不是吃亏了？"

温辞真是想狠狠揍他一顿，只可惜现在手脚发酸，动一下都困难："你等着吧，明天我再跟你算账。"

他这会儿什么都依着她："好，明天算，快睡吧。"

再气也没忘记正事，温辞闭着眼问："明天几点起？我这还有睡觉的时间吗？"

"婚纱照我约了后天拍，明天你可以在酒店睡一天。"

温辞又睁开眼看着他，咬了咬牙说："你早算好的是不是！"

卫泯笑得床都跟着抖，安抚道："好了好了，我错了，明天你让我怎么认错都行，现在你快睡觉，养足精神——"

她恶狠狠道："养足了精神，你想怎样？"

卫泯还在笑，抬手蹭了蹭她的脸："你想怎样就怎样。"

这完全就是得了便宜还卖乖的德行。

温辞一时气急，直接偏头咬在他的手上。卫泯一是被吓的，其次是确实疼，没忍住叫了一声，由着她咬够了才说："怎么跟小狗一样。"

"你才是狗。"她解气了，闭着眼骂，"狗东西。"

"……"

卫泯见她是真累着了，没再故意惹她，抬手关了灯也躺了下去，伸手去搂她的时候还小心翼翼的，生怕再被她咬一口。

温辞不是没察觉，唇角弯了弯，故意翻身吓了他一下，随后又装作睡熟了，钻进他怀里寻了个舒服的位置不动弹了。

卫泯笑着叹了口气，揉了揉她的脑袋，低声说："晚安。"

第二天，温辞果真在酒店睡了一天。

她下午睡醒后的第一件事就是照镜子，看了看留下的一些痕迹。

她忍不住又骂了声："狗东西。"

卫泯不知道什么时候走到了门边，笑着说："我的耳朵可不聋。"

"本来就是骂你的。"温辞拉开门，视线忽地一顿。

卫泯睡衣的T恤昨晚穿在她身上，他现在只穿了条睡裤，身材很优越，只是胸前和肩侧都有好几道红痕。

明显是指甲挠出来的。

温辞下意识看了眼自己的手，指甲不长，但也不算完全没有，她想到留下这痕迹的时刻……

卫泯眼看着她耳朵红了起来，笑得有些痞："想什么呢？"

"关你屁事。"温辞把门关上，忍不住拿凉水浇了浇脸，抬头看着镜子里的人，唇红潋滟，还微微有些发肿。

她不好意思再看下去，真是"色"字头上一把刀。

她控制不了地脸热，索性直接将脸埋进水池里好清醒一下。

那天到晚上，温辞也没出酒店，吃完饭洗漱了下说要看电影，卫泯找了部老电影放着。

两人躺在床上，没一会儿，她又睡着了。

等醒来已经是第二天早上了，可能是睡多了，温辞醒得特别早，卫泯都还在睡着。

他闭着眼，睫毛显得格外浓密，温辞忍不住拿手碰了碰，顺着摸了摸他的眉骨。

他的眼睛。

他的鼻子。

最后是他的嘴唇。

她一点点儿摸下来，明明人就在眼前，脑海里却好像也有了画面，还没等细化，卫泯忽然攥住她的手，声音还带着浓浓的睡意："摸出什么了？"

温辞撑起胳膊，趴到他怀中："摸出你是个大帅哥。"

卫泯闭着眼笑，手也跟着摸到她的脸，温热的指腹一点点儿顺着摸下来，却半天没说话。

温辞静静看着他："你摸出什么了？"

"摸出……"他忽然搂着她一翻身，低头看着她，用眼又描摹了一遍她的轮廓，"摸出你是我老婆。"

温辞没忍住笑了，卫泯拿额头碰了碰她的额头："不是吗？"

"是，你这样好傻。"她眼睛很亮，也很漂亮，直勾勾看着他，喊了声，"老公。"

卫泯一愣，没回过神。

她又喊了声："老公。"

卫泯心里最柔软的地方好像被戳了一下，指腹刮着她的脸说："再喊一声。"

温辞有求必应："老公。"

他的眼睛就那么直接红了。温辞愣了一下，鼻子跟着泛酸，故意说道："你好大惊小怪。"

"不是大惊小怪。"卫泯看着她，"是高兴，你终于要嫁给我了。"

温辞说："还没领证呢。"

"回去就领，要不我们直接在荷兰领证吧。"他说着就要去拿手机，"我来问问这里怎么领证。"

"你干吗啊。"温辞抓住他胳膊，有些哭笑不得，"快点儿起来收拾，我等下还要先去化妆。"

卫泯看着她，忽然靠过来，贴着她狠狠腻歪了一通才说："好想现在就回去领证。"

"……"

温辞不搭理他了，起床洗漱完，换好衣服坐在桌边护肤的时候拿起掉在地上的枕头朝他砸了过去："你快点儿啊，别让我说第二遍。"

卫泯这才爬起来，走过来快速捏了下她的脸。温辞正在拍脸补水，一巴掌拍在他的手背上："幼不幼稚。"

他轻轻"嘶"了声，没再跟小孩子似的闹，踩着拖鞋进了浴室。

婚纱摄影是卫泯在网上联系到的这边一家华人工作室，两人收拾好直接去了之前约定好的地方跟他们会合，再一起开车去拍摄景点。

荷兰的气候温和，最热的夏天温度也不会很高，只是雨天比较多，工作室的车里常备了各种雨具。

但不知道是不是天公作美，温辞和卫泯在荷兰的那几天一直是耀眼的晴天，摄影师连打光都省了。

最后一天拍摄是在阿姆斯特丹的一个小镇，那里有许多的风车，还有一片草坪。

卫泯这几天一直在念叨领证的事，温辞好笑道："干吗这么着急，我又不会跑。"

微风吹过，洁白的头纱飘动，他抬手按住了，说："我想早点儿过上有家的生活。"

摄影师在不远处找镜头，喊话让他们就这样自然地交谈着。

温辞想起一直没顾得上问的事儿："说起来，你为什么会定在九月一号那天求婚？"

卫泯搂着她，隔着头纱吻在她的额头上："因为那天是八中的开学日，也是我第一次遇见你的那天。"

"你说高一开学？"温辞没有太多的印象了。

卫泯简单说道："在报到处，我捡到了你的学生证，你去拿的时候我正准备离开，擦肩而过的时候，你没注意到我。"

大概是开学那天的事情太多，温辞还是没多少印象。卫泯看着她，温柔地笑了笑："不重要，重要的是以后。"

温辞也笑了："是，我们还有以后。"

蓝天白云下，温辞按照摄影师的指示，提起裙摆在草地上奔跑。她站在辽阔的草坪上，朝着远处的夕阳大喊："卫泯！"

卫泯追过来，没像过去一样停在她一回头就能看得见的地方，他一步一步走到她身边，应道："我在。"

温辞侧头看着他。

夕阳的光刚好落下来，拢着他修长挺拔的身影，她又想起高二那个无人的傍晚，他突然出现在她教室外。

他们许下一年之约。

那已经是很久以前的事，可温辞却依然历历在目，就好像才刚发生过不久。她喊："卫泯。"

他应了声，却没说什么，只是温柔地看着她，就好像知道她在想什么，也能体会到她此刻的心情。

长久的对视里，难言的情绪在心间起伏，摄影师举着相机停在不远处，取景框里，两个人都红了眼睛。

温辞又喊了一声他的名字："卫泯。"

"嗯？"

她说："我爱你。"

风从远方而来，将她的爱意传送于他，卫泯眼眶湿红，动情地吻了下来，相机记录着有情人相爱的瞬间。

一吻结束，卫泯看着她的眼睛，温柔地轻唤："宝贝。"

他也说一样的话，也是一样的爱意："我爱你。"

温辞看着他，笑得明媚而幸福。

那时候，她以为他们会有很好的以后和很长的一生。

婚后的头两年，温辞和卫泯都忙得脚不沾地，三天两头地出差，连坐在一起吃顿饭的时间都很少。

大约是已经习惯了聚少离多，他们也没觉得这样的生活有什么不好，毕竟比起之前的远距离恋爱，现在两个人起码是住在一起，没时间一起吃饭，但同床共枕的时间总是有的。

可柳蕙总觉得两个人都这样忙不是一回事，每次见到他们都忍不住叮嘱一句"不要都这么不顾家"。但工作忙起来总是没个定数，温辞倒还好，跟柳蕙撒撒娇就糊弄过去了，可卫泯哪敢忤逆丈母娘的话，只能"当面一套，背后一套"，胆战心惊地忙工作。

夫妻俩也不是没沟通过这个问题，可两个人一个公司刚起步，一个又是刚进台里的新人，都想着趁年轻多拼一拼，怕以后没这个机会了。

这天柳蕙不知道从哪儿打听到他们小夫妻俩又是好几天只忙着加班不顾家，一个电话把两人都叫了回去。

温辞这边刚挨了柳蕙一顿批评，那边卫泯的求救电话就打了过来。

这几年，柳蕙也算把卫泯当成半个儿子来看待，平时都是有什么说什么，批评教育也是常有的事情。

"妈给你打电话了吗？她叫我们晚上回去吃饭。"卫泯说，"肯定又是鸿门宴。"

温辞那会儿还在忙，一边用肩膀夹着手机，一边在打印文件，闻言笑道："那你敢不去吗？"

他叹气："不敢。我从公司出来了，顺路过来接你？"

"你先回吧，我还有一会儿，结束了我自己打车回去。"温辞拿起手机看了眼时间，"估计六点半才能走。"

"不行。"卫泯说，"我过来等你，多一个人在，也能分担些火力。"

"……"

卫泯挂了电话就出发了，在路上堵堵停停，到省台门口的时候温辞也下班了。

临走前同事塞给温辞两袋小面包，她等电梯里的时候吃了一个，留了一个一上车就喂给了卫泯："先吃点儿东西压压惊。"

卫泯塞了一嘴面包，刚想说话差点儿被噎住，从车门旁摸了瓶水，拧开喝了一口咽干净才说："这是什么面包，还挺好吃的。"

"你现在还有心情关心是什么面包啊？"温辞看了眼包装袋，"盼盼法式小面包。"

"这不是想缓解一下紧张的情绪。"卫泯又喝了口水说，"好像跟家里的味道不太一样。"

"没有啊，一个牌子一个味道。"温辞"啧"了一声，"老话果然没说错，结了婚的男人啊，会觉得外面的垃圾都是香的。"

"那是嗅觉有问题吧。"卫泯倾身替她系好安全带，手撑着车门很近地看着她，"我永远觉得家里的最好。"

温辞捏了捏他的脸："油腔滑调。"

他凑过来亲了她一下："肺腑之言。"

温辞笑着又捏了捏他的脸，说："别贫了，快出发吧，省得等会儿到得太晚，妈又要说我们了。"

"好，出发。"

安城这一年多发展迅速，碰上早晚高峰堵得水泄不通，卫泯和温辞紧赶慢赶，最后到家还是快八点了。

两人站在门口你推我推你就是不敢敲门，温辞说："你不是有钥匙吗，干吗还敲门？"

卫泯说："没带。"

"那你敲门。"温辞扯扯他的袖子，撒娇道，"老公。"

这招百试不厌，卫泯轻叹，刚准备抬手敲门，门忽然从里开了，温远之站在门后："在门口嘀咕什么呢，听半天了都不进来。"

温辞说："我们在找钥匙。"

柳蕙忽然走过来说:"没长手啊,不会敲门。"

温辞:"……"

卫泯:"……"

进了屋,自然逃不了挨骂,温辞低着脑袋当鸵鸟,卫泯在一边"是是是"地点头。

柳蕙看着他:"我说什么了,你就'是是是'。"

卫泯噎住了。

温辞没忍住笑了声,柳蕙又把火力对准了她:"你别装什么都不知道,你天天几点回家的,不要以为我不清楚。"

温辞抿唇,不敢动了。

柳蕙语重心长道:"你们忙工作我不拦着,但也要注意身体,不要仗着年轻就这么胡作非为的,到老了有你们难受的。"

温辞跟卫泯连连点头,都说"知道了"。

柳蕙最后撂下一句:"这段时间我工作不忙,你们晚上住家里来吧,我炖汤给你们补补,看看都瘦成什么样了。"

一听这话,温辞立马向温远之投去了求助的目光。她和卫泯婚后不是没在家里住过,柳蕙作息健康,饮食清淡,补汤的味道也是一言难尽,他们住了半个月,根本适应不了。

温远之也是爱莫能助:"我去厨房看看汤。"

"你不会弄,我来吧。"柳蕙跟着一起进了厨房,剩下温辞和卫泯坐在客厅相顾无言。

温辞长叹一声"完了",歪倒在沙发上,直到柳蕙喊吃饭了才恹恹地爬起来。

吃完饭,两人回了自己家收拾东西,该有的那边都有,温辞只装了最近工作要用的资料。

第二天下班,卫泯依旧先过来接她,两人一块儿回的柳蕙那儿,晚上喝了一个不知道加了什么的鸡汤,温辞睡觉前刷了几遍牙才感觉嘴里没什么苦味了。

"一想到这汤还要连着喝好几天,我就已经开始难受了。"她翻了个身躺进卫泯怀里，看他没什么变化的神情，问，"你不觉得难喝吗？"

"难喝。"卫泯放下手里的文件，搂着她说，"但是不敢不喝，所以再难喝都没办法呀。"

温辞哼笑："没想到你竟然这么怕丈母娘。"

"你不怕吗？"

她诚实道："怕。"

"那不就得了。"卫泯抬手关了灯，"睡觉吧，妈临睡前不是还说明早要喊我们起来锻炼身体，小心你爬不起来又挨骂。"

"啊……"温辞欲哭无泪，但很快翻了个身，背贴着他的胸膛说，"晚安，别跟我说话了。"

卫泯轻笑："晚安。"

夫妻俩一直在家里住到了那年的年尾，虽然依旧很难每天都朝九晚五地回家，但不知道是不是柳蕙的补汤起了作用，后来两人搬回自己家的时候，各自都胖了十多斤。

这之后，卫泯趁着空闲时间跑了几趟家政公司，请了阿姨在家里负责他们的一日三餐。

柳蕙知道后还特意写了几张食补的单子拿过来给阿姨照着做，但因为工作性质使然，两人休息过那一阵之后，又开始忙了起来。

这一忙又是大半年。

温辞在台里的工作逐渐稳定下来，不用再大江南北地跑新闻，夏天的时候还去首都进修了三个月。

比起她的稳定，卫泯更显忙碌，公司的业务需要很多应酬，尤其是年关，酒局饭局接踵而来。

卫泯酒量好，倒是很少喝得醉醺醺地回家，只是温辞担心他这样喝下去身体会受不了，跟柳蕙学了好几种养胃的补汤。

可所谓怕什么来什么，再好的补汤也抵不过这么没完没了地喝。

那年秋末冬初，卫泯因为胃穿孔进了一次医院，出院后，被温辞勒令在家休息，能推的应酬也全都推了。

不能推的，温辞倒是松口让他去，只是到点儿就会给他打电话。久而久之，安城的地产圈都知道建安集团的卫总年纪轻轻就是个"妻管严"。

这在当时，也算得上是一件趣事了。

后来，因为工作接触的人多了，温辞也知道了这传闻，气哄哄地跑回家："你知道现在外面都怎么说我吗？"

卫泯还以为她在台里受到什么欺负了，伸手想去拉她："怎么了，说你什么？"

温辞一巴掌拍在他的胳膊上："说我是个母老虎！还动手把你打到胃穿孔进了医院！"

"……"

卫泯没忍住笑了，把人拉到怀里坐着："谁传的，我找他算账去。"

"谁知道，一个传一个的。"温辞气不过，伸手掐了下他的脸，"都怪你，生病了还要出去应酬，我关心你什么时候回来有错吗！"

"当然没错，管得对。"卫泯说，"以后还要这么管。"

温辞看着他，又气又想笑："我看他们说得一点儿都没错。"

"什么？"

"你就是个'妻管严'。"

"'妻管严'怎么了？"卫泯手圈着她，一边回邮件一边说，"'妻管严'说明我有老婆啊。"

"……你真是没救了。"

"啊，那你快给我治治。"

温辞"啧"了一声："都没救了怎么治。"

卫泯松开鼠标往后一靠，手落到她的腰上挠了挠："治不治？"

"我又不怕痒。"温辞想起身，又被他拉回去，她还没回过神，他已经吻了过来。

她胳膊挡在他胸前："等下……"

"不等。"卫泯不容分说，直接抱着人回了卧室。

半掩着的门，隐约还能听见一些令人浮想联翩的动静。在这寂静的夜晚，格外清晰。

直至夜深，屋里才传来清晰的交谈声。

卫泯半靠在床头，低声问："去洗澡？"

温辞闭着眼，哑声说："不去，不想动。"

卫泯也没强求，抱着她说了一会儿话，先下床去洗了澡。他换了身干净的家居服，才回到床边："还不想动？"

温辞抬眼看他，想不通为什么每次都只有她一个人累。

卫泯摸摸她的脸："怎么了？"

"没事。"她不再想这些不正经的事儿，"饿了。"

卫泯出去煮面。温辞洗完澡，换好睡衣出去的时候面已经煮好了。

这段时间因为他生病，两人坐在一起吃饭的次数明显增加了许多，餐厅的灯也换成了能增加食欲的暖色调。

灯光下，两人埋头吃面，一旁的白墙上印着两道挨在一起的剪影，显得别样的温馨。

吃饱喝足，温辞困意也消了大半，窝在沙发上消了会儿食，偶然间抬头看到墙上的日历钟，才惊觉已经到了三十一号。

当初她和卫泯从荷兰回来，翻遍了日历也没找到一个适合领证的日子，后来索性跟婚礼定在了同一天。

当时他们在民政局还因为亲友团去的人太多，被路人误以为是去抢亲的，送出去的喜糖都用了好几箱。

没想到时间一晃，都这么久了。

她看着从厨房走过来的卫泯，半跪在沙发上，等着人走过来张开手臂一把抱住了："三周年快乐，卫总。"

卫泯笑着喂了她一颗草莓："同乐，卫太太。"

"好快啊，我们都结婚这么久了。"温辞搂着他的脖子，突然想到什么，"我们结婚纪录片的光盘你收在哪里了？"

"想看？"卫泯说，"在书房，我去拿。"

温辞搂着他的脖子不想撒手，卫泯干脆抱着她进了书房："左边柜子的第二格。"

温辞一伸手就够到了。

卫泯问："去哪儿看？"

温辞想了想，就在书房用他的电脑放了，她坐在他怀里，看着影片从最初播起。

其实已经看过很多遍了，可每次看到从家里出来后，摄影师拍到的那些柳蕙和温远之低头擦眼泪的画面，温辞还是忍不住鼻子泛酸："明明送我上车的时候都没有哭。"

卫泯指腹蹭了蹭她的脸："他们也是不想你看到跟着难过。"

"我知道。"温辞吸了吸鼻子，又继续看了起来。

看到温远之牵着她的手走向卫泯的那一瞬间，她又没忍住，红着眼睛说："我怎么没发现爸爸那天的表情这么严肃。"

卫泯拿纸巾擦着她的眼泪："哭成这样，下次不陪你看了。"

温辞威胁："你敢。"

他轻笑："不敢。"

影片还在播放。

温辞看到他们牵着手走过那一段路，他们站在台上，四周人很多，可却只看得见彼此。

那一天，卫泯一直紧紧牵着她的手。

婚礼誓词的环节，温辞其实想了很多话想说，可在转头的那一刻，她看着卫泯，看到他泛红的眼尾，忽然什么都忘了。

最后，温辞只问了一个问题："如果人生重来一次，我们没有在八中遇见，而是在很久以后遇见，你还会喜欢上我吗？"

卫泯没有犹豫。

他说："无论重来多少次，我都只喜欢你。"

二〇一三年，安城房地产的发展逐渐白热化，众多开发商随之进入安城，无数高楼拔地而起。

伴随着地价、房价的高涨，安城周边城镇的田地也被逐一征收纳入城市规划中。

清明前夕，卫泯和温辞抽空去了趟市郊的墓园，他们打算在清明节将三位长辈的坟迁到这里。

当初讲究入土为安，如今城市发展，国家不兴土葬，墓园的价格也跟着水涨船高。

温辞听了中介的报价，"啧"了一声："都是你们这些开发商，把安城的物价都抬高了。"

这是事实，卫泯无从辩解。他抬手揽着她往前走了几步，指着一处问："看看这里怎么样，合适吗？"

墓园大同小异，无非就是挑个位置。温辞看了眼四周，绿树成荫，也还算安静，点头说："挺好的。"

卫泯也没再多看，订了三块相连的墓地，看到旁边还有没售出的，索性都订了下来。

温辞不解道："又不是买房，你买那么多做什么？"

"以后总要用到的。"

她很是忌讳这些："呸呸呸，不要这么早就说这种话，不吉利。"

"死亡是不可避免的。"卫泯平静地看着她，"我们都会走到这一步，只是早一点儿晚一点儿的事情。"

温辞想到他如今的平和都是几次生离死别磨炼出来的，她垂眸沉默了会儿，很认真地说："如果真的有那一天，我希望我能比你晚一点儿走。"

卫泯握紧她的手，没再说什么："走吧，回去了。"

大约是现在过得太幸福了，突然接触到生死的话题，温辞才觉得自己是一个很胆小的人。

从墓园回来之后，她一连几天都被噩梦吓醒，梦到的也都是同一件事。

卫泯每每问她梦到了什么，温辞都佯装记不清了，可一闭眼，梦里的画面清晰又深刻。

她不敢说。

她只能紧紧抱着他，怕失去，怕梦里的事情应验。

后来大约是忧思过度，温辞在夏天里生了场病，拖拖拉拉大半年才彻底好透。也因为这件事，卫泯停下了工作的步伐，很少再出席应酬和酒局，大部分时间都在家里陪着她。

初雪降临的那天，温辞和卫泯在家里重温了一遍电影《泰坦尼克号》。

看到尾声，温辞想到自己这段时间以来一直担心的事情，忽然抓紧了卫泯的手："卫泯。"

"嗯？"

"我们会一直这样的对吗？"她说，"我还想跟你过很久很久。"

"会的。"卫泯看着她，"我们会白头偕老，等下辈子我再来找你，我们接着过。"

温辞流着眼泪，靠在他怀里说："我总是梦到你出事了。"

"梦跟现实都是反着的，我现在不是好好的在这里吗？"卫泯抬手抹掉她眼角的泪珠，"我们都不知道将来会发生什么，如果……真的有那一天，我也希望你能像电影里的女主角一样，好好活下去，等你老了，我再来接你，我们生生世世都要在一起。"

温辞看着他，没有说话。

"不管未来如何，至少我们现在还在相爱。"卫泯收紧了胳膊，很近地看着她，"我这一生，已经足够圆满了。"

温辞眼泪掉不停，抬手和他紧紧相依，哽咽着说："我也是。"

那晚过后，温辞和卫泯的生活重新步入正轨，他们很少去想以后会发生的事，都在努力过好当下。

日复一日，年复一年。

他们生活得简单平静，却又很幸福。

二〇一六年春节前夕，建安集团成功在港交所敲钟上市，公司的市值翻了几番，建安也逐渐成为安城房地产行业的标杆之一。

卫泯从港城回来之后，省台财经频道为他安排了一次专访，很巧的是，那次报道的记者是温辞。

那也是他们第一次那么近地接触对方在工作里的样子，专业、严谨又成熟，和生活里像两个人。

采访一结束，工作人员都还没走，卫泯已经像等了很久似的，立马起身走到温辞面前，牵着她的手问："还满意吗，温大记者？"

一旁传来几道起哄的笑声。

他们是夫妻的事儿不算秘密，但温辞还是不好意思在同事面前跟他这么亲近，随便搪塞了两句就把手抽了回来："满意，满意。"

卫泯丝毫不觉得有什么不好意思，依旧旁若无人地秀着恩爱："晚上妈叫我们回去吃饭。"

"知道了。"温辞小声说，"我还在工作，你不要这么黏人，忙你的事儿去。"

卫泯怕老婆是出了名的，这会儿也不敢反驳什么，跟其他人打了声招呼，就带着助理先走了。

等他走了之后，温辞的同事才敢打趣道："看来卫总'妻管严'的传闻不假啊。"

温辞也不怕抹黑他了："没错，在家里我说一他不敢说二。"

众人哄笑。

同事说："真难得，结婚这么多年了，感情还这么好。"

温辞笑了笑，幸福已经溢于言表。

晚上在父母那儿吃过饭，温辞和卫泯又回了自己的住处，结婚这么多年，他们一直住在当初结婚时买的那套小三居里。

不是没想过换一套，只是看了许多，温辞还是觉得现在这套最好，虽然小，可意义却很深。

她不舍得搬走，卫泯自然也随着她的意思，毕竟房子大小不重要，重要的是住在里面的人。

这晚，卫泯下班回到家见温辞在收拾行李，问："出差？"

"是啊，去南城。"温辞说，"不过这次时间不长，两三天就能回，就是辛苦你要独守空居了。"

他轻笑："不用，我明天也出差，去北城。"

"是吗？那你书房里另一个行李箱拿来，我这正好拿了几件你的衣服出来，你看看要带哪些自己装。"

卫泯想到过去出差她都是亲手替自己装的，忍不住叹了口气："哎，淡了，现在都要我自己收拾行李了。"

"淡个鬼啊。"温辞笑，"我替你收还不行吗。"

"当然行。"卫泯心满意足地去拿了行李箱过来，"多装几件，这次估计要在那边待半个月左右。"

"这么久？"温辞伸手去拿手机，"那我查查那边的天气。"

卫泯看着她忙活，时不时还在一旁捣乱，惹得温辞对他又叫又打的："你烦不烦。"

他笑："好了好了，不闹了。"

考虑到第二天要出差，晚上温辞和卫泯都没再处理工作，早早地躺在床上，抱在一起说了一会儿话。

结婚这么多年，温辞也不知道他们怎么还有那么多话可以说，一直聊到深夜两人才睡下。

她还是喜欢背靠在他怀里，调整好姿势说："晚安。"

"晚安。"卫泯抬手关了灯，在黑暗中又揉了揉她的脑袋。

次日，温辞比卫泯先醒来，破天荒做了顿早餐。

两人一起吃完饭，卫泯提着两人的行李箱走到门口。看她还在到处找发绳，他又打开她随身的小包检查了一下，确认该带的都带了才放心。

"来了来了。"温辞随便扎了下头发，走到玄关换鞋，刚一蹲下去，手腕上的红绳忽然掉了下来，坠在红绳上的桃核也碎成了几小块。

两个人都愣了下。

这个桃核手链还是卫泯当年做的那个。

前几年，红绳上的桃核因为时间太久，裂了几道缝，温辞拿到首饰店用金线箍紧了，连带着红绳里也重新穿了金线，平时除了洗澡基本不会摘下来。

只是没想到这么小心护着，到最后它还是碎了。

卫泯最先回过神，弯腰捡起那些桃核碎块，安慰道："等这趟回来，我再给你做一个。"

"那不一样。"温辞嘟囔着，"都用金线箍着了，怎么还是碎了。"

"你想想你都戴了多少年了，能撑到现在它也不容易。"卫泯捡起那根红绳收了起来，揉了揉她的脑袋说，"别难过了，等回来我就给你做。"

碎了就是碎了，温辞再惋惜也没用，叹气道："那我要和这个一模一样的。"

"行。"卫泯揉揉她的脑袋，"走吧，小周他们已经在楼下等着了。"

那天不知道怎么回事，他们平时去机场走的那条路发生了塌陷，卫泯的司机从外圈绕了远路。

温辞和卫泯坐在后排聊天。

半路上，她接到台里电话。听那边说完后，温辞眉头一皱，说："好，我知道了，我晚点儿回台里再说。"

挂了电话，卫泯问："怎么了？"

"那边的当事人不愿意接受采访，我不用出差了。"温辞打开软件退了票，"我先送你去机场，等下让司机送我回台里吧。"

"好。"卫泯捉着她的手，叮嘱道，"那我不在的这段时间，你不准点外卖，我会让阿姨看着你的。"

"我知道我知道，不点不点。"温辞凑到他眼前，"等我周末休息，我飞来看你。"

卫泯哼笑："懒得信你。"

之前他不是没出过长差，每次走之前温辞都说休息去看他，结果到了周末她又是累又是困，就是不愿意出门。

"我这次真的去！"温辞举手跟他发誓，袖口往下掉，露出空落落的手腕，卫泯想到掉了的那根红绳还在他口袋，正准备说什么，温辞却看到他神色陡然一变，她还没反应过来，紧跟着眼前一黑，只听见耳边传来剧烈的碰撞声，身上传来阵阵难以忍受的刺痛。

天旋地转间，温辞听见卫泯在耳边叫她的名字，她想去回应他，可实在没有力气，强烈的疼痛逐渐将她吞没。

她的身体和灵魂都在径直往下坠，像坠入一场旧梦。

温辞做了一个很长的梦。

在梦里，故事回到起点，她和卫泯重新相识、相爱，从校园走入都市，他们依旧是人人艳羡的一对。

可画面一转，剧烈的撞击声将她从梦中惊醒，耳边是一阵嘈乱的动静。

恍惚里，温辞看见自己和卫泯被抬上救护车，全身像被敲碎了一般的痛意让她在一路疾驰里昏了过去。

再睁眼，温辞发现自己站在医院抢救室里，而不远处，还有一个满身血迹的自己躺在那里，各种仪器声嘀嘀地响。

她却如一个旁观者般站在一旁，怎么也无法上前一步。

在身体上所有痛感消失的那一瞬间，温辞清晰地听见医生宣判了她的死亡时间。

她想要呼救，她拼命地拦住医生，可所有人都仿佛听不见她的声音，也看不见她。

沾了血渍的白布，缓慢地盖到了她的脸上。

温辞看到医生走出抢救室，她恍惚地跟着走了出去，柳蕙和温远之互相搀扶着等在门口。

医生摘下口罩，神色沉重地摇了摇头。

"小辞——"

柳蕙撕心裂肺地哭着，整个人瘫倒在地上，她不停地捶打着胸口，一遍遍哭喊着温辞的名字。

温远之扶不住她，跟着蹲在一旁，他双手掩面，痛哭声像针尖密密麻麻地扎在温辞的心上。

她跪在父母面前，哽咽道："爸、妈……"

可柳蕙和温远之却再也听不见她的声音，他们永远地失去了女儿，而温辞也的的确确地死了。

温辞不知道是不是鬼差办事时不用心，才把她遗漏在这世界上，但她又很庆幸，她还可以留在父母和卫泯身边……

卫泯在医院昏迷了半个月。醒来时，柳蕙和温远之已经将女儿火化，留给卫泯的只有一个冰冷的骨灰盒。

卫泯没有办法接受温辞的离开，像过去那样将自己关在卧室里，只是这一次没有人在门外陪着他。

"卫泯。"杜康和阳康他们几人站在门外，一遍又一遍地敲门，"你这样不吃不喝，温辞看到了也不会安心走的。"

房间里窗帘紧闭。看着卫泯抱着骨灰盒躺在床上，温辞轻轻躺到他身旁，她像过去一样抬手摸着他的脸，只是这一次，他却无法感知到她的温度。

温辞泪流不止："卫泯，你不要这样，我们不是说好的，不管谁先走了，都要好好活下去的。"

只可惜，他什么都听不见。

卫泯像行尸走肉般在卧室里待着，他几乎没怎么合眼，看着怀中的骨灰盒，仿佛已经没有力气再哭了。

他只是那么用力地抱着它，像过去抱着温辞一样用力，试图寻到她的一丝温度和气息。

卫泯一直在房间里不吃不喝，谁敲门都不应，连柳蕙来都没能把他叫起来，最后还是温远之叫人来把门撬开了。

温远之也很难过，中年丧女，这样的打击没有人能承受，可他除了是父亲，同时还是一个男人，是丈夫，他有他的责任。

温远之拉开卧房的窗帘，阳光晒进来，温辞以为自己会怕光，但并没有，她还是站在那里。

不到一个月的时间，温远之和柳蕙都像是老了十几岁，两鬓的白发也没再打理过。

温辞看见父亲疲惫的面容，看见母亲站在门口抹眼泪的身影，眼眶倏地一酸。

　　她想去做些什么，可她却无能为力。

　　温远之不顾柳蕙阻拦，从卫泯怀里将骨灰盒夺了过去。

　　卫泯这才有了反应，但因为太久没进食，整个人跌倒在床边，一点儿精气神都没有。

　　他哑声哀求着："爸，我求求您，把她还给我……"

　　温远之站在床边，句句泣血："卫泯，你给我振作起来，你当初求我和你妈来看你求婚时，你是怎么跟我说的，你说你会好好照顾小辞，可你做到了吗？"

　　卫泯胡子拉碴，眼眶通红地哽咽道："是我做错了，是我没有照顾好她，是我……都怪我……"

　　温远之不听卫泯的辩解，只留给他一句话："你要是还想要回小辞，你就给我振作起来，我们没有了女儿，得有一个人来给我们养老送终。"

　　大概是"养老送终"这四个字让卫泯终于意识到温辞的父母也在很久之前成了他的父母。

　　他也有他的责任。

　　那天温远之和柳蕙走后，卫泯在地上坐了很久，久到温辞都忍不住想做些什么的时候，他突然哭了出来。

　　像个孩子一样，哭得撕心裂肺。

　　温辞看着他无助的模样，心里像被人狠狠揪了一把，眼泪跟着掉了下来。

　　卫泯。

　　卫泯。

　　对不起。

　　她抱着他，尽管知道他已经无法再触摸到她，可她却好像依旧能感知到他的温度、他的难过，与他再也无法诉之于口的爱意。

　　卫泯将温辞葬在了当初他们一起定下的墓园，下葬的那日，安城久违地下起了雨。

温辞跟着他们一起去了墓园，还没走近，便听见柳蕙撕心裂肺的哭声，一遍又一遍地念着她的名字："小辞，小辞……"

温辞在那一刻彻底崩溃，无助的绝望像潮水一样将她包裹，她不敢再靠近了，远远地站在人群外。

她看见卫泯半跪在地上，低头亲了亲她的骨灰盒，闭眼的刹那，一行清泪从他的眼角滑落。

从墓园回来之后，卫泯的生活仿佛又回到了过去，温辞以为时间会抹平一切的伤痛，他也会慢慢走出她离开的阴影。

可卫泯并没有，他将自己完全封闭起来，虽然还在生活，却变得不爱说话不爱社交，把日子过得很苦。

他不再出差和应酬，除了正常工作，其他时间都待在家里，只有逢年过节的时候才会出门去陪温远之和柳蕙待两天。

每年温辞的生忌死忌，卫泯都会去墓园待上很久，有时是跟她说话，有时是跟奶奶、妈妈说话，偶尔也会望着父亲碑上的照片出神。

温辞陪着他一年又一年，忽然有一天，她发现卫泯好像并没有变得很老，他还是她记忆里的那个模样。

温辞不由得感慨，"男人四十一枝花"这句话真的不假。

到今年，温辞已经去世整整二十年，情人节那天，卫泯忽然将自己收拾了一番，穿着很正式地出了门。

温辞平时很少跟着他出门，今天也没有跟过去，只是在他晚上回来时，温辞听见他给柳蕙和温远之打电话才知道，他今天是去跟女朋友的父母吃饭，对方父母希望今年年底两人可以完婚。

温辞开始回忆他是什么时候有的女朋友，但不管她怎么想都想不起来，她想可能是她作为灵魂的灵力不够了，才开始有了记忆退化的迹象。

卫泯要结婚这件事，柳蕙和温远之听着好像还挺高兴的，温辞也替他高兴。

这么多年，她看着他一个人生活，曾不止一次希望他能敞开心扉接纳一个新的人。

他的前半生已经那么苦了，她不想他的后半生还过得这么苦。

卫泯的婚期很快定了下来，他开始频繁地早出晚归，有时甚至还会在外面过夜。

高兴之余温辞还有一丁点儿的难过，毕竟也是她曾经爱过如今也一直爱着的人，如今真的要独属于另外的人了，她还是会有些舍不得。

不过温辞已经想好了，等卫泯结婚后，她就回到柳蕙和温远之的身边，能陪他们多久就陪多久。

很快，婚期将近。

婚礼前一天，卫泯跟柳蕙和温远之说想要去一趟墓园。他这些年去墓地，温辞怕他做傻事，都会远远地跟着，虽然他真的做了她也没办法挽救，但至少在生命的最后一刻，她还陪在他身边。

这一次，温辞也想听听卫泯会跟她说些什么，是告别还是怀念，她都想最后再听一遍。

温辞跟着卫泯下了车，跟在他身后，上台阶下台阶，路过一排柏树，才抵达埋着她的地方。

卫泯刚蹲下来要烧纸，手机响了起来，他走到一旁接电话。

温辞往前走了一步，看见镶在碑上的照片和碑文，整个人定在原地。

夏天的烈阳直落落地晒下来，阳光刺眼，她往前走得更近，伸手去摸碑上的照片。

温辞顾不上惊讶自己竟然可以摸到实物。

她顺着照片往下，一个字一个字摸过去，嘴里低念着："亡……夫……卫……泯……之……墓……

"亡夫卫泯之墓……

"亡夫卫泯之墓……"

温辞不停地摸着墓碑上的那一行字，声音越发清晰和苍老，脑袋像是要裂开一般的刺痛。

她不知道发生了什么，抬手捂住脑袋的瞬间，她忽然看见了戴在手腕上的牌子。

牌子是用薄铁片做的，上面刻着字：

我叫温辞，是一名阿尔兹海默症患者，如果您在路边捡到我，麻烦您给我的儿子卫寻打电话。他的手机号码是：114xxxxxxxx。谢谢。

"我叫温辞……"

温辞念着这四个字，眼泪掉落在铁片上，那些关于卫泯的记忆像潮水一般涌进脑海里。

脑袋传来的刺痛感让她好似又回到车祸的那天。

车祸发生前的一瞬间，温辞被突然扑过来的卫泯牢牢护在怀里，剧烈的碰撞声结束后，她的身体传来难以忍受的痛意。

有什么滴在她的脸上，她想睁开眼，眼皮却有千斤重，耳边只听见卫泯的低喃声。

他一字一句，艰难地说："宝贝，好……好活下去，我永远……爱你。"

温辞的眼泪几乎在一瞬间涌了出来。

在车厢里的那短短十几分钟，温辞能感觉卫泯正在离开，她想留下他，她不要他离开，可她做不到，她连一声回应都做不到。

温辞努力地发出声音，却只能发出很轻的呜咽声。

卫泯。

我不要。

我不要你离开我。

……

他们的泪与血混在了一起，这是他们这一生最后一次的最近距离。

温辞永远地失去了卫泯。

她也永远没有办法拒绝卫泯。

温辞看着镶在碑上的照片，当初卫泯火化时她还躺在医院昏迷不醒，柳蕙用了她和卫泯结婚证上的照片。

他留着不长不短的头发，穿着简单干净的白衬衫，眉目英俊，依旧温柔地看着她。

好似永远没有离开。

温辞看着他，终于忍不住哭了出来。

原来。

活下来的一直是她。

温辞哭得浑身疼。

她整个人跌倒在地，带倒了卫寻带来的酒瓶，玻璃瓶和地面碰撞发出的动静引起了卫寻的注意。

他回过头，神情紧张地朝她跑过来："妈！"

温辞在泪眼蒙眬里看见他那张和卫泯如出一辙的脸，仿佛回到了当年的那个夏天。

蓝天白云下，少年时的卫泯朝她飞奔而来的身影。

/ 番外一 / ♥

寻找

　　卫泯和温辞出车祸的那一年，卫寻很小，对于死亡还没有什么概念，只是模糊地记得不知道从哪一天起，父亲突然从他的生活里消失了。

　　也是从那天起，母亲日复一日地以泪洗面，不再对他温柔地笑，也不再给他拥抱。

　　小小年纪的卫寻不明白发生了什么，却总是静静陪在母亲身边，不敢牵手要拥抱，只能偷偷攥着母亲的衣角入睡。

　　后来，母亲不再流泪，也会给他买很多玩具和零食，只是很少陪他，总是一个人待在卧室。

　　七岁之前，卫寻都是跟着外公外婆一起长大的，他也渐渐明白"父亲的离开"到底意味着什么。

　　每年的初夏，卫寻都会跟着外公外婆去看望父亲，只是母亲从来不去，一次都没有去过。

　　外婆说他母亲太爱他父亲了，爱到没有办法接受他父亲的离开。

　　卫寻不懂这样的爱，也没有体会过，只是记得每年到这一天，母亲都会拿出当年她和父亲的结婚视频，一遍又一遍地看。

　　母亲告诉卫寻，他们给他起这个名字，是希望他以后也能找到一位像她和父亲一样深爱对方的人。

　　卫寻懵懂地问："那要是找不到怎么办？"

　　母亲看着他愣了几秒，眼睛慢慢红了起来。她抱着他，坚定地重复道："会的，会找到的，一定会找到的。"

母亲虽然那么说了，可卫寻觉得母亲不像是在回答他的问题，更像是在回答她自己。

他不再问什么，只是看着视频里父亲温柔的笑容，在脑海里模糊地拼出了过去跟父亲相处的画面。

时间过得很快。

卫寻十四岁那年，外公在小区散步时突发脑梗，庆幸的是抢救及时，救回了命，只落了个半身瘫痪。

周末，他跟着母亲去医院看望外公，卫寻看着外婆替外公擦脸，主动提出要帮忙。

温辞也没拦着。

卫寻重新拧干毛巾，小心地擦着外公布满皱纹的脸，外公忽然看着他说："你爸爸当年……"

这几年，家里已经很少提及关于父亲的话题，外公也像是意识到什么，话说了一半又停了下来。

卫寻看着母亲，她神色平静地坐在一旁削着苹果，好似什么都没听见。

外公出院后，卫寻跟母亲一起搬到了外公家里，搬家的时候，他在书房里发现了父亲留下的一本笔记。

卫寻翻开第一页，上边写着日期，记录着一天的支出和收入，原来是父亲当年的账本。

他随手往后翻了几页，写的内容大同小异，只是日期和金额不一样，他又翻过一页，视线倏地一顿。

这一页，也一样写着支出和收入，只是在末尾又多了几行小字：

2000/9/1

支出：xxxx

收入：xxxx

......

......

温辞。

高一（1）班。

卫寻快速地往后翻着。

2000/9/20

原来是她救了奶奶。

2000/10/10

又看见她了。

2000/10/28

烦。

又要念检讨，不知道她听见没。

2000/10/29

她听见了。

烦烦烦。

......

卫寻忍着强烈的好奇和激动，一页又一页地往后翻看着，他几乎可以确定这不仅是父亲的账本，更是父亲与母亲相爱的证明。

不等看完，他迫不及待想要把这本笔记拿给母亲，可在迈出房门的一瞬间，他看见母亲盯着墙上父亲照片出神的模样，又突然停住了脚步。

母亲应该没有看过这本笔记，他不确定现在拿给母亲，带给母亲的到底是快乐更多，还是痛苦更多。

卫寻想了想，最终还是将笔记藏了起来，无论快乐还是痛苦，都比不过当下的平静。

搬到外公家里的第二年，卫寻考入了八中。周末，他像往常一样回家。

"外公、外婆、妈，我回来了。"卫寻站在门口换鞋，一身蓝白校服，回头的瞬间，他看见母亲直愣愣地站在那儿。

卫寻下意识摸了摸脑袋，不满地嘟囔着："我没想剃这么短的，都是我们教导主任，说我刘海儿太长了，直接拿推子给推平了。"

母亲却什么都没说，看着他只觉得好似时光回溯，她又看见当年那个少年站在自己面前。

"妈？"卫寻刚一出声，忽然看见母亲的眼睛红了起来。他猛然想起什么，对着一旁的玻璃看了眼。

太像了。

自那之后，卫寻没再留过寸头，也刻意剪着和父亲不太相像的发型，可都没有用。

随着年龄的增长，他与父亲越来越像，轮廓、五官几乎如出一辙，连经常来家里看望外公外婆的杜康叔叔都曾看着他恍过神。

卫寻怕母亲难过，从高二起就开始住校，回家时也会特意换掉校服，大多时间都待在房间里看书。

除了吃饭，他很少在母亲面前露面。

后了读了大学，卫寻也没留在安城，去了邻近的城市，平时回家也都是挑母亲不在家的周末。

就这样一直到大三那年，有一天，他突然接到外婆的电话。

外婆说，他母亲生病了。

卫寻不敢耽搁，请假连夜回了安城，一进家门，外公和外婆坐在客厅吃饭，而母亲只是静静地坐在沙发上。

见了他，母亲没有再像以前愣神地看着他，而是笑着说了声："卫泯，你回来了。"说完，像是觉得他不会回答，又自顾自地盯着窗外出神。

卫寻看着母亲的模样，喉咙一阵发涩。

第二天，他独自去了趟医院。

"您母亲在当年那场车祸中大脑曾受过伤，现在伴随着阿尔兹海默症，她会出现应激性失忆，并且偶尔还会产生幻象。"办公室里，主治医生拿出母亲的诊断报告递给他，"这与一般的阿尔兹海默症患者的情况不太一样，她的病情会更加严重些，也更需要你们家人的看护。"

卫寻看着诊断书上密密麻麻的文字，却一个字都没看见，只是问："那她为什么记得所有人，唯独忘了我的存在？"

"在您母亲的幻象里，当年那场车祸中去世的人是她自己，并不是您的父亲，而在她如今的记忆片段中，您就是卫泯，如果她记得卫寻，那么卫泯就不存在。"医生说，"所以她才会在幻象里将怀孕替换成生病，这样卫泯活下来这件事情对她来说就更加真实了。"

母亲生病之后，卫寻听从医生的建议，大学一毕业就带着母亲住回了他们当年的家。

医生说熟悉的环境能刺激病人恢复，他就按照记忆将家里布置得与往昔一模一样，甚至翻出了当年父亲的那本笔记，一遍又一遍地读给母亲听。

只是母亲清醒的时间越来越短，偶尔半夜还会偷跑出门，卫寻怕她走丢，制作了许多写着他联系方式的铁牌戴在母亲的手上。

可母亲好像很忌讳在手腕上戴着什么，发病的时候经常会将铁牌扯下来，卫寻只能一次又一次地趁着她熟睡偷偷戴回去。

很多时候，卫寻待在家里，母亲总会不说话坐在一旁出神地望着他。

他猜想也许在过去那些只有母亲和父亲记得的岁月里，她也曾这样出神地望着父亲。

那是他们相爱的痕迹。

卫寻没有破坏母亲的幻想，耐心地陪着她治疗。生病之后，她变了许多，可唯一没变的是，她很少跟着卫寻去墓园。

即使她偶尔犯迷糊跟着去了，也几乎不会走到墓前，就好像在潜意识里抵触着什么。

卫寻想过让母亲看一眼父亲的墓碑，或许她会记起什么，可也怕刺激到她，不敢轻举妄动。

这一年情人节前夕，卫寻交往多年的女友告诉他，她的父母即将移民国外，想在走之前替他们把婚礼办了。

卫寻家里的情况他们也都清楚，并不介意，反而还觉得卫寻是个有担当的孩子，把女儿交给他，他们也放心。

卫寻在情人节跟女朋友的父母一起吃了顿饭，回来后，他将这个消息告诉了外公外婆。

两位老人都很高兴，只是卫寻看着母亲恍惚的神情，忽然有种预感，也许母亲很快就要醒过来了。

他请了专业的婚礼策划师，交由他们去处理婚礼的细节。

卫寻想告诉父亲这个好消息，特意在婚礼前一天去了趟墓园，令他没想到的是，一向不愿去墓园的母亲这一次忽然跟在了他身后。

卫寻看着母亲平静的模样，有些说不上来的紧张，一路上都很沉默。

进了墓园，他像往常一样走在前头，余光注意着母亲的身影。

快到时，卫寻接到外公的电话，往旁边走了两步，母亲没有等他，径直走到了父亲的墓前。

卫寻看着母亲抬手触摸着父亲的墓碑，紧张地攥紧了手机，连那边外公说了什么都没听清。

"外公，我晚点儿再跟您说。"

他挂了电话，往前走了一步，看见母亲颤抖着双手，一遍又一遍抚摸着碑上的文字，鼻子一阵泛酸。

这么多年，母亲也许只有生病这两年是不痛苦的。

他不知道母亲想起了什么，不忍再看下去，刚转过头，忽然听见一声玻璃瓶倒地的声响。

卫寻回过头，看见母亲瘫倒在地，快速跑了过去："妈！"

奔跑间，卫寻看见母亲望着他的目光，慌乱的心突然一瞬间平静了下来。他扶起母亲，声音哽咽："妈……"

温辞望着他，看着他和卫泯如出一辙的脸，突然失声痛哭起来，哭声像潮水，冲塌了她堆砌的世界。

这一刻，世界天旋地转。

她眼前一黑，彻底昏了过去……

温辞不记得自己睡了多久，昏昏沉沉间一直在做同一个梦，她梦到那年冬天，她和卫泯站在寺里的佛殿前。

烟雾缭绕间，他的身影总是模糊不清，温辞每次想靠近都会失败，只能看着他越走越远。

后来，温辞不再做梦了，她一直昏睡着，直到那年冬天结束。

她在恍惚里几次听见一阵低语声，每一次都是熟悉的开头："二〇〇〇年九月一日，温辞，高一（1）班……"

那声音低低浅浅，温辞努力想要听得更清楚些，可眼皮像有千斤重，怎么也睁不开。

一次又一次，不知道是哪一天的傍晚，她终于听清了那道声音："……二〇〇二年三月十日，佛祖保佑，愿她平安快乐，事事顺心。"

二〇〇二年。

温辞记得，那天是他们第一次去寺里，他说什么都不要求，可最后他还是向佛祖求了愿。

求她的平安。

求她的快乐。

也许，这也是她活下来的缘由。

这是他求来的平安。

那一刻，温辞感觉压在眼皮上的重量好似消失了，她缓慢睁开眼，看到坐在床边的身影。

　　阳光笼着他的侧脸，模糊又熟悉。

　　"卫……"她眼睫轻颤，低声喊道，"卫寻。"

/ 番外二 / ♥
逐期

　　温辞醒来后保持了很长一段时间的清醒状态，等到身体好转，她甚至还操办起了卫寻的婚礼。

　　小到请帖上的字样，大到酒店的席面，她几乎事无巨细地操着心，生怕遗漏了一个细节。

　　婚礼的前一天晚上，卫寻和妻子通完电话，出来倒水路过书房看见里面的灯亮着，便站在门口敲了敲门："妈。"

　　听到屋里传来母亲的应声，卫寻才推开门走了进去。见母亲戴着老花镜坐在电脑桌前，他笑道："又在看您跟爸爸的结婚视频啊？"

　　自从出院后，温辞经常做的事情就是待在书房一遍又一遍地看过去她跟卫泯的结婚视频。

　　"是啊，一转眼我跟你爸爸都结婚二十多年了，现在你也要结婚了。"温辞叹道，"时间过得真快啊。"

　　"我陪您一起看。"卫寻搬了张凳子到温辞身旁，看着视频里父亲温柔英俊的面容，总觉得这么些年他虽然离开了，却好似又一直陪在他们身边。

　　看视频的过程中，温辞很少说话，总是安静地看着过去那一幕幕幸福的画面，偶尔露出一抹淡淡的笑意，但也只是稍纵即逝。

　　像是一瞬沉浸在过去，又一瞬回到现实。

　　卫寻看着母亲，无声叹了口气，余光落到桌角，那里放着父亲的那本笔记。母亲醒来后，他就将父亲日记的事告诉了母亲，但在医院的那段时间，卫寻从未见母亲打开过。

至于如今有没有看过，他也不得而知。

那晚，卫寻陪着母亲看完视频，又聊了许久，听她对婚姻、家庭，以及对妻子，甚至是以后对孩子教育的教诲。

灯光下，母亲的面容温柔而平和，不紧不慢地说着话，总让他想起小时候，临睡前听她讲故事的时刻。

只是某一瞬，卫寻总有种母亲在交代后事的错觉，可下一秒，看见母亲脸上露出的笑意，他又将这错觉压了回去。

"好了，时间很晚了，早点儿休息吧。"温辞摘下眼镜，正要起身，卫寻忽然倾身抱住了她。

他像小时候一样，唤了声："妈妈。"

温辞鼻子一阵泛酸，抬手拍了拍他的后背，笑道："都多大人了，还跟妈妈撒娇。"

"再大在您面前也还是孩子。"卫寻也笑着松开手，"那我睡觉去了，您也早点儿休息。"

"嗯，去吧。"温辞看着他走出去，目光落到桌上的全家福上，拿起来静静看了会儿，又搁了回去。

窗外月色静谧，这夜悄无声息地翻了篇。

第二天一早，家里迎来喜事，热闹与欢笑持续了一整天，温辞忙得脚不沾地，迎来送往，等到彻底停下来，已经又是一个夜晚了。

卫寻和妻子留宿在新房，温辞陪着父母回了家，那之后卫寻带着妻子出国度蜜月，温辞也一直留在父母身边。

温远之早年间突发脑梗落了个半身瘫痪，但这几年随着科技和医疗的进步，他也慢慢恢复了不少。

白天，温辞陪着他们一起买菜做饭，傍晚一家三口去公园遛弯儿散步，日子过得平淡温馨。

后来卫寻和妻子从国外回来，温辞也没提出搬回去。卫寻知晓母亲是不想打扰他们夫妻俩的生活，但又确实放心不下，索性在同小区又购置了一套新房，还给家里多找了一位生活阿姨。

平时他跟妻子的吃喝也都在母亲和外公外婆那边，偶尔周末还会过去留宿，妻子陪着母亲和外婆追八点半肥皂剧，他跟外公在厨房剁饺子馅儿，还要被嫌弃声音太吵。

每每惹得外婆叫唤起来，外公都会气不平地争几句，他跟妻子就是负责拉架平息怒火的。

"好了，外公，她们三个人，我们只有两个人，怎么说得过。"卫寻捏着外公的肩膀，"消消气，我晚上陪您多下几盘棋。"

外公依旧气冲冲的，但也没再说什么。

卫寻哄好人，回头看向客厅，和妻子默契对视一眼，彼此露出了一抹甜蜜的笑。

只是，幸福总是短暂的。

这年的年末，温辞在持续了一周的低烧后，再次出现了记忆混乱的症状，大把大把的药吃下去，却不见一点儿好转。

卫寻空闲的时候，又开始为母亲读父亲的日记，一遍又一遍。

元旦后的一个早晨，卫寻还在睡梦中，忽然接到外婆的电话，说他母亲不见了，阿姨早上起床只看到家里的门开着。

卫寻吓得瞬间清醒，匆忙赶过去，连鞋都穿错了一只。安抚好两位老人，他和妻子去附近派出所报了警。

民警察看监控，找到了温辞的身影，她在凌晨五点，从小区门口拦了辆出租车。

卫寻看着监控里出租车的行驶路径，突然福至心灵："我知道我母亲在哪儿了。"

一旁的民警抬头看向了他。

"墓园。"卫寻说，"今天是我父亲的生忌。"

从派出所出来，卫寻就和妻子一块儿开车去了墓园，到的时候，清晨的雾已经散尽了。

阳光落了一地。

温辞靠在卫泯的碑旁，手上还拿着那本笔记。

卫寻鼻子一阵泛酸，缓慢地走近了，半蹲在母亲面前，轻声道："妈。"

温辞抬眼，眼神有一瞬间的迷茫，但很快又变得清醒了。她转头看向碑上的照片，缓声道："卫泯，我走了。"

她没有多余的一言一语，被卫寻从地上扶起来，一步也没回过头。

寂静的墓园里，忽地起了一阵风，在无人的角落，呼啸而过。

那天过后，温辞的身体就像一只漏气的气球，一天比一天虚弱，后来住进了医院，又开始断断续续地沉睡。

卫寻推掉了大部分的工作，整日整夜地陪在母亲的床边，那个笔记本都快被他翻出破损的印子了。

只是母亲清醒的时间越来越短，能回应他的时刻也越来越少，卫寻知道，那一天快到了。

尽管已经做了很多准备，可真到了这一刻，他还是有强烈的不舍跟难过。

立春的那天，卫寻将母亲的病房换到了视野和阳光都更好的楼上，白日拉开窗帘，明晃晃的阳光径直落到了床边。

他看见母亲的眼睫颤动了一下，立马走到了床边："妈？"

温辞在恍惚里睁开眼，意识一阵清醒一阵迷糊，直到傍晚才彻底醒来，那时卫寻正站在窗边接电话。

他穿了一身衬衫西裤，背影挺拔而熟悉，温辞有一瞬的恍惚，却在他回头的刹那，突然醒了过来。

他不是卫泯。

他是卫寻。

温辞这次清醒的时间比前段时间都要长，晚餐甚至还喝了半碗汤，卫寻知道这算不上是什么好事儿，但又不想让母亲难过，只能一直强装平静。

他收拾好餐具，走到外面交给阿姨，又亲自切了盘水果。

重新走进病房的时候，卫寻见母亲手里拿着那个笔记本，轻笑着道："小婉都说我快把这本子翻破了。"

"是吗？"温辞指腹摩挲着封皮，仿佛从这几十页纸里窥见了过去她不曾知道的那些时光。

卫寻看着母亲憔悴的面容和日渐消瘦的身形，忽地有些眼热，转头望向了窗外。

日暮西沉，天快黑了。

这个春天还没结束，而温辞的生命却已经走到了终点。

那天是个格外明媚的晴天，她在一片耀眼的光芒中紧紧攥着卫寻的手，一遍又一遍地交代后事。

卫寻哭红了双眼，哽咽着应道："我知道，我都知道，您放心，我会照顾好外公外婆，也会好好照顾自己。"

温辞握着他手的力道松了下来，卫寻却执着地想要留住什么，握得更加用力："妈……"

病房里有压抑的哭声。

温辞在弥留之际，好似又看见了记忆里的人，她的眼神逐渐变得恍惚，声音又低又轻："卫泯，是你来接我了吗？"

病房里静了一刹。

"是，我来接你了。"

温辞走了。

按照她最后的遗言，葬礼一切从简，同丈夫卫泯合葬一墓。葬礼结束后，卫寻独自一人留了下来。

他还有最后的告别。

卫寻从包里拿出父亲的日记，挨着父母的碑坐在地上，像过去的很多时

294

刻一样，低声念了起来。

2000/9/1
温辞。
高一（1）班。

2000/9/20
原来是她救了奶奶。

2000/10/10
又看见她了。

2000/10/28
烦。
又要念检讨，不知道她听见没。

2000/10/29
她听见了。
烦烦烦。

2000/12/4
她看见我了。
下雪了。

2001/1/1
她看见我被人打。
被她救了。

2001/1/10

她应该……很讨厌我了吧。

2001/5/12

算认识了？

2001/6/15

稿子写得很好啊，温同学。

2001/10/13

别哭了。

2001/11/14

她好像真的不介意。

2002/1/1

新年快乐。

2002/1/3

收到了她的新年礼物。
很喜欢。

2002/3/20

佛祖保佑，愿她平安快乐，事事顺心。

2002/4/8

她好几天没来学校了。

2002/4/23

她想尝试什么……

2002/5/10

我愿意。

2003/6/8

结束了。

高考结束了。

我们……

2003/11/12

不想分手。

……

2005/6/23

我爱你。

2006/1/24

希望一切顺利。

……

日记到这里就结束了。

卫寻翻开下一页，那里夹着一张母亲当年的学生证，在姓名那一页，父亲写了一句话：

我们要么相爱，要么死亡。

卫寻不知道这是父亲在哪一年写下的内容，也不知道母亲看到这句话后的感受。

他只是清晰地明白。

他们是相爱的，并且从未停止相爱。

卫寻静静看了会儿碑上的照片，又倾身靠在碑旁，低声道："爸、妈，你们现在应该见面了吧？"

只有风在回应。

笔记本的纸页在风中哗哗翻飞，翻过一页又一页，将这个尘封于青春的故事吹向了更远处。

风停了。

卫寻看见笔记本的最后一页，那里不知道什么时候写了一行小字，是母亲的字迹：

　　　　我死后的第二十年，我们仍然相爱。

　　爱，永不逾期。

/ 后记 / ♥

　　重新动笔写这个故事之初，我曾经设想过很多种可以发展的故事线，甚至想过加入一些奇幻元素，例如时空穿越，让故事变得更美好。

　　也曾设想过这一切都是温辞的一场荒唐梦，梦醒来，她和卫泯依然可以相守一生，白头偕老。

　　可我总觉得这样就不是温辞和卫泯的故事了。所以最终我还是选择让故事回到最初，回到他们相遇的那一年，重新走一遍他们相爱的时间轴。

　　在那条时间轴上，卫泯的时间停下了，但他的爱没有，对于温辞来说，他们从未停止相爱。

　　尽管相爱很难，相守也很难，但卫泯和温辞真的做到了一生只爱一个人。

　　死亡不是终点，遗忘才是。

　　只要多一个人记住他们相爱的瞬间，他们所经历的一切都会变得更加珍贵。

　　有时候爱不堪一击，可有时候爱又无坚不摧。

　　也许一生只爱一个人很难，和爱的人走完这一生也很难，但我希望你们可以永远在爱着，永远在被爱着。

岁见